問題。

以下の文章を読んで、家族の幸せの形を答えなさい

早見和真

朝日新聞出版

問題。

以下の文章を読んで、家族の幸せの形を答えなさい

『次の文章を読み、家族の幸せの形を、文章中の言葉を使って40字以内で答えなさい。』

通っている至誠塾《しせい》の公開テストの最中、長谷川十和《はせがわとわ》はその先の宇宙まで見渡せそうな澄んだ空に目を向け、誰にともなくつぶやいた。

「そんなのあるならこっちの方が知りたいって」

窓にうっすらと教室の様子が映っている。となりの男子は十和の声に気づいていない。前のめりになってシャーペンを動かしている。彼に限らず、窓に映るすべての子が同じような姿勢で、同じ方を向いている。正面の顔が映っているのは十和だけだ。

小さい頃から大嫌いだった切れ長の細い目。周囲の大人たちに「ネコみたいでカワイイ」と言われるのが不思議でならなかった。ネコの目は真ん丸なのに。真ん丸のネコの目こそカワイイのに。冷たい印象を与える細い目を、どうしてみんな「ネコのよう」と表現するのだろう。

額のあたりで切りそろえた前髪をなんとなく整えて、あらためて国語の問題と向き合おうとする。でも、もう集中力を取り戻すことはできなかった。シャーペンが机を叩《たた》くコツコツという音が神経を逆撫《な》でする。この音が気にならないときは、テストの結果はわりといい。逆に気になるときはダメな場合がほとんどだ。

振り返れば、一年生の頃から学校の通知表には「集中力」について書かれていた。『もう少し集中して授業を聞けたらいいですね』『少し集中力に欠けるところがあります』『集中力が続かないことを本人も自覚しているようで』……。

やさしい表現だったり、親に報告する形だったりと、伝え方はいろいろだったが、言わんとしていることはみな同じだ。どうしたらその集中力が身につくのかという肝心なことをなぜか教えてくれないまま、先生たちは欠点だけを指摘してくる。

一刻も早く幸せの形を追求しなければならない家族の物語が、延々と目を滑っていく。コツコツ音は十和を焦らせ、そのうちイライラさせ、最後は戦意を喪失させる。まぁ、いいや。べつに本番じゃないんだし——。いつもと同じことを今日も思う。きっとそんなところも集中力の欠如だと先生たちは言うのだろう。

でも、ムリなものはムリと簡単に見切れる自分のことを、十和はそれほど嫌っていない。少なくとも細い目ほどは気にしていない。きっと母の影響だ。

「とりあえず死ななきゃ何をしてくれてもかまわない。集中力がなかろうが、テストで悪い点を取ろうがどうでもいい。でも、私たちより先に死ぬことだけは絶対に許さない。そのことだけ考えて行動して。あとは、しいて言えば法律を犯すこともダメ」

人並みに中学受験なんてさせようとするくせに、母の思考は他のお母さんとどこか違う。友だちからは明るく、おもしろいお母さんだと評判ではあるけれど、十和と、三つ下の妹の花奈《かな》はずっと翻弄されてきた。

とにかく死ななきゃなんでもいいから。

すり込まれるように言われてきたおかげなのかはわからないけれど、十和はおそらく周囲の子たちより試験の結果に一喜一憂していない。

母の言葉で思い出すものはたくさんある。

では、父の言葉だとなんだろう？

「十和ちゃんはカワイイから」

「自分がどう思っていようが絶対にカワイイから」

「十和ちゃんを悪く言う人はお父さんが許さないから」

母よりもずっと弱いお酒で頰《ほお》を真っ赤にして、それこそ子犬のようなクリクリとした目の父の顔が脳裏を過《よぎ》る。

そうした言葉を真に受けたことは一度もない。父親の評価に救われる女の子なんてどこにもいない。

「十和、集中」

キノッピーこと国語の木下《きのした》先生に注意される。あわてて試験と向き合うフリをしたが、コツコツ音はさらに大きさを増している。

きっとやさしい父がいて、楽しい母がいる。父に似ておおらかで、十和に懐いてくれる花奈がいる。十和の目を「ネコみたいでカワイイ」と言ってくる無神経な世間の人たちは、どうせ幸せな家族だというのだろう。

でも、だとしたらどうして十和の心はこんなにも荒《すさ》むのか。

幸せと信じることができないのか。

長谷川家の物語をみんなに読んでもらったら、その幸せの形を四十字以内で答えてもらうことができるのだろうか。

去っていくキノッピーの背中を見つめながら、十和はあらためて息を吐いた。

「もうダメだぁ。今回こそクラス落ちる。十和は？　できた？」

いつもは試験が終わるとすぐに帰宅するけれど、春休みが終わるまでおよそ一週間、この日は「みんなでお昼ご飯を食べていこう」と、前々から塾の友人たちと約束していた。春休みなんて関係ない勉強漬けの小学生を、真っ青な空が慰めてくれているようだ。

みんなといってもメンバーは四人だけ。十和と同じ武蔵野市立北町小学校に通う小西美香子《こにしみかこ》と、となり町の御殿山《ごてんやま》小学校の野口悠《のぐちしずか》、そして一人だけ私立の稜花《りょうか》小学校に通っている西原寛《にしはらひろ》乃《の》と塾ではだいたい一緒にいる。

寛乃が泣き言を口にするのはいつものことだ。十和たちが上から二番目と三番目のBクラスとCクラスを行ったり来たりしている間、寛乃は四年生で塾に入ってからずっとAクラスを死守している。それなのに、愚痴は誰よりも多い。

「ううん。全然。ひどいもんだよ」

チョコレートのソースがふんだんに載ったパンケーキをほおばりながら、十和はあっけらかんと首を振った。

「絶対にウソだよ。十和ってなんだかんだ言って成績いいもん」

「寛乃にだけは言われたくないんですけど」

「そんなことないもん。私は毎回必死だもん。クラス落ちたらお母さんに怒られるし、十和みたいに要領よくやれないもん」

なんとなく、野口と目を見合わせる。こういうのを「マウント」というのだと、最近、野口に教わったばかりだ。

マウントの種類にもいろいろあるらしく、試験前に「全然勉強してない」とわざわざ公言するのも、こうして終わったあとに大げさに頭を抱えるのもその一種なのだそうだ。十和にはなんのためにそんなことをするのか理解もできないけれど、寛乃にはたしかにそういう一面がある。そのせいでAクラスの子たちからはあまり好かれていないらしく、休み時間のたびに十和たちのいる教室にやって来る。

寛乃の通っている稜花小学校は、私立の、いわゆるお嬢様学校というやつだ。系列の稜花女子中学校も名門として知られていて、塾のある吉祥寺から井の頭線《いかしら》で十分ほどの浜田山という駅に学校があることもあって、第一志望とする子も少なくない。

そんな学校に通っていて、エスカレーター式に中学に上がれるにもかかわらず、寛乃はわざわざ外部の学校を受験する。

もちろんより偏差値の高い学校を目指してのことだろうが、そこに本人の意志がまったく含まれていないことには同情を禁じ得ない。

「小学校受験のとき、私、啓愛《けいあい》大付属が第一志望だったんだけど、落ちちゃったのね。そしたらお母さん泣いちゃって。絶対に見返そう、中学でまた啓愛にチャレンジしよう、リベンジしようって言われて。私、自分がすごく悪いことしたんだっていう気持ちにさせられて、うんって言っちゃったの。それを約束と捉えられちゃったみたいで。少しでも成績が落ちると、寛乃ちゃんはまた約束を破るのかって怒られる。べつに私は啓愛なんて行きたいと思ったことがないし、稜花が好きなんだけどなぁ」

そんな話を聞かされる前に、十和は一度だけ寛乃の自宅に遊びにいったことがある。同じ吉祥寺北町エリアで、お互いの家までは歩いて十分くらいしかかからないが、十和の住む築四十年のマンションとは違い、寛乃の家は目を見張るような豪邸だ。高い塀にはいくつもの防犯カメラが設置され、車庫にはなぜか車が四台もあった。

はじめは何世帯も住んでいる低層マンションなのだと勘違いした。玄関で出迎えてくれた寛乃のお母さんはパーティーを思わせるような白いロングのワンピースを着ていて、その上から淡い緑のエプロンをしていた。

もちろんきちんとメイクもされていて、髪の毛もキレイに巻かれていた。「あなたが十和ちゃん？　いつも寛乃から話は聞いてる。遊びにきてくれてありがとうね」と、一応笑みは浮かべてくれたものの、なんとなく自分が歓迎されていない空気を感じ、ただでさえ気後れしていた十和をいっそう緊張させた。

そんな経験をしていたから、寛乃に同情することはあったとしても、みんなと同じように批判しようという気にはなれない。

十和と同じ北町小学校の美香子が、人一倍大きな身体《からだ》を楽しそうに揺らした。

「でも、大丈夫だよ。寛乃ちゃん、頭いいもん」

「良くないよ。必死なんだから」

「私だって必死だよ。必死だけど、いつもCクラスだもん。できないって言ってるのにAクラスにいる寛乃ちゃんを尊敬するよ」

一瞬、イヤミを言っているのかとも思ったが、美香子に限ってそんなことはあり得ない。素直な気持ちを言っているだけだ。

美香子は四人の中ではもっともやさしい。そののんきさ故にみんなを苛立《いらだ》たせることもなくはないが、少なくとも十和たちのグループにおいては美香子が潤滑油になっているのは間違いない。美香子がいなかったらもっとギスギスしていただろう。

十和と美香子はかえで幼稚園から北町小学校までずっと一緒でありながら、同じクラスになったことが一度もなく、口をきいたこともほとんどなかった。

そんな美香子が至誠塾に入ってきたのは、十和たちより一年遅い五年生になってから。そのときちょうどCクラスにいた十和を教室で見つけると、美香子は瞳《ひとみ》を輝かせた。

「ああ、長谷川さん。良かったー。知ってる子がいて。私、今日からなの。仲良くしてくれたらうれしいな」

低学年の子のように屈託なく言ってきた美香子は、一年遅く入塾したこともあり、たしかにみんなより成績は少し劣る。でも、最後に結果を残すのは美香子みたいなタイプだと十和は他人事《ひとごと》のように思っている。

受験までもう一年を切っていながら、いまだ学校案内さえ見る気の湧かない十和や野口、親の言うなりに受験する学校を決めている寛乃とは異なり、美香子は自ら志望校を定めている。

「私ね、子どもの頃からずっと野球をやっていて、中学ではソフトボールをやりたいと思ってるの。北町中にもソフト部はあるんだけど、人数もそろってないみたいだし、顧問もあんまりやる気のない人みたいで。それで、いろいろ調べたら国立《くにたち》学院っていう学校のソフトボール部が強いらしいんだよね。私、一度一人で練習を見にいったことがあるんだけど、先輩たちがみんなカッコ良くて。憧《あこが》れちゃった。どうしても国立学院に行きたいんだ」

国立学院も第一志望にする子が一定数いる学校だ。いまの美香子ではそう簡単に手の届くところじゃないだろうけれど、美香子はきっと合格する。

「うちの親はみんなのところと違って、私立になんて行かなくていいって言う人たちなんだけどね。なんとか頼み込んで塾に入れてもらったんだ。私、本当にうれしくて」

きっと野球などしているからだろう。のんびりした性格や見た目とは裏腹に、美香子には負けず嫌いなところがある。

野球のせいで週末のテストを受けられる日は限られているが、出てきたときは自習室にこもって、わからないところを先生たちに質問攻めしているらしい。十和が美香子に抜かれるのはやっぱり時間の問題だ。

ずっと楽しみにしていたパンケーキをあっという間に食べ終え、大きく伸びをしながら、十和は窓に目を向けた。

さっきの教室と同じように、店内の様子が映っている。友だち同士でこうして行きたい店に行けるだけですごく自由だという気持ちになる。

野口がこちらを見ていることに気がついた。

べつにうしろめたいことなど何もないのに、何かを見透かされたような気がして、十和はあわてて友人たちとの会話に戻った。

その後、四人でプリを撮り、さらにコロッケを買い食いして、本屋に寄るという寛乃と美香子とは別れ、野口と二人でサンロードを歩いた。

寛乃のことも美香子のことも好きだけれど、十和がもっとも心を許しているのは御殿山小学校に通っている野口悠だ。

入塾の時期もまったく同じ、四年生になる直前の春休み。みんなのように「悠」ではなく「野口」と呼んでいるのは、出会った頃から変わらない。野口が最初に十和を「長谷川」と呼んできたからだ。

「長谷川さん」と呼ばれることはあっても、男子以外から名字を呼びつけにされた記憶はそれまでなかった。周囲からは歪《いびつ》と思われているようだけれど、名字で呼び合うのも、特別な感じがして悪くない。

四年生のはじめの頃は、まだAとBのみでクラスが編成されていた。そのときに奇跡的に上のクラスに入れたところから、野口とは一度も離ればなれになったことがない。AからBに、そしてCに落ちたタイミングも、なんとかBに戻ってこられたタイミングも一緒だった。二人して「運命じゃん」と大笑いした。

着る服の好みも、好きなK－POPアイドルも同じだし、二人でいて会話に困ったことはない。野口もやっぱり中学受験に積極的になれていないし、家族に対してモヤモヤしたものを抱えているのも共通している。

「なーんか相変わらずだよね、寛乃も美香子も」

スマホを取り出して言った野口の横顔をなんとなく一瞥《いちべつ》する。共通点は多いけれど、もちろん違うところもたくさんある。

その最たるものは、野口が誰もが認める美人ということだ。

「まぁ、二人ともいい子ではあるけどね」

「そうか？　やっぱり私はイライラしちゃうけど」と、本来言いにくいであろうことを平然と口にして、野口も十和をちらりと見てくる。

「どうする？　もう帰る？」

「帰ってもべつにすることないかな」

「だよね。じゃあ、どっか行こうか」

「井の頭公園」

「へぇ、意外。絶対にカラオケって言うと思ったのに」

「パンケーキでお金すっからかん」

「そんなの私が」

「いやいや。プリもコロッケも出してくれてるのに。申し訳ないよ。それに――」

十和はボンヤリと空を見上げた。

「天気もいいし」

野口の顔にいたずらっぽい笑みが広がる。

「たしかに。天気いいね。じゃあ、今日は二人でお花見でもするか」

お姉ちゃんがいるおかげか、母子家庭のせいかは知らないけれど、野口は他の友人たちより大人びている。十和の知らないことをたくさん教えてくれるし、それらはK－POPアイドルも、流行《はや》っている曲や動画も、読んだ方がいい本も、おいしいパンケーキ屋さんの情報も、センスのいいものばっかりだ。

至誠塾のオリジナルのバッグは、この春休みに二人そろって卒業した。「思春期の女の子に背負わせるには『S』の字がダサすぎる」という野口の言葉に乗せられてのことだった。

途中のコンビニでジュースとお菓子を買って、それを自前のバッグに詰め、オシャレなお店の建ち並ぶ七井橋《ななゐばし》通りを突っ切った。

休日の井の頭公園だ。しかも三月というおまけつき。きっと多くの人でごった返しているのだろうと覚悟はしていたが、その人混みは想像を超えていた。

それでも、来て失敗したとは思わない。

「キレイ」

十和は思わず口走る。野口は小馬鹿にするように鼻で笑った。

「長谷川ってそういうとこあるよね」

「そういうとこって何？」

「素直なところ」

「だって、めちゃくちゃキレイじゃん」

十和はムキになって言い返す。野口はやっぱり意地悪そうに微笑《ほほえ》んだ。

「そうかもしれないけどさ。こんなの毎年見てるじゃん」

たしかに野口の言う通り、お花見の時期には毎年必ず家族で井の頭公園に来ている。小さい頃は人並みにはしゃいでいたかもしれないけれど、年々憂鬱《ゆううつ》な行事になっていった。とりあえず家族と来た公園で、こんなにも桜が美しいと感じたことはない。

野口は当然のようにボート乗り場に向かう。絶対に混んでいるという予想を裏切り、十分ほど待っただけで乗れてしまった。

十和に素直なところがあるように、野口にはこういうところがある。なんというか、ヒキが強い。さっきのコロッケ屋でも、十和たちが並んだ直後から長い行列ができていた。これが十和だけの場合だと、自分が最後尾になりがちだ。

勉強なんてしなくても、この特性だけで案外受験なんて勝ち抜いてしまえるのではないだろうか。

そんなことをボンヤリと思っていると、ボートを漕《こ》いでいた野口が「そんなに甘いもんじゃゃないんでしょ」と、独り言のようにつぶやいた。

「え、なんで？　なんで野口って私の考えてることがわかるの？」

野口は肩をすくめるだけで質問には答えず、池の真ん中で唐突に立ち上がると、十和のとなりに腰を下ろした。

「替わって」

「は？」

「お金ないんでしょう？　ボート代は私が出したんだから、代わりに漕いで」

ボートなんて数えるほどしか乗ったことがない。それだって父が漕ぐのをボンヤリと見ていただけだ。

それでも、お金のことを持ち出されてしまうと言い返すことができなくなる。十和は仕方なく席を替わり、見よう見まねでオールを動かしてみた。ボートは思ったように進まない。どういうわけかイメージしたのと反対方向に進んでいく。

「ちょっと待って。何これ。どうしたらいいの！」

混乱する十和を指差して、野口は足をバタバタさせている。

「いや、笑ってないで教えてよ！　っていうか、揺らさないで！」

「大丈夫だよ。そのうちなんとなくわかってくるから」

「他の人に迷惑かかるでしょ」

「べつにいいよ。っていうか、小学生が迷惑かけるのくらい認めろよって話だよ。万が一、死にそうになったときは替わってあげる。それまでは助けない」

一瞬、野口が何を言っているのかわからなかったが、すぐに母の口グセだと思い至った。野口は十和の母の信奉者だ。十和のことは「長谷川」と名字で呼ぶくせに、母のことは「亜紀子《あきこ》さん」と名前で呼ぶ。

すぐに家に来たがるし、母が家にいるときはマークするようにまとわりついて、十和そっちのけでしゃべっている。

「ああ、もう。亜紀子さんサイコー！」などと、普段の気怠《けだる》そうな様子がウソのようにはつらつとしている野口に、母も「悠もサイコーだよ。いつでも遊びにおいでね」と、友人のような気安さで応じている。

そのくせ野口が帰宅すると、母の表情はいつも曇る。

「悠、大丈夫なの？　あの子、なんかムリして明るく振る舞ってるでしょう？　なんていうか、痛々しいよ。いつかパンクしちゃいそう。話していてドキドキする」

野口とタイプは違うものの、母もまた鋭いところのある人だ。

「あんた、ちゃんと見といてあげなよ」

「べつに平気だよ。私なんかより全然大人」

「ダメ。もし悠に何かあったら十和が後悔することになるから。友だちならちゃんと見ていてあげなさい」

野口は十和よりはるかに多くのことを知っている。頭もいいし、むしろ野口の方がやさしく十和を見守ってくれている。あの日、母には言わなかったが、十和が野口を「見といてあげる」という構図がしっくり来ない。

「小春日和《びより》」という言葉は、秋の終わりから冬のはじめにかけての暖かい日に使う言葉なのだそうだ。

最近、授業中にキノッピーが言っていた。衝撃を受けたというのは言いすぎかもしれないけれど、息が漏れる程度にはおどろいた。だから、母がカラオケで歌う山口百恵《やまぐちももえ》の『秋桜《コスモス》』の中にその単語が出てくるのかとか、だからあんなに切ないメロディーなのかとか、いろいろなことを考えた。

昔の人は何を考えて「小春日和」をそんな季節の言葉としたのだろう。どう考えたって、今日のような穏やかな春の始まりにしっくりくる言葉なのに。

ようやくオールを動かす要領を得て、池の真ん中くらいまでやって来た。とはいえ、十和に周囲の景色を見ている余裕はない。

「うわぁ、すごい。たしかにこれはめちゃくちゃキレイだ」

野口がポツリとつぶやいて、スマホで何かを写真に収めた。そのとき、十和もようやく気がついた。桜の花びらが雪のように舞っている。何千、何万というそれが水面を埋め尽くし、まるで桃色の空に浮かんでいるかのようだった。

「何これ、超すごい」

興奮した十和の声も宙に舞う。野口は「ね。漕いでくれてありがとう」と、ささやくように口にした。

なんだかんだ野口だって素直な子だ。

本人には絶対に直接言わないけれど、十和の十一年の人生ではじめてできた親友だ。

しばらくの間、二人してボートに横たわっていた。本当に雪のようだった。青い空から、ピンクの花びらがひらひらと降ってくる。

野口はゆっくり半身を起こし、花びらを全身で受けるように両手を広げて天を仰いだ。十和はその時期のことを知らないけれど、小さい頃はかなり本格的にバレエをやっていたと聞いている。

「ねぇ、志望校決めた？」

十和も釣られるように身体を起こして、問いかけた。野口は目をつぶり、手をひらひらさせながら「ううん。決めてない」と、当然のように応じる。

「来週までに提出しなきゃいけないんだよね？」

「べつにいいんじゃない？　これまでの模試でも一応志望校は書いてたんだし、同じようにテキトーで」

「私、ホントに行きたい学校なんてないんだけど」

「じゃあ、地元の中学行けばいいじゃん」

「野口はあるの？」

「私もないけど」

「でも、地元の学校は行かないんでしょ？」

「まぁ、そうだね」

「なんか、もうさ。私、野口と同じ学校に行こうかなぁ。成績も似たようなものだし、その方が楽しくない？」と、十和が泣き言のような声を漏らしたところで、野口はようやく踊るのをやめて、こちらに目を向けてきた。

十和もその目を見返す。もちろん野口がこういったことを嫌うのは知っているが、想像していた以上にこわい顔をしていた。

「そういうのはやめようよ」

二人の間を生ぬるい風が吹き抜ける。十和は思わずムッとした。

「なんで？　べつに良くない？」

「イヤだ。それはなんかダサい」

「なんでダサいの？　っていうか、ダサくたってべつにいいじゃん。二人とも行きたい学校なんてないんだし、来年も一緒にいれたら楽しいじゃん」

自分で言って、ハッとした。そうなのだ。もし同じ学校に行かなければ、九分九厘その可能性はないのだけれど、来年のいまごろは野口と離ればなれになっている。

勉強はちっとも好きじゃないけれど、塾が嫌いと思ったことは一度もない。なのに『S』のマークの入ったバッグを背負って商店街を歩いているだけで、見知らぬおばあちゃんから声をかけられることがある。

「こんなに小さいのにもう塾通い？　かわいそうにね。本当はもっと遊んでいたいのにね」

意味がわからない……とは思わない。ただ、いまだにそんなことを思う人もいるんだなとは感じる。

たとえ学校を休んでも、塾には行く。行けば、野口がいるからだ。いつか野口からも似たようなことを聞いた。

「学校には長谷川がいないからね。長谷川のいる塾の方が楽しいよ。塾に行くのが憂鬱だったことってあんまりない」

あの日は十和の心を充《み》たしてくれることを言ってくれた友人が、どうして同じ中学に行くのをこんなに拒むのかわからない。

「やっぱりわからない。いいじゃん、同じ学校に行こうよ。ムリにでも目標作ったら、二人とも勉強がんばるかもしれないじゃん」

十和は気持ちが弱い方だし、周囲の人の考えていることに敏感だ。みんなが何を思っているか悟ってしまい、傷つくことが少なくない。だからそうなる前に、心にバリアを張るように引き下がることがほとんどだ。

めずらしくしつこく食い下がった十和を、野口は目を細めて見つめている。

「私だって長谷川と同じ学校に行けたら楽しいとは思うよ。でも、やっぱりそれはイヤかな。なんか、突っぱねなきゃいけないことな気がする」

「どうして？」

「うまく説明できないけど、なんとなく。いまの私たちは楽な方に流されちゃいけないっていう気がする」

この話はもう終わりというふうに、野口は毅然《きぜん》と首を振った。実は素直なところがあるように、運を引きつけるところがあるように、野口にはこういう頑固で、かつ秘密主義な一面がある。きっと同じように十和を親友と思ってくれているはずなのに、絶対に立ち入らせてくれない領域がある。

いつだったか、野口と同じ御殿山小に通うAクラスの子にいきなり声をかけられたことがある。

「長谷川さんって、野口さんと仲いいの？　あんま近づかない方がいいと思うよ。あの子、学校で悪いウワサ結構あるから」

それまでほとんどしゃべったことのなかった子だ。その子は、自分はいいことを教えてやっているのだと疑っていない様子で、やたらと恩着せがましい表情を浮かべていた。

正直にいえば、イラッとした。もうすでに野口との仲は盤石なものだったし、それを他人からとやかく言われる筋合いはない。

でも、その苛立ちをわずかに好奇心が上回った。

「ウワサって?」

その子は勝ち誇った顔をした。

「いろいろあるよ。万引きで捕まったらしいとか、補導されたことがあるみたいだとか、オジサンと腕組んでるとこを見た子がいるとか、SNSで知り合ったパパがいるらしいとかさ、ホントにいろいろ」

「そうなんだ」

「ね? ヤバいでしょ?」

あの日のことを思い出すと、いまでも胸が痛くなる。その痛みの出所は、聞いた話の内容ではなく、おそらくは後悔なのだろうと十和は思う。

振り返れば、伝聞につぐ伝聞だった。らしいとか、みたいとか。自分が見たわけでもないのにどうしてそんな無責任なことが言えるのだろう。あんたの方がずっとヤバいよ。そう言い返すこともできたはずだ。

でも、十和は何も言うことができなかった。それどころか、野口ならそんなこともあるかもしれないと思ってしまった。そう思ってしまったことから来る悔いなのか、それとも言い返すことができなかったこと自体に対してか。

野口とはもちろんSNSでもつながっている。毎日のように塾で顔を合わせているのに、夜な夜なそこでもやり取りしている。

野口のSNSのアイコンは、憎たらしい風貌《ふうぼう》の太ったネコのキャラクターだ。しかし、いつだったか塾の帰りにちらりと見てしまったスマホの画面には、まったく違うアイコンが表示されていた。

目もとをピースサインで隠した女の子の写真。

それが野口のものであったなんて確信はない。たまたま他人のアカウントを見ていただけだと考える方がシンプルだ。

でも、十和はそれを野口の裏アカととっさに判断した。学校の友人にもそんなウワサのある子はいる。知らないおじさんに服やアクセサリーを買ってもらっている子がいるという話をたまに聞く。野口のお金回りがやけにいいのも気になる。親友だからって、何もかも明かすことなんてあり得ない。だって……。

十和の方にも野口に明かしていない秘密がある。

「ああ、ホントにいい天気。家帰るのダルいなぁ」

野口はあらためてボートに横たわった。十和はその姿をボンヤリと見つめる。結局、よく知らない子の陰口に興味を示してしまったことを自分は悔いているのだろう。自分が見ている野口がすべてではないかもしれないけれど、少なくとも見えている野口のことは大好きだ。それだけで充分だ。

野口はポツリとつぶやいた。

「私、やっぱりよくわからないんだよね」

「何が？」

「長谷川がどうして家族とうまくいってないのか、全然わからない」

本当に不思議そうに口にして、野口はもう一言つけ加えた。

「あんなにいい家族なのに」

十和はその言葉を聞き流した。

名残惜しむように舞い落ちる桜はやっぱりキレイで、来年の自分はどこで、どんな気持ちでこれを見ているのだろう。

そんなことを想像した。

「ただいまー」

夕方過ぎにマンションに戻ると、どういう風の吹き回しか、母はわざわざ玄関まで出迎えにきた。

最近お気に入りのショッキングピンクのTシャツに、ショートパンツという出で立《い》ち。もちろん寛乃のお母さんのように常に家の中でも着飾っていてほしいとも、年甲斐《としがい》がないとも思わないけれど、純粋に寒くないのだろうかと疑問に感じる。

母は基本的に薄着の人だ。「東京のマンションなんて寒くないようにできている」と、まるで極寒の地から出てきたようなことをよく言っているが、実家は大阪だし、おばあちゃんの家もそう構造の変わらないマンションだ。きっと昔は半ズボンで一年中過ごすような子どもだったに違いない。

「おかえりー。どうだった？」

母は瞳を輝かせて尋ねてくる。

十和は思わずキョトンとした。母からテストの出来を聞かれたことはほとんどない。気にならないことはないはずなのに、そういう取り決めでも誰かと交わしているかのように勉強のことは尋ねてこない。

「どうだったって、何が？　テスト？」

「あ、そうか。今日テストの日だったよね。うん、それもそうだけど、みんなでご飯行ったんでしょ？」

「ああ、そっちか。うん、楽しかったよ。パンケーキ食べて、プリ撮って、そのあと野口と二人でお花見した」

「何それ！　激アツじゃん！　今日なんてキレイだったろうねぇ。っていうか、なんで私も誘ってくれないのよ」

「なんでお母さんを誘わなきゃいけないのよ」

「普通誘うでしょ」

「普通は誘わないよ」

「えー、普通は誘うわよ。変わった子ねぇ」と口を尖《とが》らせた母にそれ以上取り合わず、リビングの戸を開く。

「ただいま」

思った通り、こちらでは真冬日かのように着ぶくれした父がソファで本を読んでいる。

この世にはそんなに読むものがあるのだろうかと思うほど、リビングにいるときの父はほぼ確実に本を開いている。

以前はよく本屋に連れていってもらっていたが、ここ数年の趣味は図書館通いだ。土曜日の午前中に十和を塾まで送っていくと、そのまま中央図書館に足を運ぶ。そこで借りた本を一週間かけて読破して、また次の土曜日を迎える。何冊も借りてしまうとそのルーティンが崩れてしまうらしく、絶対に一冊ずつ借りることがミソなのだそうだ。

父親の趣味に口出しするつもりはないが、「最近の図書館ってすごいんだよ。予約しておけば新作だって借りられちゃうんだよ」などと誇らしそうにされるのも、学校の友人に「十和ちゃんのお父さん、こないだ図書館で見かけたよ。すごく真剣な顔して本を探していた」と報告されるのも、娘としては情けない。

「おかえりー、十和ちゃん。どうだった？」

メガネを外して、父はやさしい笑みを十和に向けた。こちらの「どうだった」は一〇〇パーセント、テストについてのことである。

「うーん。今日はあんまりできなかった」

父の眉《まゆ》が機械仕掛けのおもちゃのように歪《ゆが》む。

「どの教科？」

「算数と理科」と、とりあえず先に苦手教科を挙げて、十和は冷蔵庫を開きながら淡々と続けた。

「あと国語と社会」

冷蔵庫にはカルピスが入っている。塾に通い始めた頃、テストのあとに父が買ってくれ、十和が大喜びしたものだ。以来、テストがある日は父は必ずカルピスを用意してくれている。最近は体型を気にして、家で甘いものは飲まないようにしているが、わざわざそれを伝えようとは思わない。

「カルピス、ありがとう」

テストの結果がそのやさしさを無下にするものであるのが心苦しく、十和はめずらしくお礼を言った。

いぶかる様子を見せず、父は素直に笑みを浮かべる。

「国語もできなかったの？」

「今日はあんまり」

「めずらしいね。十和ちゃん、国語は得意なのに」

そう言いながら棚の時計に目を向け、父は立ち上がった。

「よし。そしたら晩ご飯までの間に今日の復習しちゃおうか」

「えー、もうやるの？」と、十和は不満を表明する。父は弱々しく目尻《めじり》を下げた。

「それはやるよ。今日みたいな日こそ早くやらなくちゃ。出来が良くなかったんなら、どこができなかったか確認しなきゃ」

「いや、できたよ。本当のこと言うと今日はできた」

「ハハハ。冗談を言ってないで。さぁ、やるよ。今年はもう受験生なんだ。気分を切り替えてがんばろう」

印刷系の会社のサラリーマンとしか聞いておらず、実際にそこでどんな仕事をしているのかも知らないけれど、父の帰りはたいてい遅い。平日に一緒に過ごすことはほとんどない。

それはあまり「いまどき」のことではないらしく、父はしきりに「ごめんね」「もう少し早く帰れるようにする」などと言っていて、十和も以前は「なるべく早く帰ってきてね」と、しおらしく応じていた。

妹の花奈は本気でそう思っているフシがあるけれど、十和が父の不在をさみしいと感じたことはほとんどない。女三人だけの家の中は居心地がいいし、そもそも父の不在に気づいていないときもある。

反面、土日はわりと「いまどき」らしく、ほぼ確実に家にいる。ゴルフや競馬のような休日をつぶす趣味はないようだし、小さい頃は毎週のように家族でどこかに出かけていた。その意味では、父の趣味は「家族」だと言えるのかもしれない。四人で過ごしているときの父は本当に楽しそうだ。

いつの頃からか、十和はそれが煩わしくて仕方がなくなっていった。母といるのはいい。花奈と過ごしているのも普通だ。三人でいても問題はない。それなのに、そこに父が加わると途端に息が詰まる。父と二人きりになるとさらに息苦しく感じる。

それを最初に自覚したのは小三の頃だった。家族の行事がどんどん億劫《おっくう》になっていって、そのうちキャンプにも海水浴にも「行きたくない」と表明するようになった。父は意味がわからないという顔をしていた。母は意地になったように週末ごとの予定を立てた。

たぶん周囲の子たちより思春期の到来が少しだけ早かったのだろう。行ったら行ったでそれなりに楽しいのだが、行くまでは本当に憂鬱だったし、それ以上に家族でいるところを誰かに見られるのをおそれていた。

三年生が終わる頃、予定していたキャンプに当日になって「行きたくない」と駄々をこねた十和に、母がキレたことがある。

「ああ、だったらもう勝手にしろ！　そんなに行きたくないなら行かなきゃいい！」

おろおろする父の顔も、花奈の泣き声も煩わしかった。

「もう三人で勝手に行って！　私のことは放っておいて！」

「だから勝手にしろって言ってるの！　あんたなんてもう知らない！」

母は売り言葉に買い言葉というふうに声を上げ、キャンプそのものを取りやめようとする父や花奈の背中を強引に押して、本当に家を出ていった。

それでもすぐに帰ってくるだろうと、はじめはたかをくくっていたが、日が暮れても、夕飯の時間になっても、三人は帰ってこなかった。

そのうち心細くなってきて、何度も携帯を鳴らしたが、母は出てくれなかった。いつの間にか涙が出ていて、空腹もピークだった。なぜか家の電気をつける気にもならず、リビングの隅で小さくひざを抱えていた二十時頃、ようやく玄関から物音が聞こえてきた。

十和はあわてて涙を拭《ぬぐ》った。

「十和ちゃん？　大丈夫？　さみしくなかった？」と、最初にリビングに入ってきたのは、寝入っている花奈をおんぶした父だった。

少し遅れて、母が出かけるときと同じ仏頂面で入ってきた。

「ご飯は？」

「べつに。食べてないけど」と、いまさっきまで泣いていたことを忘れ、十和も闘争心を取り戻した。

母はため息を一つだけ吐《つ》いて、荷物を置くと、着替えもせずに、キッチンでチャーハンを作ってくれた。

そこに、花奈をベッドに寝かせた父が戻ってきた。

チャーハンのいい匂いが空腹をさらに刺激した。お腹《なか》が鳴るのを聞かれたくなくて、懸命に堪《こら》えようとしていると、母はお預けだというふうにチャーハンの載ったお皿を手に持ち、十和を見下ろした。

「ちゃんとイスに座りな。ヨシくんも。早く」

十和は渋々言われた通りにし、なぜか父は自分が怒られているかのように身体を小さくさせていた。

「いただきます」も言わずにチャーハンにがっついた。母はそれを咎《とが》めるでもなく、黙って十和の食べるのを見つめていた。

悔しいのと、腹が立つのと、安堵と、おいしいのと、いろいろな感情が一気に押し寄せ、また涙が出そうになったけれど、それを押し殺して一気に食べた。

一粒残らずチャーハンを平らげたところで、母は冷たいお茶を出してくれた。それを十和が飲み干したところで、ようやく本題に触れられた。

「それで？　あんたはここんところ何にイラついてるわけ？　何が不満？　自分の言葉で言ってみ」

母の声に毒気はなかった。父は小動物のように頼りない表情を浮かべ、小さく首をひねっている。

「べつに。不満なんてない」

何かを伝える気力は失せていた。母はふんと鼻を鳴らした。

「いま言っとかないとズルズルいくよ」

「何が？」

「私にも経験があるからよくわかる。家族への不満みたいなものって、言えるうちに言っとかないと収拾がつかなくなる。家族だからってなんでもかんでも察してくれるわけじゃない。いまのうちに自分の言葉でちゃんと伝えな」

十和は拳《こぶし》を握りしめ、頭を垂れた。母の顔も、父の目も見ることができなかった。どうせ二人とも知っているくせに……という思いさえ、声に出すことができなかった。

お互い根比べするように、沈黙の時間が長く続いた。父も口をつぐみ、不安そうに成り行きを見守っている。

先に息を漏らしたのは母の方だ。そして出てきた提案は、あまりにも唐突なものだった。

「わかった。そしたら十和、あんた四月から塾に通いな」

直前までとは違う緊張が部屋を包んだ。一瞬、何を言われたのかもわからなかった。本気で自分の耳を疑った。

「え、何? 塾……?」

十和はおずおずと顔を上げた。母は当然だというふうにうなずいた。

「四年生になったら行かせようって前から思ってたんだよね。いい機会だから春休みから通いなよ」

十和の住む吉祥寺の北町エリアは、いわゆる教育熱の高いところらしく、もうすでに塾通いを始めているクラスメイトは何人もいた。

その子たちが「中学受験」というものをするようだということも知ってはいたが、なんのためにそんなことをするのかわからなかったし、おかげで遊びの予定に加われない子も多く、そんな彼女たちを不憫《ふびん》としか思っていなかった。何よりも自分には関係のないものとこの瞬間まで決めつけていた。

「いや……。いいよ、塾なんて。私は行かない」

決して成績優秀というわけではなかったけれど、だからといって特別出来が悪いということもなく、その必要性さえわからなかった。

それ以上に理解できなかったのは、仮に母が十和を塾に行かせようとしていたとしても、なぜこのタイミングで切り出してきたかということだ。

ふと見た父も怪訝《けげん》そうに口をすぼめていた。それを見ただけで、父も何も聞かされていないのだと悟った。

父は我に返ったように目をパチクリさせると、ゆっくりと十和に目を向け、あわてたように加勢してくれた。

「そ、そうだよ。塾なんてまだ早いよ」

母は勝ち気な表情を崩さない。

「そう？　普通四年生から通うものでしょう？」

「普通ってなんの普通？」

「中学受験の普通」

「え、十和ちゃんって受験するの？」と、父は素っ頓狂《とんきょう》な声を上げた。母ははじめて難しそうな顔をしたものの、何かを振り切るように首を振った。

「それはこれから決めたらいいけど、いざ受験したいってなってからじゃ遅いでしょ？　準備しておくに越したことはないじゃない」

「いや、まぁ。それはそうかもしれないけど」

父は再び弱々しい目を十和に向けてきた。いつだってそうだ。母に論戦を挑みにいって、父が勝ったためしなどない。

頼りない父に代わり、十和が心を奮わせた。

「私、絶対に受験なんてしないよ」

「いまの十和がそう思ってるだけでしょ」

「未来の私だって同じだよ」

「そんなのわからないよ」

「わかるよ。自分のことだもん。絶対に考えは変わらない」

「ホントに？　考えは変わらない？　じゃあ、あんたはいまでもミスターグロービンと結婚しようと思ってるわけ？」

グッと、声に出そうだった。前触れもなく出てきた名前だけで、母の言わんとしていることが理解できてしまった。それが本当に悔しかった。

小さい頃に大好きだったマイナーアニメに出てくる、超のつくほどの脇役のミスターグロービンという土星人が、十和の初恋の相手だった。物心がついた頃には「十和はミスターグロービンと結婚する！　絶対する！」と毎日のように宣言していて、それは小学校に入学する頃まで続いた。

母は鼻で笑った。

「ね？　いまの十和が受験に興味ないって言ってるのって、過去の十和がミスターグロービンと結婚するって言ってたのと変わらなくない？」

「べつに。私はいまでもミスターグロービンと結婚しようと思ってるし」

「本気？」

「もう、うるさいな。言い方がまどろっこしいんだよ。イヤだ、塾なんて行かない。中学受験なんて絶対しない」

「だから、それはいまの十和が――」

「ああ、もう、うるさい！」

十和は両手で耳をふさぎ、大げさにかぶりを振った。母にはこういうところがある。イヤミっぽくて、弁が立つ。相手を自分のペースに引き込むのが抜群に上手《うま》い。

無言でやり取りを見守っていた父が、性懲りもなく間に入った。

「いやさ、お母さん。たとえ十和ちゃんが塾に通うことになったとしても、ちょっとまだ早いんじゃないかな。もう少し本人のやる気が出てきたタイミングを見計らって――」

「待ってたってそんなタイミングは絶対に来ないから」と、母は父の言葉を遮った。父は少しムキになって続けた。

「じゃ、じゃあ、もう少し受験にリアリティを持つ頃まで――」

その言葉も母は容赦なく切り捨てた。

「だからそんな時期は待ってたって来ないんだって。もし来たとしても、それから勉強してたんじゃ間に合わないって言ってるの。そもそもヨシくんは何年生から塾に通ってたのよ」

父は母を「お母さん」と呼ぶが、母はそれが気に入らないらしく、当てつけのように父を下の名前の「由紘《よしひろ》」か、あるいは「ヨシくん」と呼ぶ。

父はやりづらそうに鼻に触れた。

「それは、まぁ、四年生の春からだけど」

母がその情報を最初から知っていたのかは定かじゃないけれど、素直に応じる父の融通の利かなさに腹が立つ。

母は淡々と父を追い込んでいった。

「ちなみに受験にリアリティを持ったのは?」

「六年生の夏休みくらいかな」

「そこから準備を始めてたとしたら間に合った?」

「それは絶対に間に合わなかった」

「私立中に行って失敗したと思ってる?」

「それは……思ってない」

「受験勉強なんてしなきゃ良かったと思ったことは?」

「べつにないけど」

十和はうんざりしながら二人のやり取りを眺めていた。味方するフリをして、父は邪魔しているようにしか思えない。あるいは二人で示し合わせて、この茶番劇を演じているのではないかとさえ疑った。

決着はついたというふうに父から視線を逸《そ》らし、母はあらためて十和を見た。

「それで？　どうする？　行く？　行かない？　ちなみに行かないって言うなら、これから週末は全部キャンプだよ」

「そんなぁ」

「当たり前じゃない。勉強しないならせめて身体くらい動かさなきゃ。どうする？　十和の好きにしたらいい」

これも母のやり口だ。二択を与え、相手に選択を迫ろうとする。よくよく考えたらその選択肢に正当性はないのだけれど、まだ三年生だった十和に言い返す言葉はなかった。

それでもなかなか決めることのできなかった十和を見つめ、母は降参だというふうに声を上げた。

「わかった。そしたら、六年生が終わるときになってもまだ受験にリアリティを持てないって言うなら、そのときは受験なんてしなくていいよ」

「ホントに？」

「約束する」

「絶対に約束だよ」

「わかってるよ」

「じゃあ……、わかった。行くよ。塾に行く」

母はニコリともしなかった。

「そう？　わかった。ちなみにヨシくんってどこの塾に通ってたの？」

「僕？　僕は至誠塾だったけど」

「たしか駅前にあったよね？　了解。明日にでも申し込みしてくる」

母は話は終わったというふうに食器を持って、いそいそとキッチンに消えていった。取り残されたリビングで、なんとなく父と目を見合わせた。

あまりに急で見え透いた展開に、気持ちが追いつかなかった。もちろん憂鬱だったし、釈然としない気持ちもあった。

それでも毎週末に家族でキャンプに行くよりはずっとマシだ。

申し訳なさそうにする父からあわてて顔を背け、ボンヤリと自分の手を見つめながら、十和はそう思い込もうとした。


そうして三年生が終わる春休みから通い始めた塾は、ことのほか楽しかった。最初に受けた学力試験で、意外にもいい点数をとれたことが理由の一つだ。

国語と算数の二教科のみの試験だったが、そのための準備など何もしていなかったのに、平均点を優に超え、偏差値はどちらも六十を超えていた。

生まれてはじめて自分に与えられた偏差値という指標に十和はピンと来なかったけれど、中学受験経験者の父は大喜びしていた。

「へぇ、これはすごいよ、十和ちゃん。二教科ともすごくいいけど、とくに国語の点数がいいのがいいね」

「そうなの?」

「うん。もちろん国語だって勉強しなくちゃいけないけど、一般的にはセンスがモノをいう教科って言われているから。算数や社会はやっただけ伸びていくけど、国語は意外とそうでもない。ちなみにどんなところができなかった?　いま問題ってある?」

「あるけど」

「ちょっと見直してみようか。鉄は熱いうちに打てっていうからね」

褒められたことが意外にもうれしくて、十和は思わず「うん」と応じてしまった。こんなふうに父との会話が何往復もしたのは久しぶりだった。これもまた父と母との間で決められていたことだったのかもしれない。それ以来、テストのあとは必ず父とカルピスを飲みながら見直しするのが決まり事になったし、母は不気味なほど十和の勉強に関与しなかった。

いや、日々の勉強だけでなく、母は十和の受験にまったく関心を示さなかった。ならば、塾に行く、行かないで揉《も》めたあの日のやり取りはなんだったのかと言いたくなるほど、塾のことは父に任せきりにし、テストの結果さえほとんど見ようとしなかった。

　イヤイヤ通い始めた塾ではあったが、最初のテストの成績がたまたま良かったことと、その結果を受けて編成されたAクラスに野口がいたこと、それに学校の先生より塾の先生の方がずっと理解があり、授業もおもしろくて、すぐに楽しくなった。

　母の思惑通りに事が進んでいることは不満ではあったけれど、その気持ちもあっという間になくなった。

　四年生の頃は授業も週に二、三回程度で、テストは月に一度だけ。野口や寛乃を皮切りにすぐに他校の子とも仲良くなったし、居心地は悪くなかった。塾がある日が待ち遠しいと感じるほどではなかったけれど、行くのが苦痛と思ったこともほとんどない。

　でも、それも五年生の夏休みが終わる頃までだった。十和のモチベーションは何一つ変わらないのに、後期になって授業が週四回に増えた頃、少しずつ周囲の子たちの勉強に対する向き合い方が変わっていった。

　最初に変化があったのは女子だった。それまで下のクラスにいくにつれ幼さを増す男子のバカ騒ぎに呆《あき》れた表情を見せるだけだった女の子たちが、面と向かって「男子、うるさい！」と非難するようになったのだ。

　一緒になって笑っていた十和も思わず息をのむほど、教室に緊張感が立ち込めた。きっと母親くらいにしか叱《しか》られた経験のない男子たちは、あきらかに怯《ひる》みながら「なんだよ、女子。いい子ぶんな」などと捨て台詞《ぜりふ》を吐いていた。

十和がハッキリと焦りを感じるようになったのは、そういう男子たちの中にまでチラホラと勉強に取り組む者が出てきたことだ。

半年以上死守したBクラスの空気が少しずつ変わっていった。それまでやさしいだけだった先生たちの表情にも厳しさが混じり、ついてこられない者は置いていくというふうな意志を感じさせるようになった。

それでも、十和は変わらなかった。空気の変化を感じたからといって、自分ががんばることにはつながらない。行きたい学校がないということだけが理由ではないはずだ。そんな子は他にもいっぱいいる。親に怒られるからとか、他にやることもないからとか、それっぽい理由を挙げつつ、なんだかんだとやり始める。

みんな偉いなぁ……と、十和は他人事のように感じる。やる気になれないのなら受験しなくていいという母との約束にすがっているつもりはない。塾に通い、少しずつ「受験するのが当たり前」という空気になっていく環境に二年近く身を置いていれば、イヤでも現実味は帯びてくる。

でも、がんばろうという気は湧いてこない。いつか自分もやるようになるのだろうと思いながら、その「いつか」は六年生になる春休みになっても訪れる気配はない。

理由の一つは、自分にそっくりな人間がいつもそばにいるからだ。

「ねぇ、どうだった？　こないだのテストの結果」

春期講習も残りわずか。いよいよ六年生が間近に迫り、みんなの勉強にはいっそう熱が入っている。

その迫力に気圧《けお》されるようにして、十和と野口は塾を出てきてしまった。今日こそは自習していこうと朝の段階では意気込んでいたのに、二人ともまったく集中できなかった。

「べつに。全然ダメだったけど」

駅前のファーストフード店で、野口はコーヒーに口をつける。去年の秋頃から飲み始めたものだ。温かいコーヒーを気怠そうに飲む野口の姿があまりにもカッコ良くて、十和も試したことがあったけれど、想像を絶する苦さに悲鳴を上げた。

野口は今日もちゃんと美人だ。爪《つめ》に可愛《かわい》らしいネイルが施され、黒いワンピースも似合っている。

周りの大人たちがちらちらとこちらを見ていることに、野口は気づいているのだろうか。それなの日常茶飯事だというふうに、野口はつまらなそうな顔を崩さない。

「なんで？　長谷川はできたの？」

野口はコーヒーをゆっくりとテーブルに置いた。

「できたわけないじゃん。っていうか、今回はさすがにヤバい」

「いつもそんなこと言ってない？　寛乃じゃないけど」

「マジだって。私、今回ホントにCに落ちるかも」

身を乗り出して窮状を伝えた十和に、野口は小さなため息を一つこぼした。

「じゃあ、安心だ。私もたぶん落ちるから。そしたらまた一緒だね。長谷川がいるなら私も安心」

野口はかすかに微笑んだ。いつまでもこんなふうに二人で馴《な》れ合っていてはいけないのだろう。そう頭では理解しつつ、やっぱり野口がいれば安心だ。

野口は自分で塗ったという爪を見ている。その手首には新しい腕時計がはめられている。いつ買ったものだろう？　野口が新しく何かを買うときは、たいてい事前に相談を受ける。一緒にショッピングに出かけることも少なくない。でも、この高そうな時計については買ったことさえ聞かされていない。

あの子、学校で悪いウワサが結構あるから——。

野口と同じ御殿山小の子の言葉が脳裏を過った。

「ねぇ、野口さ」

「うん？」と、爪を見つめたまま言った野口を目にしたら、胸の中の言葉が氷のように解けてしまった。

「ううん、ごめん。なんでもない」

「はぁ？　何それ？　っていうか、長谷川ってこれからだよね？　親子面談」

「ああ、うん。明後日《あさって》かな」

「あれ、覚悟していった方がいいよ。キノッピー、人が変わったみたいに厳しいことばっか言ってくるから」

「マジで？」

「うちのお母さん、カンカンに怒ってた。やる気がないなら塾なんてやめろって。ホントにやめるって言ったらもっと怒るくせに」

野口はどこかさみしそうに口にする。家族のことを話すとき、たまに見せる表情だ。おかしな空気にのまれたくなくて、十和は努めて明るく振る舞った。

「キノッピー、どんな感じ？」

「なんか追い込んでくる感じ。ああ、でもちょっといいことも言われたな」

「へぇ、どんな？」

「それは――」と言ったところで、野口はようやく十和に目を向け、ニコリと笑った。

「まぁ、行ってからのお楽しみ。たぶん長谷川も同じこと言われるから。面談が終わったらまた話をしよう。長谷川が何を感じたか聞いてみたい」

普段、先生との面談があるときは、母が塾にやって来る。父と同じく、母がなんの仕事をしているのか、十和はよく知らない。

ただ、数年前に大流行した感染症の影響で会社のシステムが大きく変わったらしく、家で仕事をすることが多くなった。「理由が理由だから喜んではいられないけどね。十和の受験的には良かったよ」と、母はとくに受験に対して何もしていないのに言っている。

先生たちと母の間でどんなやり取りがされているのかも、授業中の十和は知らない。良くないこともたくさん言われているはずだけれど、母がそれを伝えてくることはないし、十和からわざわざ触れようとも思わない。

春休み中、たまたま塾が休みだったこの日の三者面談も、当然母が立ち会うのだろうと思っていた。

それなのに母は朝から花奈と一緒に出かけてしまい、そろそろ出なきゃいけないんじゃないかと焦り始めた夕方になって、父が突然帰宅してきた。

「半休を取っていたのに結局長引いちゃったよ。間に合って良かった。十和ちゃん、遅くなってごめん」

額に汗を浮かべる父を見ても、十和はぴんと来なかった。

「どうかしたの？　今日ってなんかあるんだっけ？」

「なんかって、塾の面談って今日でしょう？」

「え、お父さんが来るの？」

「あれ、聞いてなかった？　お母さんにそうするように言われたから。年度末で仕事も忙しかったんだけど、僕も一度ちゃんと話を聞いてみたかったし」

「そうなんだ。だからお母さんいないんだね」

「なんか有給取って花奈ちゃんとタカラヅカに行くって言ってたよ」

「ウソ？　朝から？」

「うん。あ、本場の方ね。兵庫の、宝塚市の。なんかおばあちゃんがチケットとってくれたんだって。え、それも聞いてない？　それくらい言っていけばいいのに」

「泊まりで？」

「ううん。遅くはなるけど帰るって。明日は出社とか言ってたから」

父はネクタイを外しながら言うと、着替えのために寝室へと消えていった。十和の胸にいろいろな感情が入り乱れる。

真っ先に駆け巡ったのは、いまこの家の中で父と二人なのかという思いだ。そのことを認識しただけでお腹を下しそうになる。

低学年の頃から少しずつ膨らんでいった父に対する嫌悪感というか、拒否感は、形を変えずにますます大きくなっている。

野口たちの言う通り、きっといい父親なのだろうとは思う。これまで怒られたことは一度もないし、やさしさを疑ったこともない。

おかしいのは自分の方だ。そんなことは百も承知しているけれど、父と一緒にいるとどうしても息が詰まりそうになってしまう。もちろん、父にそれを直接言うつもりはないし、母に対しても同じだ。おかしい子と思われるのは面倒だし、無用に傷つけることもしたくない。だから適度な距離を保っている。つかず離れずの距離をなんとか保とうとしているのに、母が、受験が、勉強が、十和と父を強引にくっつけようとしてくる。

母と花奈が二人で出かけたことにかんしては何も思わない。三年生のときとはもう違う。いっそ父も一緒に出かけてくれたらと思うくらいだ。いまなら二泊でも、三泊でもしてきてくれてかまわない。ご飯なんてどうとでもなるし、家で一人でいることを考えるだけで深く呼吸ができる気がする。

でも、引っかかることも一つある。おばあちゃんがチケットを用意したという点だ。大阪に住む母方のおばあちゃんを、十和は心から慕っている。まだ六十歳にもなっていなくて、細身のジーパンをカッコ良く穿《は》いている。十和の勧めた音楽を自分でダウンロードして聴いてくれて、いまも現役バリバリで働いている。昔話に出てくるようなおばあちゃんとは何もかも違う祖母のことを尊敬してやまない。

二人はおばあちゃんと会うのだろうか。どういうわけか、母とおばあちゃんは昔からあまり仲が良くないようだ。十和の目には二人はよく似ているように映るのだが、なんとなくお互いが牽制《けんせい》し合っているというか、言葉の端々にトゲを感じる。

そういえば、いつか野口が「同族嫌悪ってやつじゃない？　長谷川と亜紀子さんにもそんなところあるじゃん」と、知ったような顔をして言っていた。

その母とおばあちゃんが仲良くミュージカルを鑑賞するとは思えないが、万が一そういう流れになっていたら花奈に対して嫉妬《しっと》してしまう。

「いいなぁ、大阪」

思わず独りごちたところに、父が寝室から戻ってきた。

「え、そうなの？　十和ちゃんもタカラヅカ見たかった？」

「べつにそういうわけじゃないけど」

「そしたらゴールデンウィークに四人で出かけようよ。今年の夏休みは夏期講習でつぶれちゃうだろうし、最後の長い休みだと思うからさ」

屈託のない顔で憂鬱なことを口にする父は、手に一冊の本を持っていた。図書館のラベルシールのついた、まだ新しそうな本。『昨日までの家族』というタイトルになんとなく見覚えがあるけれど、どこで見たものだっけ？

「準備できた？　それじゃあ、行こうか」

父は本当にいい人だ。それは絶対、間違いない。その人の好《よ》さがこんなにも十和を苦しくさせる。それを伝えられる人はいない。

先に外に出た父の背中を見つめながら、十和はかすかなうしろめたさを感じていた。

塾に入ろうとしたとき、ちょうど入れ替わるようにして寛乃が出てきた。家にいても上品すぎる格好をしていた人だった。となりを歩くお母さんはもはや「社交界」みたいなものを連想させる服を着ていたが、顔色は家にいるときとまったく違う。

「あ、十和……」という寛乃の声が沈んでいる。きっと面談で絞られたのだろう。

寛乃のお母さんはハッとした顔をして、笑みを取り繕った。

「ああ、十和ちゃん、久しぶりね。いまから面談？」

「こんにちは。はい、いまからです」

「そうなんだ。あれ、お父さま？」

「あ、はい。父です」という十和の言葉を受け、父がすっと姿勢を正した。

「いつも娘がお世話になっております。長谷川十和の父です」

「西原寛乃の母です。こちらこそいつも十和ちゃんにはお世話になっていて。一度、拙宅にも遊びにみえたことがあるんですよ」

「ああ、そうでしたか。そんなことも知らずに申し訳ございません。今度は是非うちの方にも来てください」

「いえいえ。今年はもう二人とも受験生ですからね。それはお互いに大願成就してからということにいたしましょう」

大願成就なんていう言葉をはじめて聞いた。寛乃のお母さんはやさしい笑みをそのままに、ゆっくりと視線を十和に落とす。

「いいわね、十和ちゃん。お父さまと一緒だなんて」

「はい」と、何か言うのも面倒なのでそう答えた。寛乃のお母さんは満足そうにうなずき、寛乃の背中に腕を回した。

「それでは、ごきげんよう。十和ちゃん、また塾で会いましょうね」

寛乃が家の中で虐げられているとは思わない。でも、去り際にちらりと振り向いた寛乃の顔は売られていく子牛のように不安そうで、思わずその身を案じてしまう。

「なんだかすごいお母さんだね。ごきげんようなんていう言葉、僕、生まれてはじめて耳にしたかもしれないよ。拙宅も」

「着る服とか、髪型とか全部決められてるみたいだよ」

「うん？　いまの寛乃ちゃん？　お母さんに？」

「うん」

「あちゃー、それはちょっとよろしくないね。親がすべてコントロールするのって正しいことじゃないと思うんだよなぁ」

そんなことを口にしながらも、父の顔はのんきそうだ。

「ま、よそ様の家のことには首を突っ込まない方が賢明だけど。人は人、自分は自分ということで。さ、行こうか」

指定されていた十七時半ちょうどに空き教室の戸を開くと、教室長でもあるキノッピーはすでに座って待っていた。

やはり父が一緒であることが意外だったらしく、キノッピーは「え、お父さん?」と十和に尋ね、あわてたように席を立った。

「あ、どうも。はじめまして。お世話になっております。十和の父の長谷川由紘です」

「あ、こちらこそ。至誠塾吉祥寺校の教室長で、普段は国語と社会を担当している木下雄太《ゆうた》と申します。はじめまして」

二人ともわざわざフルネームを口にして、はじめましてと言い合っている。どことなくギクシャクした空気が流れて、べつに笑いはしなかったが、おかげでおそれていたようなピリッとした雰囲気にはならないでくれた。

でも、それも最初だけだった。

「さぁて、十和の番だな。どうだ、最近は?」

キノッピーはわざとらしい笑みを浮かべて、資料の束から一枚の紙を抜き出し、机に置いた。先日の公開テストの結果だ。

もちろん家で一度見ているが、あらためて目を通すとひどい内容だ。四教科すべて目も当てられないけれど、とくに国語と算数の結果が悲惨だった。

国語の偏差値が四十二、算数に至っては三十九。もちろん十和が入塾したあと、日本中の賢い子がどんどん至誠塾に入ってきているわけで、底上げされているのだから単純計算はできないのだろうけれど、この二年間にどちらも二十以上も偏差値を下げていることになる。

言い方を変えるなら、偏差値を二十落とすために二年も塾に通っていたのだ。その間に父がどれだけお金を払ってくれているのかは想像もつかないけれど、親不孝しているのは間違いない。

「はっはー。これはなかなか」

父だって家で成績を読み込んでいるはずなのに、感情のよくわからない言葉を口にする。キノッピーに野口が言っていたような厳しい様子は見られない。それさえも通り越して、すでに呆れてしまっているのか。

「どうだ、十和。まだやる気にはなれないか?」

「あー、うん。ええと、はい」

普段、キノッピーとは気安い調子で話しているが、ここに父がいるせいか、どう接していいかわからない。

キノッピーは困惑したように肩をすくめる。

「あと一年を切ったぞ」

「わかってる」

「みんな意識が変わってきてるぞ」

「それも知ってる」

キノッピーはわかっていることばかり言ってくる。十和の知りたいのはそれじゃない。どうしたらそのやる気が湧いてくるのか。意識が変わるのか。それを教えてくれるのが塾の役割ではないのだろうか。あるいは塾は勉強を教えてくれるだけの場所であって、やる気うんぬんにかんしてはタッチするところじゃないのだろうか。

父も同様の疑問を抱いたようだ。

「あの、先生？　ちょっとお尋ねしたいのですが、これまでも十和のような生徒さんって存在したわけですよね？」

「十和さんのようなというと？」

「受験まで一年を切っても勉強に身が入らない生徒です」

父のストレートな物言いに、キノッピーは難しそうな笑みを浮かべた。

「それは、まぁ」

「一般的にそういう生徒さんたちって、どうやってモチベーションを上げていくものなんでしょうか？」

「それは、やっぱり行きたい学校を一日も早く見つけることでしょうね」

「他には？」

「はい？」

「あ、いや、すみません。志望校を見つけて、それを目標に勉強をがんばるというのは、私のような素人でも想像ができるんです。ですが、その志望校を見つけることって、そんなに簡単なことじゃないとも思うんですよ」

「はぁ」

「きっとたくさんの学校を見学して、憧れを抱くというのが一般的な流れなんでしょう。私自身も中学受験を経験しているので、そういう友人は一定数いたのですが、私は子供心にもなんとなく釈然としない気持ちがありまして」

「ほう。どういう点が？」

キノッピーはかすかに前のめりになって、父の話に興味を示した。父は本当に釈然としないという顔をしている。

「こんなのは作られた憧れに過ぎないって」

「作られた？」

「ええ。結局、親の意向がうまい具合にすり込まれているだけじゃないかって。自分で憧れを抱いたというふうに思い込んでいるだけで、実際は洗脳されているだけじゃないかって。そんなことを思ってたんです」

「ハハハ。なかなか辛辣《しんらつ》ですね」

「いや、辛辣とかそういう話じゃないんですよ。そこを上手にコントロールするのが親の役割という人もいるかもしれませんが、私はそう思いません。そもそも十和は賢い子です。そんな親の企《たくら》みなんて簡単に見透かすでしょうし、そもそも私自身に行ってほしい学校というものがないんです」

「ちょっと、お父さん。何言ってんの。やめてよ」と、十和は父を止めようとした。その十和を、キノッピーが手で制す。

「なるほど。ちなみに差し支えなければ、お父さんはどちらの中学に？」

「私は啓愛大付属でした」

えっ、と声が出そうだった。父が中学受験を経験したのも、東京の八王子で育ったのも知っていたが、そういえば出身校を聞いたことはなかった。

啓愛大付属中はその名の通り、啓愛大学までストレートで行ける私立の共学校だ。稜花小学校に通っている寛乃がわざわざ外部受験するほど優秀な学校で、学校案内なんてほとんどめくったことのない十和でもその名前を知っている。

キノッピーは「なるほど」というふうにうなずいた。

「ちなみに志望校はご自身で？」

「まぁ、一応そういうことになるんですかね。偏差値の高いところを上から順に受けていったという感じでしたが」

「そのことに不満が？」

「そういうわけではありません。当時の私は負けず嫌いでしたし、ゲームなども大好きでしたので、性には合っていたと思います。ですが、結局あれだって親にそう導かれてのことだったと思うんです。あの頃の私より、いまの十和の方がずっと大人で、賢いです。そこに意味を見出せなければ、我々が何を指し示そうが絶対に志望校など見つけられませんし、その方向からやる気になることはあり得ないと思うんです。だったら、モチベーションを上げるための違うアプローチはないだろうかと」

キノッピーは困惑の目を堂々と十和に向けてきた。気持ちはわかる。大人とか、賢いとか、どう考えたって過大評価だ。親の欲目もはなはだしい。

それ以上に、はじめて目にする父の一面に面食らい、十和は言葉を発せなかった。想定していた展開と違ったのだろう。キノッピーも二の句を継げないようだ。

「じゃあ、偏差値とか、通いやすいとか、そういうこと全部取っ払ったとして、十和自身はどんな学校に興味がある？」

しばらくの静寂のあと、キノッピーは尋ねてきた。真っ先に脳裏を過ったのは「野口と同じ学校」というものだったが、それが大人たちを喜ばせないのはわかっていたし、何より当の野口に拒否されている。

「わからない」

「たとえば、制服がカワイイとか、授業が厳しくないとか、部活に所属しなくていいとか、もう二度と受験をしなくていいとかさ」

さすがキノッピーだ。十和の性格をよく知っている。こうして並べられると情けなくなるけれど、そのすべてが魅力的ではある。

でも、仮にそのすべてを叶《かな》えてくれる学校があったとしても、そのためにがんばれるかと問われると自信はない。

少しの静寂のあと、十和はポツリとつぶやいた。

「なんか、ちゃんと自分ががんばれる学校に行きたい……かも」

我ながら消え入りそうな声だった。その蚊の羽音のような小さな声に、大人たちはそろって反応した。

「がんばれる学校?」と、父が瞳を輝かせて繰り返すと、キノッピーも「なんか良さげなのが出てきたじゃん」と微笑んだ。

二人の視線を浴びて、十和は身を小さくさせた。頬も熱くなっている。なんで自分がそんなことを口にしたのか、とっさのことで思い出せない。ちゃんとがんばれる学校って、なんだろう?

結局、十和の口からはそれ以上のことは出てこなくて、父とキノッピーは二人で話を進めていった。志望校を見つけること以外にやる気を引き出す方法はあるのか、そもそも私立中学に行く意味は何なのか、小学生がここまで勉強することの必要性とは、公教育だけでは絶対に太刀打ちできない中学受験の本質とは……。まるで十和などここにいないかのように二人の話は熱を帯びている。

帰り際、トイレに行った父の背中を見つめながら、思わずというふうにキノッピーがつぶやいた。

「おもしろいお父さんだな」

再び身体が熱くなる。

「わかりません」

「そうか？　頭もいいし、お前のことよく理解してくれてる」

十和はその言葉に応じなかった。

「先生って子どもいるんですか？」

「うん？　俺か？　俺は結婚もしてないよ。若い頃にモテまくっちゃったからな。相手を選んでいる間に時機を逸した」と、キノッピーは自分で言って大声で笑った。教室でみんなと一緒に聞いていたら盛り上がったかもしれないけれど、十和の心は弾まない。

「じゃあ、もし先生に子どもがいたとしたら、その子に中学受験ってさせますか？」

「あー、いい質問だ。それは本人次第かなぁ」

「じゃあ、もし先生の子どもが私だったら？」

普段だったら絶対に恥ずかしくて聞けない疑問が、自然と口をついて出る。キノッピーは茶化さないでくれた。それどころか不意に真顔を取り戻して、十和の目をまっすぐ見つめ、力強くうなずいた。

「それは、間違いなくやらせるな」

「どうして?」

「良くも悪くも、お前が周囲に流される人間だからだ。たとえばいまのお前のまま啓愛大付属に入っても、それなりにやれると思うんだ。逆に超のつくヤンキー学校に入ったとしても、それなりに不良たちに馴染《なじ》む気がする。どうせ朱に交わって赤くなるのなら、その朱はいい朱の方が良くないか?」

「でも、それは違うと思う」

「どうして?」

「だって、いまのみんなはやる気になってるもん。でも、私はなれてない。全然まわりに交われてない」

キノッピーはつまらなそうに鼻を鳴らす。

「それは、お前にとっての朱がみんなじゃないっていうだけだろ?」

「どういう意味?」

「お前の朱は悠だけだ。あいつも同じようにパッとしてないから、お前らは二人そろってウダウダしてる。違うか?」

キノッピーもみんなと同じように、野口のことを悠と呼ぶ。なんとなく二人まとめて批判されたような気がして、一瞬ムッとしかけたけれど、キノッピーはそういう意味じゃないというふうに首をひねった。

「あいつにも同じことを伝えたんだけどな。聞いてないか?」

「うん。私の面談が終わったら話そうって」

「そうか。いやな、それでも俺はお前らは大丈夫っていう気がしてるんだ。どういう過程かはわからないけど、なんとなくそれぞれスイッチが入る瞬間が来る気がしてる。しかも、そう遠くない時期に」

「なんでそう思うの?」

「さぁな。この業界に長く生きている人間の勘ってやつかな」

キノッピーは映画俳優がするようにウインクした。それを気持ち悪いとも、バカにしようという気にもならず、十和はボンヤリと本当にそんな日が来るのかと考えた。いまの自分には想像もできない。

父が小走りで戻ってきた。律儀に手を拭《ふ》いたハンカチをカバンにしまっている。中から例の本がちらりと見えた。ああ、これって……という声が漏れそうになって、十和はあわてて口をつぐんだ。

「それでは、先生。引き続きよろしくお願いいたします」

こちらこそ、と言ったキノッピーに見送られ、塾を出たところで、すぐに気まずい空気に捕らわれた。

父の方はそれを感じていないらしい。

「モチベーションかぁ。たしかに小学生が自分から進んで勉強するって、考えてみたらすごいことだよね。よっぽどその学校の部活に憧れるとか、そんなことくらいしかイメージは湧かないよなぁ。十和ちゃんはすごいことをしているんだよなぁ」

自分だって経験者のくせに、父は十和の機嫌を取るようなことを言ってくる。あまりしゃべりたいとは思わなかったが、黙っているのも気まずくて口を開いた。

「お父さんって受験そのものには賛成してるの？」

以前から興味があったことだ。父はなんでもないというふうに肩をすくめる。

「うん。してるよ」

「どうして？　お母さんが言い出したときは反対してくれたじゃん」

「あれは何も聞かされていなかったことにちょっとおどろいただけだよ。受験そのものに反対してるわけじゃない」

「そうなんだ。どうして賛成？」

「うーん。そうだなぁ。理由は二つあって、一つは、これは僕自身の経験から言えることなんだけど、中学受験をして失敗したとか、損したとかって言ってる人をほとんど見たことがないからかな。もっといい学校に行けたはずだとか、もっと努力をすれば良かったって嘆く人間はいたけど、受験なんてしなきゃ良かったっていう声はあんまり……、っていうか、僕は一度も聞いたことがないかもしれない」

「もう一個は？」

「それも僕の個人的な意見だし、説得力はないし、だから十和ちゃんに勉強を強要しようとなんて思ってないし、プレッシャーにも感じてほしくないんだけど、まだ自分という人間が決定づけられていない時期に遮二無二努力するという経験をすることはいいと思うんだよね。イヤミに聞こえたらごめんね。でも、大人って損得でしか行動できないし、自分が納得できることでしか努力できないんだ。小学生が不満を抱えながらも、それを打破して努力しようとすることって尊いというか、そんなことができる人間は間違いなく強くなるって思うんだよ。かけがえのない経験っていうかさ」

父は流れるように口にすると、透き通った笑みを見せつけてきた。決してイヤミとは感じなかったし、むしろすとんと腑《ふ》に落ちた。腑に落ちてしまったことが気に入らなくて、十和は口を尖らせた。

父は勘違いして手を振った。

「いや、違うんだよ。僕は本当に中学受験なんてどうでもいいと思ってる。僕、お母さんの言うことって大体しっくり来るし、いいこと言うなぁって感心することが多いんだけど、とくに好きなのは『死ななきゃ何をしてもかまわない』っていう例のやつ。あれ、みんな頭ではわかってると思うんだけど、実践できている人は意外なほど少ないと思うんだ。でも、実際に死なきゃいいんだよね。十和ちゃんが元気に生きていてくれるなら、僕もお母さんも学校なんてどこでもいいと思ってるよ」

父の言っていることはきっと正しい。そんな言葉で救われる受験生は世の中にきっとたくさんいるのだろう。

でも、どうしても十和は認めることができなかった。父の言葉が正しければ正しいほど、心が硬直していく。

本当は家に帰るまでの間に聞いてみたいことがあった。父が図書館から借りて、カバンに忍ばせている本について。『昨日までの家族』は、前回の公開テストの国語で出題された小説だ。

父はもうそれを全部読んだのだろうか。

読んだのなら、あの問いの答えはわかったか。

「あの本の中に〝家族の幸せの形〟って書いてあった?」

そう尋ねたいと思っていたのに、いつになく雄弁な父を前に、その気持ちはみるみる萎《しぼ》んでいった。

夕飯までには帰ると聞いていたのに、宝塚までの日帰り旅行はさすがにハードだったらしく、母から家族ＬＩＮＥで『やっぱり駅弁を食べて帰ります。夕飯は二人で食べておいてー』と送られてきた。

途端に父が張り切り出したのが気配でわかった。十和は帰宅するとすぐに自分の部屋に閉じこもり、ベッドに横たわっていたが、父が向かってくる足音が聞こえてあわてて布団を頭からかぶった。

「十和ちゃん、起きてるー？」

いつ、いかなる場合でも、父は律儀に子ども部屋の扉をノックする。花奈しかいないときはわりと遠慮がないと聞いているが、十和がいるときは絶対にドアの向こうで返事を待つ。

声を上げるのが億劫で、十和は寝たふりを決めこんだ。久しぶりに父娘《おやこ》のコミュニケーションがとれたのがよほどうれしかったらしく、父はいつになく気が大きかった。

「寝てるの？　ねぇ、入るよ？　入るからね」

「ああ、もう。何？」と、十和はうんざりしながら声を上げる。回りかけていたドアノブがピタリと止まった。

「あ、ごめん。お母さんからのＬＩＮＥ見た？　晩ご飯、どうする？　せっかくだから焼肉でも食べにいこうか」

「ああ、私はいい。いらない」

「いらないって、そういうわけにはいかないよ。なんかお腹に入れないと」

「今日お昼いっぱい食べちゃったからホントに大丈夫。っていうか、ちょっと頭痛いから寝てたいの」

「ホントに？　心配なんだけど」

「本当に大丈夫だから放っておいて」

ありがとう、という言葉は、最後の最後で引っ込んだ。

それでも父は最後までボソボソと何か言っていたが、結局ドアを開くことなく、とぼとぼとリビングへ戻っていった。

自分がおかしいのはわかっている。わかっているだけにイライラする。

布団をかぶった頭の中で、負の感情がグルグルする。

一日でも早く始めなきゃいけないという焦りと、どうしてやらなくちゃいけないんだという不満と、来年のいまごろはどこで何をしているのだろうという不安と、父に対するどうしようもない苛立ちと、かすかな申し訳なさと……。

十和はスマホに手を伸ばした。どうしようもない気持ちに胸を締めつけられるとき、助けてくれるのはもちろん父ではないし、母でもない。どれだけ懐いてくれていたとしても花奈に悩みを打ち明けたことも一度もない。

十和は駆り立てられるようにアプリを立ち上げ、通話マークをタップした。しかし、待てど暮らせど、野口は電話に出てくれない。

可能ならいまから会えないかとも思っていた。しかし送ったＬＩＮＥにも一向に既読マークがつかないまま、三十分ほどしてようやく送られてきた内容はこんなものだった。

『ごめん。生理。死んでる』

文面にそぐわないバカバカしい太ったネコのスタンプが、十和の気持ちをさらに冷たくさせる。

そのうち母と花奈が帰ってきた。部屋の電気もつけず、ベッドに横たわる十和に遠慮することなく、花奈が「お姉ちゃん、ただいまー。タカラヅカ楽しかったよー」と明るい声で入ってきて、すぐに母が電気を灯《とも》した。

「何？　十和、具合悪いの？」

「大丈夫」

「ご飯は？」

「平気」

本当に空腹は感じなかった。母はしばらく扉の前に立っていたようだが、大きなため息を一つ残すだけで、それ以上何も言わずに出ていった。

お風呂に入った様子もなく、花奈はすぐに寝息を立て始めた。十和はベッドから出て、あらためて電気を消し、そのまま自分の机に腰を下ろした。

二人ももう寝たのだろうか。リビングから物音は聞こえない。

机の鏡に自分の顔が映っている。決してネコみたいではない、鋭く、細く、冷たさを感じさせる目を睨《にら》みつける。

無意識のまま、再びスマホを手に取った。

父でもなく、母でもなく、花奈でもない。十和が胸に抱く何もかもを打ち明けられるのは、野口でもない。

その相手は一人だけだ。

そのとき必ず一緒に胃袋のあたりに押し寄せる、罪悪感や、うしろめたさを強引に振り払って、十和は思ったままを書き連ねた。

『約束破ってごめんなさい。どうしても聞いてほしいことがあって。何を聞いてほしいのかもよくわかってないんだけど、どうしても自分自身じゃ解決することができなくて――』

そんな書き出しから、十和は最近起きたこと、感じていること、怒っていること、不満なことを、余すことなく文章にした。

〝あの人〟からの返事はすぐに来た。

『こんばんは、十和ちゃん。僕のことは気にしなくていいよ。それより君が心配です。中学受験か。大変だね。僕には想像もつかないけど。いまはいろいろ不安定な時期だろうけど、安心して大丈夫。そのモヤモヤはいつか必ず抜けるから――』

もういっそ〝家族の幸せの形〟についても聞いてみようか？　十和のざらついた気持ちを鎮めてくれるのは、いつだってあの人からの無責任なメッセージだ。

こんなこと誰にも伝えられない。もちろん母にも、父にも。同じようにうしろめたいことをしているであろう野口にだって教えられない。言ったら、みんなに軽蔑《けいべつ》される。自分が正しくないのはわかっている。

最悪だという自覚はちゃんとある。でも、十和にとってはどうしても必要な存在だ。

パンクするよりマシでしょう――？

あの人にメッセージを送るとき、十和は必ずそんな言い訳を誰かにしている。

※

送ってくれた東京駅の改札前で、父は最後まで言っていた。

「本当に一人で平気？　明日ならみんなで行けるよ。帰りは大阪まで迎えにいこうか？」

東京駅など吉祥寺から中央線で一本だ。十和は最後まで一人で行けると言い張ったが、父はわざわざ車まで借りて出してくれた。

ゴールデンウィークのど真ん中。駅には多くの人たちが行き交っている。煩わしいという気

持ち を押し殺して、十和は笑みを取り繕った。

「大丈夫。新大阪までおばあちゃん迎えにきてくれるし、帰りも駅まで送ってくれるし。べつにお迎えもいらないよ。吉祥寺くらい一人で帰れる」

十和は本心から言ったが、父はとんでもないというふうにかぶりを振った。

「何バカなことを言ってるの? ねぇ、十和ちゃん。本当に油断しちゃダメだからね。十和ちゃんはたしかにしっかりしているかもしれないけど、まだ小学生なんだから。なんでも一人でやれるなんて思っちゃダメだよ」

横を通り過ぎていく人たちは、おかしそうに、あるいは不思議そうに二人のやり取りを見つめてくる。せっかくはじめての一人旅に気分が高揚しているというのに、父がその感慨をぶち壊す。

「わかった。もう行くね」

「ああ、うん。じゃあ、これね」と、父は引いてくれていたスーツケースと、親戚用に駅で買ったお土産の袋を渡してきた。

「ありがとう」

早く解放されたい一心でお礼を言って、十和は父の顔を見ずに踵《きびす》を返した。「おばあちゃんにくれぐれもよろしくね! 不安になったら必ず連絡するんだよ! 本当に油断しちゃダメだからね!」という悲鳴のような大声が追いかけてくる。

周囲の人たちが笑っているように思えてならなかった。そのおかげで、本当は少しだけ抱えていた不安な気持ちはキレイに消え失せ、新幹線に乗り込むときにはむかっ腹を立てているほどだった。

楽しみにしていた富士山にも、途中で止まった名古屋や京都といった大きな駅にも、あまり心は弾まなかった。持ってきた本を開こうとも思わなかったし、だからといって寝ることもできなくて、流れていく窓の外の景色をボンヤリと眺めていた。

一人きりの新幹線の旅は、家族と一緒のときよりもずっと長く感じた。それでも目的の新大阪が近づいてくると、十和はソワソワした気持ちを押し殺すことができなくなった。父と母から立て続けに『ちゃんと起きてる?』『もう着くよ』というLINEが入ってきたが、返信を後回しにして乗降口のドアの前にできていた列に並ぶ。

新幹線がホームにすべり込むと、小走りで改札をくぐり抜け、三階にある中央コンコースを目指した。

おばあちゃんとの待ち合わせ場所は、豊臣秀吉にゆかりのある「千成びょうたん」というモニュメントの前だ。電車を降りたら真っ先に電話することになっていたが、そのことをすっかり忘れて約束の場所まで来てしまった。

おばあちゃんは苛立ったように顔をしかめ、スマートフォンを耳に当てていた。

「おばあちゃん!」

つい数時間前、公衆の面前で大騒ぎしていた父にウンザリしていたことを忘れ、十和は走りながら声を張る。

　おばあちゃんは真っ白な半そでのTシャツに、花柄のスキニーパンツを合わせている。スニーカーなんてニューバランスだ。ベリーショートの髪はまるでシルバーに染め上げているように美しく、赤いマニキュアにも目を惹《ひ》かれる。

　谷中瑞稀《やなかみずき》という名前と同じく、おばあちゃんはあいかわらずイケている。これまで何人かの友人の祖母と会ったことがあるけれど、みんなちゃんと「おばあちゃん」だった。

　おばあちゃんはスマホを耳から離し、安堵したように息を吐く。

「ちょっと、十和ーっ。あんた、電話するって約束したやろ！」

「ごめんね！　早くおばあちゃんに会いたくて」

「もう、ホンマにこの子は！　カワイイこと言えばええと思って！」

　口では怒ったように言うものの、胸に飛び込んだ十和の頭を、おばあちゃんは慈しむように撫でてくれる。

　その胸からおばあちゃんの香りが漂った。十和にとって大阪のおばあちゃんの匂いとは、シャネルのN°5という香水の香りだ。去年、おばあちゃんになんの匂いかと尋ねると、みんなには内緒やでと、こっそり耳の裏につけてくれた。

　たった一滴程度のものだったのに、その香りはいつまでも残っていた。オシャレな服も、カッコいい髪型も、派手なマニキュアもすべておばあちゃんらしくあるけれど、おばあちゃんをおばあちゃんたらしめる最たるものはこの香りだと思っている。

おばあちゃんは当たり前のように十和のスーツケースを引いてくれた。そんなことをさせたくなかったが、変に老人扱いすることをとにかく嫌う人だ。ここは黙って従うのが得策だ。

おばあちゃんもカーシェアをして迎えに来てくれていた。

「とりあえず亜紀子か由紘さんに電話しとき」

車に乗り込むなり、おばあちゃんは言ってきた。スマホを見たら、おどろくほどたくさんの不在着信が残っていた。おばあちゃんからが三件に、母が二件、一番多いのは父でなんと十件以上も表示がある。ついでのように花奈からも電話がかかっていた。

その中からなんとなく母を選んで、通話マークをタップする。呼び出し音が聞こえるより早く電話に出た母は、まくし立てるように尋ねてきた。

『十和？　あんた、ちゃんと着いたの？』

「うん、着いたよ。連絡遅くなってごめん」

『おばあちゃんとは？　会えた？』

「うん、会えた。いまもう車。運転してくれてる」

『ちょっと代われる？』と言うので、通話をスピーカーホンに切り替えた。おばあちゃんはハンドルを握ったまま、十和のスマホに話しかける。

「ああ、亜紀子？　大丈夫やで、ちゃんと合流してるから」

『もう。ホンマにごめんね』

「べつに謝られることなんてないわ」

『せやけどさ――』

　親戚と話すときだけ、母は関西弁を口にする。いつかそのことを指摘すると、母は「え、ホントに？」と、本当にビックリしたように目を見開いていた。自分では気づいていなかったという。

　関西弁を口にする母はすごく自然だ。おばあちゃんと話しているときだけはなぜか緊張した気配を漂わせるが、おじさんたちと会うときは心のバリアがほどけている気がして、いつもより少し可愛く見える。

『じゃあ、三日間、十和のことよろしく頼むね』と言って、母が電話を切ろうとしたとき、おばあちゃんは思わずというふうに声を発した。

「ああ、それとな、亜紀子。あんた、由紘さんにちょっと十和のこと心配しすぎやって言《ゆ》うといて。十和のこと信頼してる、信頼してるって口では言うわりには、おろおろしすぎや。どんだけ電話したら気ぃ済むねんって」

　十和はハッとしておばあちゃんの横顔に目を向ける。物心がついたときから感じていた。十和の一番の理解者は、大阪に一人で暮らすおばあちゃんだ。

「ありがとうね、おばあちゃん」

電話を切って、十和は言った。十和が素直な気持ちでお礼を言えるのも昔からおばあちゃんだけだった。

おばあちゃんはハンドルを握ったまま笑みを浮かべ、片手で髪の毛をくしゃくしゃと撫でてくれた。

十和は自然と笑顔になる。

「何が？」と、お礼の理由を尋ねてこないおばあちゃんのことが、十和は本当に大好きだ。

おばあちゃんのマンションは、新大阪から車で二十分ほどの吹田《すいた》市というところにある。母が四歳のときに離婚して以来、ずっと東大阪に住んでいたが、三年ほど前に突然中古のマンションを購入したのだそうだ。

「五十過ぎのおばさんが一人で、娘たちにはなんの相談もなくいきなり家を買ったのよ。信じられなくない？」

いつか母は憤慨したように父に愚痴をこぼしていたが、十和にはなぜ怒るのかもわからなかった。

建設会社の事務員として働き、女手一つで二人の子どもを育て上げた。誰にも迷惑をかけずに生活してきて、一生懸命貯《た》めたお金で好きなマンションを購入した。十和にはカッコいい話としか思えない。

決して新しい建物ではないが、３ＬＤＫという間取りは一人で暮らすには広すぎるくらいだろう。「中古品ばっかりやで」とおばあちゃんは謙遜したように言うけれど、ソファも照明も絨毯《じゅうたん》もカワイイものばかりそろえている。

そこに近くに住む親戚たちが入れ替わり立ち替わりやって来た。小さい頃はよく遊んだ同世代のいとこたちとはお互いに気おくれしてしまい、ほとんど話すことができなかったが、大人たちの質問に答えているうちに初日の夜はあっという間に過ぎていった。

みんなが帰っていったあとも興奮が残り、なかなか寝つくことができなかった。十和にあてがわれた和室のテレビをつけてみるも、知らない番組やＣＭばかり流れていて、さびしい気持ちに襲われる。好きなはずの関西弁がこわく感じた。

そこに、お風呂上がりのおばあちゃんが髪の毛を拭きながらやってきた。

「なんや、十和。まだ起きてんのか？」

「うん。なんか寝られなくて」

「めずらしいなぁ。いっつもすぐ寝るくせに。泣いてんの？」

「はぁ？　泣いてなんかないけど」

「ハハハ。なら良かった。ほったら、ここで髪の毛乾かしてもええか？」とわざわざ十和の許可を取って、ドライヤーを髪の毛に当てながら、おばあちゃんはのんびりと尋ねてくる。

「明日はどないしよか？　十和の行きたいとこは？」

テレビでお笑い芸人たちの激しいやり取りを見ていたからだろうか。おばあちゃんの口調がやけにやさしく感じられた。

「べつにないかな」

「なんや、張り合いのない。せやったら、宝塚でも行ってみる？　チケットないけど、雰囲気を見るだけでも楽しいで」

「いや、それはいいや。それよりもっと大阪らしいとこを見たいかも」

「大阪らしい？　なんや、それ。大阪城とか？」

「っていうんじゃなくて、なんかお母さんの思い出の場所とか。おばあちゃんとお母さんの思い出の場所みたいなとこ」

おばあちゃんは怪訝そうに顔をしかめる。

「ええ、どこやろ？　逆に難しいな。そんなもん、前のマンションの近所の公園とかやで」

「うん。そういうところがいい」

「そんなんがええの？　何も楽しいことない気がするけど。まぁ、そしたら、朝ご飯食べたら行ってみよか」

おばあちゃんが柔らかい笑みを浮かべ、そっと部屋を出ていったあともしばらく眠ることができなかった。

それでも疲れていたのだろう。スマホの目覚ましは八時にセットしたはずなのに、翌朝起きたときにはすでに十時半を回っていた。

「おはよう、おばあちゃん。寝坊しちゃった」

寝癖がついた髪を押さえ、目をこすりながらダイニングに向かうと、まだ午前中だというのにおばあちゃんはバッチリとメイクを決めていた。

「おはようさん。ご飯、食べるやろ？」

普段、寝起きにご飯はほとんど食べられないが、おばあちゃんを悲しませたくないという一心で「うん」と答えた。

おばあちゃんは張り切って食卓に料理を並べていった。それらもやっぱり洒落《しやれ》ていて、バゲットに野菜のスープ、目玉焼きとソーセージとたっぷりのフルーツという具合だ。がんばって咀嚼《そしやく》しているうちになんとか頭も冴《さ》えてきて、十和もいつも以上によく食べた。

「なぁ、十和。ホンマに東大阪なんかでええん？　ユニバとかでもええんやで」

最後に出された牛乳を一気に飲み干して、十和は毅然と首を振る。

「東大阪がいい」

おばあちゃんはようやくあきらめてくれたようだ。

「さよか。ほったら今日は電車で行くで。途中でビールのみたいしな」

皿洗いは十和が担当して、出かける準備を済ませると、お昼過ぎには家を出た。吹田から東大阪までは電車を乗り継いで一時間ほどだ。

駅周辺の景色は十和の記憶に残っていた。十分ほどかけて以前住んでいたマンションまで歩いていって、そこを起点にいろいろな場所を見て回る。

おばあちゃんは母の古い話をたくさんしてくれた。これが亜紀子が通っていた小学校で、この公園にはこんな思い出があって、中学時代にはこんなことをやっていて、高校に入るとあんなことでケンカした……。

意外なのは、そういった一つひとつのエピソードをおばあちゃんが楽しそうに語ってくれることだ。

二人の間には目に見えない何かが確実に横たわっている。しこりと言ったら大げさかもしれないけれど、大人数でいるときと二人きりのときとでは雰囲気が全然違う。必ず不思議な緊張感が漂うのだ。

夕方頃には一通り思い出の場所を巡り終え、せっかくだからと、おばあちゃんはある場所に連れていってくれた。再び電車に乗って向かった先は、十和も過去に何度か訪れている新世界という街だ。

有言実行というふうにコンビニでビールを買ってきたおばあちゃんに、十和は目を見開きながらポツリと言った。

「私、あれ登りたい」

前回来たときにも上に行きたいと主張したが、次の予定が迫っているからと母に一蹴された通天閣だ。

おいしそうに缶のままビールをのみながら、おばあちゃんは満面に笑みを浮かべた。

「最初からそのつもりやってん」

おばあちゃんからお金を受け取り、入場券を二枚買って、地上八十七・五メートルにある黄金の展望台へ向かった。

その名の通り、黄金色に装飾された室内は決して品があるとは言えないけれど、大阪を東西南北見渡せる景観は圧巻だったし、西日にうっすらと染められた街並みはかすかな切なさを伴って十和の胸に迫った。

ビリケンさんの前でおばあちゃんと一緒に自撮りしたり、それをバスケの大会のせいで一緒に来られなかった花奈に送りつけたりして、十和はずっと笑っていた。

おばあちゃんも一緒に楽しそうにしながらも、ときどきハッとしたような仕草を見せるのが不思議だった。

おばあちゃんがその表情の理由を明かしてくれたのは、眼下に広がる大阪の街がさらに赤みを帯びた頃だ。

おばあちゃんはこっそり持ち込んだビールをのみ干し、十和の顔をちらりと見た。

「あんたはホンマに亜紀子によう似てるわ。今日ずっと思ってたけど、なんやここに来て目を疑う瞬間が何度もあった」

「えー、そうかなぁ？　全然似てないよ」

「似てる、似てる。瓜《うり》二つやわ」

おばあちゃんはカラカラと笑ったけれど、十和は笑えなかった。自分が母に似ているとは思えない。たしかに細い目などは、つぶらな瞳の父や花奈と比べると母に近いのかもしれないけれど、母はちゃんと奥二重で、十和は一重に近い。

何よりも性格がまったく違う。母は細かいことをまったく気にしない。いつも豪快に笑っている。友人のお母さんは、そんな母を「竹を割ったような性格」と言っていた。その意味を尋ねると、素直でさっぱりした性格のことだと教えてくれた。

自分とは正反対だと、十和は思った。十和はさっぱりなんてしていない。すぐにうじうじと思い悩むし、卑屈になる。友だちをうらやましいと感じることばかりだし、イヤなことはなかなか頭から離れない。

母と自分は似ていない。そう思うことに気分がくさくさするのは、つまり自分が母のことが好きだからだ。こんなふうに生きられたらいいなという憧れがどこかにある。

おばあちゃんはいたずらっぽく肩をすくめた。

「あの子も小さいときは、そうやって難しい顔をしとったわ」

おばあちゃんはまた十和の胸の内を読み取ったのだろうか。十和はうつむいたまま口をすぼめる。

「絶対ウソ。あのお母さんだよ」

「ホンマやって。小学生の頃なんていっつも不満そうにしとったし、いつも何かにイライラしとって、私ともようぶつかった」

「信じられない」

「その親子ゲンカはきっといまでも続いてんねん。あんたも気ぃついてるやろ？　あんな、そしたらええわ。今日は全部話したろ。そもそも亜紀子はどうして十和に受験なんてさそうとしてるんのか聞いてる？」

「ううん。聞いてない。なんか不思議なんだよね。受験しろって言ってきたのはお母さんの方なのに、全然かかわろうとしてこないの。全部お父さんに任せきりで、成績が上がっても、下がっても何も言わない」

そこまで口にして、十和はあわてて言い直した。

「成績が上がることは滅多にないんだけど」

おばあちゃんは大口を開けて笑った。何かがツボに入ったようで、バッグからわざわざハンカチを取り出し、目もとまで拭っている。

「あー、おかしい。そうなんやな。いや、亜紀子らしいわ。うーん、せやな、何から話そ。とりあえず、あの子は自分の選択をいまでもどこかで悔やんでるから十和に受験なんてさせようとしてるんちゃうかなぁ」

「悔やんでる？　何を？」

「自分が土壇場で受験せえへんかったこと」

「え？　お母さんも受験しようとしてたの？　中学校？」

「せやで。それも聞いてへん？」

「うん。知らない」

「ええ、ホンマ？　ほな、話したらあかんのかな。まぁ、でもあんた一人で来させたっていうのはそういうことやわ。べつにええよな？」

十和には答えようのないことを尋ねてきて、おばあちゃんは返事を待たずに続けた。

「いや、あの子も四年生から塾に通っとったんや。六年生の十二月頃までは勉強もがんばっとったし、行ける学校はいくらでもあった。でも、最後の最後で受験自体を取りやめた。一校も受けてへん」

胸が小さな音を立てる。そんな話、これまで聞いたことがない。

「どうして？」

尋ねたいことは山のようにあったが、口をついた言葉はそれだった。おばあちゃんはやりづらそうに首をひねる。

「私があかんかったんやろな。いまでいうシングルマザーで、絶対に人様にバカにされてたまるかって躍起になりすぎて、いろんなことをあの子に押しつけてしもた。それで最後の最後であの子の心の糸がぷっつり切れて、思いきりぶつかって、大切なものを失ってしもた。それからずっと……、ホンマにいまでもなんやうまいことといってへん。後悔してるんは亜紀子だけやない。私も一緒や」

おばあちゃんは手の甲で十和の頬にやさしく触れる。

「あの子の十和に対する向き合い方って、私を反面教師にしてのことかもしれへんね。自分は絶対に失敗せぇへんっていうことなんかもしれん」

そして、十和からの質問は受けつけないというふうに顔を背け、ポツポツとネオンの灯り始めた街に目を落とした。

「ここもあの子との思い出の場所や」

「そうなの？」

「亜紀子が十八歳のときにな。二人だけではじめてここに来てん。それで高校を出たら東京に行くって言われたんや。それが最後のわかりやすいケンカだったかもしれへん。ああ、私はこの子にも捨てられるんやなって柄にもなく思ったわ。そしたら無性に腹が立ってん」

再び声に出して笑うおばあちゃんが、はじめて「おばあちゃん」というふうに見えた。十和はやっぱり笑えない。

「ねぇ、おばあちゃん。一人で暮らしてるのさみしい？」

なんとなくそう感じた。おばあちゃんは、十和と母がよく似ていると言う。十和は、母とおばあちゃんがそっくりだと思う。ならば、自分とおばあちゃんは似ているということになる。

そして自分のこととして考えるなら、きっとさみしいと感じるはずだ。娘のことがこんなに好きで、それなのに何十年も離れて暮らしているのだから。おばあちゃんの口から「あの子」という言葉が出てくるたびに、十和は胸が温かくなる。

それでも、強情っ張りのおばあちゃんのことだ。「さみしくなんかあらへんわ」と威勢よく言うのだろうと思っていたが、おばあちゃんは力なく目尻を下げた。

「ホントはカッコ悪いことは言いたくないんやけどな。どうなんやろうか。来年で仕事も定年やし、意外とさみしいのかもしれへんね。ようわからん」

「自分のことなのに？」

「せや。そういうことってあるやろ？　自分のことなのにようわからへん」

おばあちゃんは頼りない表情を浮かべて、そうすることが義務のように十和の髪の毛をまた撫でた。

本当は十和の方がおばあちゃんの頭を撫でてあげたかった。かつては見上げるほど大きかったおばあちゃんと、いまではそう身長が変わらない。

もちろん手を伸ばせば触れられる距離に頭はある。でも、おばあちゃんの大切な何かを奪うような気がして、そうすることはできなかった。

「ねぇ、おばあちゃん――」

すっかり夜の帳《とばり》の降りた街に目を移す。

そして、頭を撫でる代わりというふうに、少しだけ気になった疑問を思い切っておばあちゃんにぶつけてみた。

二泊三日の一人旅を終え、大阪から帰って以来、十和の胸にはずっとモヤモヤとした気持ちがくすぶっている。

決して悪いくすぶりという気はしない。もう少しで何かがつかめそうで、だけどギリギリつかみ切れないといった感覚だ。その何かががんばることの先にあるような気がして、ゴールデンウィークが明けてからは少しずつ勉強にも身が入るようになってきた。

とはいえ、周囲には気づかれない程度の変化だろう。キノッピーからは「おい、十和！　そろそろ志望校！」と煽《あお》られるし、父からも「十和ちゃん、まだやる気になれない？　そろそろ学校見学でもいってみる？」などと顔色をうかがうように尋ねられる。

十和のかすかな心変わりに気づいているのは、親友の野口だけだ。「どしたん、長谷川。なんか最近やる気すごくない？」と茶化すようにしながらも、野口が十和のかすかな変化に焦りを募らせているのは明白だった。

逆の立場だったら、十和も焦るだろう。親友が自分の与《あずか》り知らぬところで突然やる気を漲《みなぎ》らせ始めたら、同じように茶化すことを言うはずだ。

「やる気なんて全然ないよ。べつに。何も変わらない」

そう応じたとき、普段以上に意味のない笑みを浮かべてしまった気がして、十和は少しドギマギした。

野口はとくに突っ込んではこなかった。

「べつにいいんだけどさ。ねぇ、来週の日曜ってヒマ？」

「日曜はテストじゃん」

「そのあと」

「ああ、ごめん。そのあとはお父さんと出かけることになってるんだよね」

「へぇ、めずらしい。どこ行くの？」

「ああ、うん。学校見学」と、この答えが野口を喜ばせないこともわかっていたので、十和はあわててつけ加えた。

「私は全然行きたくないんだけど」

野口の口もとに冷たい笑みが浮かぶ。

「やっぱりやる気マンマンじゃん」

「だから私が行きたいわけじゃないって言ってるじゃん」

「え、何？　長谷川、怒ってる？」

「ううん。怒ってないよ。その次の日曜なら空いてるから遊ぼうよ」

「あ、いや、違うの。長谷川もカワイイって言ってたイラストレーターの人いるじゃん。『チェリーの行進』の表紙描いてた人。あの人の個展がいま立川の美術館でやってて、そのチケットを知り合いがくれたんだけど、それが次の日曜日までなんだよね」

「そうなんだ。それは、ごめん」

「ううん。予定があるなら仕方ないよ」

「なんかごめんね」

最近、野口とはこんなやり取りが続いている。二人の間の空気が少しだけギクシャクしているのは、たぶん十和のせいだろう。

ようやく少しやる気が出てきた十和を、野口はおもしろく思っていない。そして、そのことを十和はうしろめたく感じている。なのに、自分が何にやる気になっているのか十和自身もわかっていなくて、野口に伝えるべき言葉が見つからない。受験のことを考えるのはいまでもちゃんと憂鬱だ。

冷たいだろうかという気持ちも少しある。でも、そもそも「同じ中学を受験するつもりはない」と一線を引いているのは野口の方だ。決して仲違《なかたが》いしたわけではないけれど、以前のように楽しいばかりではいられない。

それよりも、野口の言葉の中に気になるものが混ざっていた。美術館のチケットをくれたのは誰なのか？　野口や十和が好きなイラストレーターの個展のチケットがたまたま手に入ったなんてあり得ない。

ふと見ると、野口の指にまた新しいリングがはめられている。

十和の胸に、さみしさとも落胆ともいえない不思議な感情が入り乱れた。


なんとなく、いつもカリカリしていた。

家族とケンカしたからとか、友だちに意地悪されたからとか、わかりやすい何かがあったわけではない。

それなのに十和はいつも苛立っている。その自覚はあるのに、やっぱり理由も、解決策もわからず、それがまた心をささくれさせる。

以前から散々「もっとも重要」だの「天下の分け目」だのと言われていた夏休みが、もう目前に迫っている。

塾で配られたカリキュラムを見て、十和は心の底からゲンナリした。小六の受験生が夏休みに勉強に充てるべき時間は四百時間なのだという。若い理科の先生が力説していた。最初はその数字にピンと来なかったが、夏休みの四十日で割って青ざめた。単純に平均して、一日十時間ということになる。そんなに集中力が持続するはずがない。

せめて体力を温存しておけという恩情なのだろうか。学校の終業式の日は、平日にもかかわらず塾は休みだった。

教室を見回すだけで、どの子が受験生で、どの子が地元中に進むのか一目瞭然だった。小学校最後の夏休みに胸を弾ませている子がいる一方で、十和と同じように明日からの夏期講習を億劫に感じている子、一部やる気に満ちあふれた顔をしている子もいる。十和の通う北町小学校は私立中の受験率が高いらしい。それでも半数以上の子が楽しそうにしているように見えて、それが少し意外だった。

他の塾も同様に休みのところが多いらしく、何人かのクラスメイトが遊びにいかないかと誘ってくれたが、十和は断った。

七月二十日の今日は、野口の誕生日だ。会う予定があるわけじゃないけれど、明日、塾の授業終わりにいつものメンバーで久々にパンケーキを食べにいくことになっている。無駄なお金を使うことはできないし、今日は他に予定もある。

かつては一喜一憂していた通知表をもらっても、十和の心は微動だにしない。それでも帰宅すると、在宅勤務で家にいた母は以前と変わらないイヤミをぶつけてきた。

「なんか『できた』ばっかりだよね。なんていうか、見事なくらいだよね」

十和は出された冷や麦を口にしながら、母の言葉を受け流す。

「『できた』が多いなら、いいじゃん。できてるわけだし」

「でも、これって〝普通〟っていう意味でしょ？　最近の通知表っていまでもよくわからないけど、この『よくできた』が〝良い〟で、『できた』が〝普通〟、それで『がんばろう』が〝悪い〟って意味なんだよね？」

「なんか毎回それ聞いてくるよね」

「やっぱりわかりにくいんだよなぁ。もういっそ教科ごとに『◎』『△』『×』みたいにビシッと書いてくれたらいいのに。絶対評価とかいうのがいまだに私には解せない」

それが若さの証明などと言って、冬でも薄着を貫き通している人だ。キャミソールにショーツのみというほぼ半裸に近い格好で、母は『あゆみ』を食い入るように見つめている。

そんなに十和の学校の成績に関心があるのだろうか。普段、塾のことにはまったくタッチしてこないことが、ますます不思議に思えてくる。

母は神妙そうに何やら数まで数え始めた。

「三十三項目中、二十六項目。本当に見事なものだね」

十和は「何が？」とは尋ねない。やっぱり見事なものだと他人事のように感じながら、同じように学校で数えてきた。国語、算数、理科、社会……と、全十一教科の中にある評価項目の数が三十三、そのうちの『できた』の数が二十六だ。

「体育なんて二つも『がんばろう』があるよ」

母のイヤミはまだ続く。学校の成績が抜群にいい花奈はそそくさと昼食を食べ終え、バスケットボールを持って出ていってしまった。大好きなお姉ちゃんのピンチだというのに、薄情なヤツだ。

「悪い方ばっかりじゃなくて、いい方も褒めてよ。私、褒められて伸びるタイプだし」

焼け石に水と思いつつ言ってみたが、母は意外にも納得したようにうなずいた。

「たしかに。国語だけはあいかわらずよくできてるね。五項目全部『よくできた』だ」

「えへへへ。すごいでしょー」とわざとらしくおどけてみせたが、母の顔はあっという間に元に戻る。

「でも、やっぱり他の成績は気に食わない。受験生って、学校のテストなんてもっと簡単にこなすものでしょ」

「テストはまぁまぁできてるじゃん」

「いやいや、だったら通知表の成績だって――」と、そこまで流れるように言い、母は不意に我に返ったように目を瞬《しばた》かせた。

二人の間の時間が一瞬止まったようだった。十和も飲んでいた麦茶のコップを口に当てたまま、上目遣いに母を見る。

「え、何?」

母は何かを押し殺すように首を振った。

「ううん。ごめん、なんでもない」

「は？　何なの?」

「ホントになんでもない。ごめんごめん。それより十和、今日の予定は？」

「いや、べつに……。本屋に行くだけだけど」

「本屋？」

「野口の誕生日。プレゼント買いに」

「あ、そうか。悠、今日誕生日だったね。あんたたちっておもしろいよね。悠の誕生日に夏休みが始まって、十和の誕生日に夏休みが終わるんだ。昨年もそうだった」

十和の誕生日は八月二十七日だ。母の言う通り、夏休みの終わりという印象が強く、誕生日に気分が浮き立った記憶はあまりない。

「絶対に野口の方が幸せだよ。夏休みが始まる前の誕生日なんてうらやましい」

唇を尖らせた十和を見て、母は目を細めた。

「たしかにね。でも、今年に限っては十和の方が幸せかもよ」

「なんで？」

「夏期講習、憂鬱なんでしょう？　勉強がんばったー！　って夏休みを終えられたら、すごくいい誕生日になるよ」

そんなことを言いながら、母はバッグから財布を取り出し、そこから千円札を二枚抜き取った。

「私からも悠に。十和のとはべつに何かプレゼントしてあげて」

母は歌うように口にし、再び『あゆみ』を手に取った。

「この集中力にかんする指摘って、結局六年生になってもずっとなくならなかったよね」

「たしかに。どの先生もみんな書くよね」

「あんたはやっぱり私似だわ。私もいつも同じこと書かれてた。その他人事のように言うところも。申し訳ないっていう気持ちでいっぱいだよ」

母はお手上げだというふうに肩をすくめはしたものの、その声色はどこか十和を許すようなものだった。


本当は昼食をとったらすぐに出かけようと思っていたが、あまりの暑さに音を上げ、うっかりベッドに横たわってしまった。

いつ、いかなる環境でも寝られるのは十和の数少ない特技の一つだ。「ちょっと、十和。買い物行かなくていいの?」と母に声をかけられたときには、もう夕方になっていた。

クーラーが寒いくらいの部屋で、半身を起こし、目をこする。寝起きの機嫌が悪いのは数知れない弱点の一つである。

「行くんでしょ?」

「だから行くって言ってるじゃん。うるさいな」

「何を怒ってるのよ。遅くならないうちに帰ってきてね。今日は最後の夏休みということで、ご馳走《ちそう》作って待ってるから」

起き抜けの頭はなかなか働かず、母が何を言っているのかすぐにはわからなかった。「最後の夏休み」という言葉を胸の中で反芻《はんすう》して、明日からの夏期講習のことを思い出し、十和はさらに不機嫌を募らせる。

母が部屋から去っていくのを見届け、再び枕に顔を埋《うず》めた。三時間くらい寝たはずだが、寝ろと言われればいますぐ眠りに落ちるだろうし、そのまま朝まで寝られる気もする。

その考えも一瞬チラついたが、意識が落ちる直前に野口の顔が過った。可愛くラッピングされたプレゼントを二つ受け取り、うれしそうにする野口の笑顔だ。

十和はゆっくりと身体を起こし、山積みになった洋服の中からお気に入りのものを選んだ。普段は学校にも塾にも着ていけない、ヘソの見えそうなピンクのTシャツと、デニムのショートパンツ。いつか母から「LAあたりのショウフみたいね」と意地悪そうな顔で言われ、「ショウフ」の意味はわからなかったが、どうせイヤミを言われているのだろうと調べようとも思わなかった。

また余計なことを言われるのを避けるために、「行ってきます」も言わずに家を出た。太陽はあいかわらず壊れたように照っているが、湿度はそれほど高くない。最近では快適な方だそう。例年より長く感じた梅雨が明けるのもすぐのはずだ。

自宅マンション近くの成蹊大学の脇を通り、吉祥寺通りに出て、サンロードに通じる細い路地を行く。

オシャレなカフェや、カワイイ小物屋が建ち並んでいて、歩いているのも個性的な格好をした若い人が多い。吉祥寺は好きな街だ。なんとなく手に取る小説やマンガにも、吉祥寺が舞台となっているものが少なくない。

十和と野口は、出会った年からお互いの誕生日に本を贈り合っている。たまには違うものをプレゼントしたいという気持ちもあるけれど、最初にできたルールを変えたくない。本ならかかるお金も知れている。

十和が野口から去年もらったのは『不思議の国のアリス』だった。ルイス・キャロルの物語自体は知っていたし、なんとなく子どもっぽくも感じたけれど、アーサー・ラッカムという人が手がけた挿絵がなんともいえず素晴らしく、最近は塾の教材に占拠されつつある本棚の一番目立つ場所にいまも飾られている。

吉祥寺にはいい書店がたくさんある。十和と野口がもっとも気に入っているのは、駅から見てサンロードの一番奥、しかもメインロードから少し外れたところにある〈武蔵野書店〉という本屋さんだ。特別広いお店ではなく、店構えも新しくはないのだが、並んでいる本のセンスが良く、何よりもラインナップに書店員さんたちの愛情が感じられる。

書店に行くといつもそうだが、とくにこの武蔵野書店に来るとワクワクする。いろいろなことに悶々《もんもん》としていたのを忘れ、十和は野口のためのプレゼントを探した。

母に頼まれた分はすぐに決まった。『かいぶつたちのねどころ』という海外の絵本だ。一ページ当たりの文章量はほんの数行と、小さな子どもが読むような内容だけれど、原色がたくさん使われたイラストは絶対に野口の好みだ。

もう一冊の方を選ぶために、十和は顔見知りの書店員さんを探した。去年、同じようにプレゼント用の本を探しているとき、相談に乗ってくれた文芸担当のお姉さんだ。やさしく、とても親身で、真剣に本の提案をしてくれるのがすごく心強かった。

それ以来、顔を合わせるたびにお姉さんとは挨拶を交わしている。手持ちのお金のないときに限って見つけられてしまうことが多く、逆に今日のように相談したいと思うときには姿が見当たらない。

それってどちらの間が悪いのだろう……などと考えながら、お姉さんを探した。いつもの文芸コーナーだけでなく、マンガや実用書の一角も見て回ったが、お休みなのだろうか、なかなか見つけることができなかった。

代わりに、思わぬ人の姿があった。塾の友人で、唯一学校も同じ美香子が一人で店内を歩いている。

美香子も野口のプレゼントを探しにきたのだろうか。普段、友人たちの前では笑みを絶やさない美香子が、声をかけるのが憚《はばか》られるほど真剣な表情で棚を物色している。

最初はおどろかそうと思ってあとをつけて、次第にその思い詰めたような表情に胸騒ぎを覚えるようになった。学習参考書のコーナーで美香子がキョロキョロと視線を動かしたときには、十和はもう確信していた気がする。

学校の友人たちの間でも、武蔵野書店の名はよく知られている。しかし、それは十和や野口のように陳列された本のセンスを褒めそやすものではなく、もっと不名誉な、ある悪いウワサによって有名だ。

武蔵野書店は万引きするのが他より簡単――。

誰が言い始めたことか知らないけれど、はじめて聞いたときはムッとした。でも、それは十和がたまたま書店のお姉さんと顔見知りだという特殊な事情からくるものであって、そうじゃなければよくある話として聞き流していただろう。

そのウワサが脳裏を巡った。いや、美香子に限ってそんなことをするはずがない。これが野口だったり、お金持ちであったとしても寛乃であれば、良からぬ予感が過ったかもしれないけれど、他ならぬ美香子なのだ。誰よりも心がやさしく、自然と人に寄り添える。いつもおおらかに笑っていて、みんなの気持ちを和ませてくれる。そんな子が……、美香子が万引きなんてするはずがない。

頭ではそう理解しているのに、十和は柱の陰から出ていくことができなかった。美香子の様子はあきらかにおかしい。いつもの笑みはなく、周囲の様子をうかがう姿は挙動不審と言っていい。大きな身体をこれ以上ないほど小さくして、同じ本を手にしたり、元の場所に戻したりを繰り返している。

なんて不慣れなのだろう……と思ったときには、すでに美香子のしようとしていることを理解していた。ならば、一秒でも早く飛び出していって思い留《とど》まらせるべきなのに、足の裏が床に張りついてしまったかのように動けない。

胸がドキドキと音を立てているのを感じ、ふと近くの窓に目を向けた。そこによそ行きでない自分の顔が映っていた。

前髪が額のところで切りそろえられていて、目が細く、人を不安にさせる青白い顔色もいつも通りだ。

今日はさらにそこに卑しさみたいなものも混じっている気がした。美香子が万引きをするところなんて絶対に見たくない。それは間違いないのに、この胸の高鳴りの、決して小さくない部分を好奇心が占めている。客観的に見た自分の顔に、ハッキリとそれが表れていた。

ちゃんと拒絶しなければならなかった。でなければ、ますます自分のことが嫌いになる。いよいよ許せなくなってしまう。

ダメだよ、美香子！　という思いは声にまではならなかったが、十和はようやく一歩を踏み出した。

しかしそのとき、美香子はちょうど手にした本をバッグに入れようとしていた。しかも不注意というべきか、脇が甘いというべきか。塾は休みだというのに、わざわざ至誠塾の生徒であることをアピールするかのように「S」マークの入ったバッグにだ。

うつむいたままの美香子が早足でこちらに向かって歩いてきた。十和が覚悟を決めて声をかけようとするよりも一瞬早く、美香子の背後から絶望的な男の人の声が轟《とどろ》いた。

「ちょっと、君。待ちなさい――」

美香子はハッとした表情を浮かべ、駆け足でこちらに向かってくる。十和はとっさにその前に立ち塞がった。

むろん、意地悪したかったわけじゃない。捕まるべきだなんて思っていない。できることなら逃がしてあげたいと思ったが、だとすれば「S」マークが邪魔になる。もっといえば、美香子の特徴的な体つきだ。逃げ切れるわけがない。逃げ切れないのなら、傷は浅い方がいい。

美香子ははたと足を止め、目を見開いた。

「ちょっ、十和ちゃん……？　なんで？」

「大丈夫だから」

「大丈夫って、でも――」

「絶対に大丈夫だから。私を信じて」

気づかぬうちに、十和は両手を広げてまで美香子の進路を遮っていた。それでもひと回りは違う体格差だ。その気になれば十和のことなど簡単に突き飛ばせるはずだが、腰が砕けるように美香子はその場にしゃがみ込んだ。

その拍子にバッグから盗もうとした本が滑り出た。案の定、という気持ちが強かった。表紙を向けて床に落ちたのは、かねて美香子が「第一志望」と公言している国立学院の過去問集だ。四十代くらいの男性のスタッフが大股でこちらに近づいてくる。十和はオレンジ色の表紙が特徴的な問題集を拾い上げ、やって来た男性スタッフに手渡した。

「すみません。二人でやりました」

へたり込んだ美香子の顔を見ることはできなかった。スタッフは受け取った本を悲しそうに見つめ、肩で大きく息を吐いた。

「話はあとです。とりあえずこちらへ来ていただけますか？」

美香子の泣き声が少しだけ耳障りだった。


書店のバックヤードという場所にはじめて足を踏み入れた。明るい、華やかな雰囲気の表舞台とは違い、伝票や段ボール、カートに収まった本などが乱雑に置かれた裏側にはなんとなく辛気くさい空気が流れている。

男のスタッフは、万引きをした二人の小学生相手に妙に親切だった。

「お二人とも、ご挨拶するのはたしかはじめてでしたよね。はじめまして。私《わたくし》、武蔵野書店吉祥寺本店、店長の山本猛《やまもとたける》と申します」

その折り目正しい挨拶に面食らい、十和も思わず「長谷川十和です」と、美香子の方も「小西美香子です」とフルネームを名乗った。

店長は満足したように目を細めはしたものの、すぐに厳しい表情を取り戻した。

「あなたたちは自分たちがしようとしたことの重大性がわかっていますか？」

部屋がしんと静まり返る。二人がここに連れてこられたときには、二人の女性店員が作業をしていたが、何かを察したように去っていった。

十和の知る文芸担当のお姉さんはいなかった。そのことに救われた気がした。もしお姉さんのさびしそうな顔を見てしまったら、何かに抗《あらが》おうとするいまの気持ちなど簡単に吹き飛ばされてしまいそうだ。

少しの静寂のあとに、美香子の泣き声がまた聞こえてきた。それを遮るように、十和は毅然と首を振った。

「はい。わかっています」

「本当にわかっておられますか？　たかが万引きなどと思ってはいませんか？」

「思っていません」

「じゃあ、教えていただけますか？　あなたたちは何を盗もうとしたんですか？」

「国立学院中学の過去問集です」

「違います」と、店長は覆い被《かぶ》せるように言ってくる。

「あなた方が盗もうとしたのは、我々書店員のプライドです。気概であり、思いであり、絆《きずな》です。そのことがわかっていないようなら、あなたたちはきっとまた同じ過ちを繰り返すことになるはずです。何もわかっておられないようですね」

何を大げさな……とは不思議なほど思わなかった。その真に迫った形相のせいか、店長の言葉はまっすぐ十和の胸を突き刺した。

美香子も同じなのだろう。ますます泣き声が大きくなる。気を許した瞬間に十和も泣き出してしまいそうで、必死に唇を噛《か》みしめた。

はじめて目にするタイプの大人だった。十和たちをまるで子ども扱いしていない。だからこそ得体が知れなくて、こわくも感じた。なんとかこの場をやり過ごさなければいけないという思いばかりがグルグルと巡る。

「あ、あの、すみません……。私の母を呼んでくれませんか」

十和は自分から切り出した。母ならばちゃんと説明すればわかってくれる。そもそも十和は何もしていない。美香子の母を呼ばれてしまったら話がややこしくなる。警察なんてもってのほかだ。

そんな十和の懇願の声が聞こえていないかのように、店長の演説は止まらない。デスクに置かれてあった語源辞典なるものをわざわざ手に取り、ぺろぺろと指を舐《な》めながら目的のページを探し当て、興奮した面持ちで読み上げる。

「そもそもあなた方は『万引き』という単語の語源はご存じですか？　万引きは『間引く』と

いう言葉から来ているそうです。その『間』には『運』という意味もあるようです。おわかりになりますか？　つまりは運をもってして品を引くという意味なんです。我々の魂とも言える商品をそんな運に託されては——」

「あ、あの！」

「なんでしょう？」

店長は話を遮られたことに不満を隠そうともせず、辞書を閉じながら十和を見下ろした。蛇に睨まれたカエルの気持ちをはじめて知る。

「お願いですから、私の母を呼んでください」

「呼びませんよ」と、店長は一瞬の間もなく言い放った。思わず自分の耳を疑い、ゆっくりと視線を上げる。

「え、なんで……？」

思わず口から漏れて出た。店長は十和の言う意味がわからないというふうに痩せ細った肩をすくめる。

「罪を犯そうとしたのはあなた方であって、あなた方のご母堂ではないからです」

「いや、でも……。私たちまだ小学生だし」

「関係ありません」

「関係あります」

「ありません。こうして私との会話がしっかりと成立している以上、お二方ともすでに善悪の分別がついている立派な淑女です」

店長の声がはじめてやさしさを孕《はら》んだ気がした。でも、その表情は厳しいままだ。瞳には冷たい色が浮かんでいる。

「淑女……」

ボンヤリと繰り返した十和と美香子に、店長は冷たいお茶まで出してくれた。自分のそれを一口含み、店長は小さくうなずいた。

「これ以上、私たちに悲しい仕事をさせないでください」

「悲しい？」

「ええ、悲しい仕事です。我々はここに来てくれるお子様方に明るい未来を与えられると信じているから、来る日も、来る日も、店に立ち続けていられるのです。ここにご両親を呼び出します、警察に来てもらいます。そんなことがあなたたちの明るい未来に通じているとは思えません。それは書店員としての私のプライドを放棄していることと同じ意味です。我々はあなた方の未来を奪う、悲しい仕事はしたくないんです」

店長はさわやかに微笑んだ。

「ですが、一つだけ覚えておいてください。長谷川十和さんに、小西美香子さん。あなたたちがうかつにしでかそうとしたことは、私たち書店員の未来を奪うことでもあるんです。たかが一冊の本ではありません。大切に売っていかねばならない、されど一冊なのです」

店長はすでに満足を通り越して、恍惚《こうこつ》とでも表現したくなるようなうっとりとした表情を浮かべていた。

変なセリフ……と思いはしたが、言葉はきちんと胸に響いた。

「すいませんでした。本当にごめんなさい」

十和が素直に謝罪を口にし、深く頭を下げたとき、遅番での出勤だったのだろうか、顔見知りのお姉さんが私服姿でやって来た。

お姉さんは不思議そうな仕草を見せなかった。

テーブル越しに十和たちと店長が向き合った構図にすべてを悟ったように、さびしそうに顔をしかめ、そっと視線を逸らすだけだった。


結局、欲しい本を買うこともできず、店長に見送られて街に出たときには、空はオレンジ色に染まっていた。

店にいるときから泣きじゃくっていたが、美香子の声は外に出てさらに大きくなった。このまま家に帰すわけにいかず、事情も知りたかったので、十和は美香子を近くのファーストフード店に連れていった。

財布に余裕があったので、「なんでも食べていいよ」と水を向けたが、美香子はお水しか頼

で腰を下ろした。

まなかった。

十和の方はお腹が減ったので、飲み物の他にポテトも注文して、窓辺のカウンター席に並んで腰を下ろした。

美香子はそれからも泣き続けていた。彼女らしくない陰鬱な声に気は滅入ったが、十和からは何も尋ねず、美香子が自分から話し始めるのをじっと待った。

本も開けず、スマホも手に取れず、どれくらいの時間が過ぎたのだろう。

「私、十和ちゃんに謝らないから」

そんな言葉を口にして、美香子はようやく顔を上げた。ひどくトゲのある言葉ではあったけれど、十和はそれほど面食らわなかった。

美香子はうっすらと冷たい笑みまで浮かべている。

「言い訳もしない。私、あのお店で前にも一度本を盗んだことがある」

「そうなんだ」

「どうしても欲しい参考書があったから。でも、お小遣いじゃ買えなくて、お母さんに言ってもどうにもならないし。だから、やった」

「そう」

「私、十和ちゃんたちをズルいと思ってる。恵まれた環境で、家族は受験に協力的で、それなのにたいしてがんばりもしないで、不満ばっかり言ってて。どうしてそんな子たちがレベルの高い中学校に行くことができて、私は行くことができないのかって。どうしてたまたまお金持ちの家に生まれてきたってだけで、当たり前のように行きたい学校に行けるのかって。ずっと不満に思ってた」

十和は何も応えられなかった。言い返したい気持ちもなくはなかったが、何をどう返したところで、さらなる反論を浴びるのは明白だ。きっと十和がボンヤリと過ごしている間に、美香子は散々このことで悩んできたのだろう。

美香子は涙を拭い、淡々と語り続ける。

「私、ホントに納得がいってない。だから一度、野田《のだ》先生に相談したことがある」

野田先生とは二人が通う北町小学校の男性教師だ。たしか美香子の去年の担任だったと記憶している。明るく、ハキハキとした二十代の先生で、子どもたちに人気がある。

「野田先生、親身に話を聞いてくれたよ。ずっと黙って私の話を聞いてくれた。でも、先生から出てきた言葉に私はすごくガッカリした」

「野田先生、なんだって?」

ほんの一瞬の沈黙のあと、十和は尋ねた。美香子は十和を一瞥もせずに目を細める。

「そのために公立の中学校はあるんだろうって。公立の高校があるんだって。悔しいと思うなら、中学、高校と私立に行く子たちよりも勉強をがんばって、みんなよりいい大学に行けばいいだけだって。でも、それって全然違うよね? だって、私は大学の話なんてしていないんだから。中学、高校の六年間を特別な、憧れてやまない環境で勉強したいっていう話をしているはずなのに、突然もっと先の話をされても知らないよ。中学、高校の六年間って、大学に行くまでの過程なの？　私はそれ自体が大切な時間だと思うんだけど。いつかの学歴の話なんてしてないんだけど」

この子は大人だと、場違いにも感心した。こんなにも主体的に私立の中学校に行きたがっている子がいることに、十和は鮮烈なショックを受けた。

だから自分もがんばろうという気持ちには微塵《みじん》もならないけれど、美香子には十和を批判する権利がある。ズルいと思って当然だ。そんなふうに思うことも、きっと上から目線と批判されるのだろうけれど。

美香子の涙はいつの間にか消えていた。吐き出すだけ吐き出して、少しはスッキリしたのだろう。

その顔に美香子らしいやさしい笑みが広がっている。

「私、夏期講習には通えないんだ。十和ちゃん、塾の夏期講習っていくらかかるか知ってる？」

「ううん。ごめん。知らない」と口にしてから、十和は自分が美香子に謝っていることに気がついた。

美香子はますます楽しそうな表情を浮かべる。

「十八万八千円だって」

「そうなんだ」

「すごい額だよね。夏休みの期間だけだよ」

「うん、そうだね。おどろいた」

話を合わせるように答えたが、実際のところ十和にはピンとこなかった。もちろん十八万円は十和にとっては天文学的な数字ではあるけれど、小六の塾の夏期講習代としてそれが高額なのかはわからない。

でも、美香子が言っているのはそんなことではないのだろう。対価として相応かどうかを問うているわけではない。十八万円という金額の絶対的な価値について語っているのだ。

「うちのお父さん、去年の暮れに心の病気で仕事を辞めちゃってね。最近になってまた働きに出るようになったんだけど、それでもいまのお給料の一ヶ月分以上なんだって。そんなの簡単に払えるわけないよね。ましてや私立の中学なんて、ムリに決まってるって頭ではわかってるの」

美香子の頬に再び涙が伝う。

「だけど、私はあきらめないから。去年の夏は自分の家がこんなことになるなんて想像もしてなかったんだもん。あと半年で何かが起きるかもしれない。来年の今頃は何もかも好転しているかもしれない」

そして十和を睨むように見つめ、美香子は最後にキッパリと言った。

「でも、やっぱりごめんね、十和ちゃん。ひどいこと言ったのも謝る。ごめんなさい。私は絶対にあきらめない。もう塾には通えないかもしれないけど、あきらめないからね」

美香子が去ったあとも、十和はファーストフード店に一人残った。窓の外はすっかり暗くなっている。ほとんど手をつけていないポテトは熱を失い、ちっともおいしくなかったが、十和は機械的にそれを口に運んだ。

自分のことなのに、胸の中の感情の正体がわからなかった。「喜」や「楽」でないのはたしかだけれど、「怒」や「哀」とも言い切れない。どちらも的外れという気もするし、それだけじゃないという気もする。

自分がいま何を感じているのかを知りたくて、スマホを手に取り、野口に宛ててメッセージを綴《つづ》った。

『いまから会えない？　どうしてもいますぐ聞いてほしい話がある』

十和のピンチを救ってくれるのはいつだって野口だけだ。これまでだって何度も窮地を救ってくれたし、その都度、野口は「親友なんだから当然」という顔をしてくれていた。

そんな十和の期待に応えるように、野口からの返信はすぐに来た。しかし、その内容はひどく素っ気ないものだった。

『ごめん。今日はこれから予定があるの。明日聞くよ』

十和は思わずカッとなった。スマホを握る手が小刻みに震える。親友がこんなに苦しんでいるときに、いったいどんな予定があるというのか？　そんな気持ちを逆恨みと判断することができないほど、十和は冷静さを失っていた。

『いまから予定とか何？』

『また例のオジサン？』

『知られてないと思ってるかもしれないけど、結構ウワサになってるよ』

立て続けに三通のＬＩＮＥを送信して、十和はふっと息をのんだ。とくに三通目の内容に動揺した。自分の責任を得体の知れない誰かに転嫁しているような気がして、強烈な自己嫌悪に襲われる。

すぐに四通目のメッセージを送ろうとしたが、謝罪なのか、言い訳なのか、打つべき内容をなかなか見つけられないでいた。

そうこうしているうちに、野口からの返信が来てしまった。

『は？　何それ。勝手にウワサしてれば良くね？　バカじゃないの』

十和は思わず笑いそうになった。自分はいったい何なのだろう。やることなすこと、どうしてこんなにも裏目に出るのだろう。

そもそも自分は何をしに街に出てきたんだったっけ？　それを思い出そうとしたとき、またしてもＬＩＮＥの通知音が鳴った。当然、野口だと思ってあわてて見た画面には、なぜか寛乃の名前が記されていた。

『しずかー！　ハッピーバースデー！　明日みんなでお祝いしようね。素敵な12歳になることを願ってまーす』

これでもかというほど派手なスタンプの数々と、寛乃らしいキラキラしたお祝いのメッセージを目にして、十和は今度こそ笑ってしまった。

ああ、そうだった……。私はプレゼントを買いにきたのだった。

今日は野口の誕生日だ。

寛乃はどうにもタイミングが悪く、美香子の逆恨みは甚だしく、野口は秘密主義すぎて、自分はあまりにも間抜けだ。

十和は自分の腕に顔を埋めた。

「ちょっと、十和ちゃん？　え、一人？　こんな時間に何してるの？」

どうしてだろう？

私のピンチを救いに来てくれたとでもいうのだろうか。普段、スマホ越しにしか聞かない声が、突然背後から聞こえてきた。

スーツ姿の〝あの人〟を見るのははじめてだ。たしかにとなりの三鷹に事務所があるとは聞いていたが、こんなふうにバッタリ会うのもはじめてだった。

一気に込み上げた涙を懸命に堪え、十和はこのままどこかに連れていってくれないかとお願いした。

いつもは必ずつきまとううしろめたさも、今日は不思議と感じなかった。私は野口とは違うのだ。金品をもらっているわけじゃない。この人と会うことに、連絡を取り合うことに、ちゃんとした理屈がある。

彼はじっと十和を見下ろし、少しすると我に返ったように周囲の様子をうかがった。そして、申し訳なさそうにこうべを垂れた。

「いや、悪いけど今日はよしておこう。さすがにいまからは連れ出せないよ。十和ちゃんがここにいるのをお母さんは知ってるの?」

昂《たか》ぶっていた気持ちが急速に萎んでいく。何をいい大人ぶっているのだろう。自分だって普段はやましい気持ちを抱いているはずなのに。

どこかで十和の様子を見ていたかのように、母から何度目かの電話がかかってきた。それには出ずに『いまから帰る』というＬＩＮＥだけ送信して、近くまで送っていくという彼の申し出を断り、足取り重く家路についた。

冷たい気持ちのままカギを取り出し、チャイムも鳴らさずに扉を開けた。母が玄関先で待っていた。こうして迎えられるのはいつ以来だろう。遅い帰宅に怒っている様子はないが、難しそうな表情を浮かべている。

「何?」

ヘソの見えそうなTシャツがひどく場違いな気がして、十和は母の目も見ず自分の部屋に駆け込もうとした。

母がうんざりしたように言ってくる。

「話がある」

それだけでピンときたが、十和は気づかないフリをした。

「だから何？」

「さっき美香子ちゃんのお母さんから電話があった。そのことを話したい」

母がどんな顔をしているのかは、声の調子だけで判断できた。逃げることはできなそうだ。

「着替えたらリビングに行く」

そう言うのがやっとだった。可能な限りゆっくりと着替えをし、スマホを充電スタンドに置いて、他にやることは見つからず、覚悟を決めてリビングに向かった。

母以外の二人はまだ何も聞かされていないようだ。

「おかえり、十和ちゃん。遅かったね」

平日なのにめずらしく早く帰宅していた父が先に言い、その父とじゃれ合っていた花奈が頬を膨らませた。

「もう！　お姉ちゃん、遅すぎ！　みんなお腹ペコペコなんだからね！」

テレビの脇のデジタル時計は十九時半を表示している。ダイニングテーブルには、たくさんの料理が並んでいた。

今日って何かのお祝いだったっけ？　そう思ってはじめて、出がけに母から「今日は最後の夏休み」と言われていたのを思い出した。

「ごめん。食べよう」

十和が声を発しただけで部屋の空気が滞る。そう感じることが少なくない。べつに不機嫌を撒き散らしているつもりはないのに、みんなが十和を気遣っているのが伝わってきて、そのことにイライラする。

ハンバーグに、クリームコロッケに、バターコーンに、ポテトサラダにと、せっかくのご馳走を前にしても会話は弾まない。

とくに母は料理に手をつけようともしなかった。テーブルに肘をつき、缶のままビールに口をつけながら、無言で十和を見つめている。

「何なの？」

先にしびれを切らしたのは十和だった。父と花奈が知らないのなら、食事を終えてから母と二人で話せばいいと思っていたのに、母にそのつもりはないようだ。

「あんたの口から説明しなさいよ」

唐突な二人のケンカ腰のやり取りに、父は「えっ？」と声に出しておどろき、花奈はポカンと口を開いた。

今日一日抱えていた苛立ちが、ムカつきが、憤りが、いまにも爆発しそうだった。十和は懸命に呼吸を整えた。

「べつに。何もない。何もないっていうか、美香子のお母さんの言う通り。それ以上のことは何もない」

美香子が書店の件をどう伝えているのかわからない。その母親からの電話の内容がわからない以上、うかつなことは言いたくない。

悟ってほしいと願ったけれど、母は追及をやめなかった。

「だから、それをあんたの口から説明しろって言ってんの」

「だから何もないって言ってんじゃん」

「なんであんたがキレてんのよ」

「キレてない」

「いやいや、それがキレてないならどれがキレてるっていうのよ」

「うるさいな。お母さんの方がキレてんじゃん。もういいよ。イヤミばっか言ってないで、怒るなら怒れば？」

「は？　何？　なんか怒られるようなことしたわけ？」

「ああ、もううるさいな！　だから私は知らないんだって！」

「違う違う。あんたしか知らないことなの。世界中であんたしか知らないことなのよ。そうでしょう?」

十和は自分の鼻息が荒いのを自覚する。以前よりはだいぶやり合えるようになった気がするけれど、まだ口ゲンカでは母に敵《かな》わない。

父と花奈は示し合わせたようにオロオロしている。似たようなつぶらな瞳、垂れた眉。不安そうなのに愛嬌を感じさせるその顔つきが気に食わない。

十和はムシャクシャした気持ちをのみ込むように、目についた料理を次々と胃の中に流し込んだ。

母も負けじとビールを一気にのみ干して、吐き捨てるように言い放つ。

「ああ、じゃあもういいわ。ちゃんと謝ってくれたわよ。美香子ちゃんのお母さん、あんたは何もしていないって。美香子ちゃんがそう言ってたって」

「知らない」

「本当はうちの子は万引きなんてする子じゃないとも言ってた。分不相応に中学受験なんてしようとするからこんなことになるんだって。本当に情けないって、嘆いていた」

頭にカッと血がのぼる。

「何それ?」

「何が?」

「分不相応ってさ、それって美香子が悪いわけ? あの子、めちゃくちゃ勉強がんばってるんだよ。行きたい学校があって、そのために努力してる子が批判されるのって、私にはよく理解できないんだけど」

美香子の屈託のない笑顔が脳裏を過る。よその家の懐事情なんて知ったことじゃない。自分の家の家計だってわからないのだ。知るわけがない。美香子に言わせればそれだって贅沢《ぜいたく》なことなのかもしれないけれど、知りたいとも思わないのだから仕方がない。

それでも、十和は美香子を応援している。美香子の親にも、同じように娘のがんばりを認めてあげてほしいと思う。彼女の家の状況も、親との関係も、普段の家での様子も何もかも知らないけれど、塾での美香子のことならよく知っている。行きたい学校のことをあんなにうれしそうに話す子は他にいない。

目頭がギュッと熱くなった。書店で万引きしたことを名乗り出たときも、店長に怒られているときも、野口にひどいメッセージを送ったときも、あの人に会ったときもこぼれなかった自分でも感情のわからない涙が、なぜかこのタイミングでこぼれ落ちた。

気づかぬうちに、十和は笑みも浮かべていた。

いつの間にか笑いながら泣いていた。

なんだか無性にどうでも良かった。もう何もかもだ。野口のことも、美香子のことも、万引きのことも、不安そうにする父や花奈のことも、「ああ、それはね。それにかんしては私もそう思うよ。子どものしようとすることは無条件で応援できる親でありたいなって思ってる」と同調してくる母のことも、すべてどうでもいいと感じた。

十和はゆっくりと笑みを引っ込めた。涙も一緒に拭い、慎重に息を整えて、母の目を睨みつける。

「私、行きたい学校見つけたから」

言ったら、胸のつかえがすっと取れた。逆に部屋の空気が凍りつく。

母の眉がおもしろいように歪んだ。

「なんで突然そんなこと言い出すのよ」

「べつに。突然のつもりはない。ただ、見つけた。それを伝えたいと思っただけ」

「どこ?」

母は仏頂面のまま尋ねてくる。十和は拳を握りしめた。ずっと思っていたわけではない。いま、この瞬間に閃《ひらめ》いた。

でも、その閃きはここ最近のモヤモヤをすべて吹き飛ばすものだった。あの制服を着た自分を想像してみる。あの桜並木の花が満開に咲き乱れるところを、そこを歩いている自分の姿をイメージする。

「星蘭《せいらん》女学院――」

沈黙の度合いが一段増した。

「くだらない」と、母は一瞬ですべてを悟ったように辟易《へきえき》した声を上げる。十和はその声を聞き流す。事実、胸が弾んでしまうのだからどうしようもない。

五月の連休中、ネオンの灯った街を見下ろす通天閣の展望台で、十和は「ねぇ、おばあちゃん」と切り出した。

おばあちゃんの瞳が妙に澄んで見えた。その眼差しの強さに怯みそうになったものの、十和は思いきって問いかけた。

「お母さんって、頭良かったの？　小学生の頃」

おばあちゃんは身体をかすかに揺らし、笑い声を上げた。

「ああ。亜紀子は親の贔屓目《ひいきめ》なしでようできたで。偏差値も高かったしな」

「そうなんだ。なんていう学校を受験しようとしてたの？」

「第一志望は星蘭女学院中学校や」

「ふーん。知らないや」

「大阪の学校やからな。優秀な学校やで。おばあちゃんも学生時代に憧れた学校やった。亜紀子も校風なんかは気に入っとったんやけどな」

「どんな学校？」

「とにかく自由。勉強をがんばりたい子にはその環境がちゃんとあるし、部活であっても、課外活動であっても、何かをしようとする子の背中を学校がきちんと押してくれる。芸能活動も許されてるから、藤平《ふじひら》梨花《りか》とか、三好《みよし》リオナなんかも、たしかあそこに在学しとったときにデビューしたはずやで。東京と往復しながら卒業したって」

「へぇ、それはすごいね」

おばあちゃんが名前を挙げたのは、十和でも知っている若手女優だった。二人ともさっぱりした性格と評判で、演技が上手いか下手かは十和には判断できないけれど、思わず目を惹かれる華があって、テレビに出ているとつい見入ってしまう。

よく校長先生が朝礼で「みなさんは北町小学校の看板を背負っています」といった話をするけれど、それってつまりはこういうことなのかもしれない。二人の女優がもし嫌悪感を抱かせるような人間だったら、こんなふうに関心は示さない。

「その学校、ちょっと見てみたいかも」

それに、やっぱりお母さんだ。あのお母さんが志望した、受験しなかったことをいまでも悔やむ学校というものに興味がある。

おばあちゃんはいたずらっぽく微笑んだ。

「ほったら明日ちょっと見学に行ってみよか?」

「そんなことできるの?」

「中には入れんやろけどな。でも、周囲をぐるっと歩くだけでも感じはつかめるやろ。帰りの新幹線はお昼やし、その前にちょっと覗《のぞ》いてみようや」

振り返れば、おばあちゃんはずいぶん楽しそうだった。まるで自分の母校を案内するかのように、実際に学校に足を運んだときもうれしそうに十和に学校について教えてくれた。「おばあちゃんも憧れた」という言葉が気になった。ひょっとすると、おばあちゃんが母に通ってほしかった学校なのかもしれない。

正門に通じる坂道には明るい陽が差していた。外から見た校舎やチャペルは厳かな雰囲気をたたえていた。その周りを歩くお姉さんたちは、まるでおばあちゃんの期待に応えるかのように楽しそうな雰囲気を振りまいていた。

あのとき、おばあちゃんに何かしら思惑があったとは思えない。でも、十和は大阪から戻ってからずっと星蘭女学院が気になっていた。スマホで学校について調べたのも、父が買ってきた中学受験案内を自分から開いたのもはじめてだった。

それでも本当にこの瞬間に至るまでは、自分があの学校を受験することなど想像すらしていなかったのだ。

でも実際に口に出してみたら、受けない理由が考えられないほどしっくりくるアイディアに思えてならなかった。

家族四人がそろったリビングには、「団らん」という単語を嘲笑《あざわら》うかのような冷たい空気が立ち込めている。

それを切り裂いたのは母だった。

「あんた何言ってんの？　なんでそんな勝手なことばっかり――」

ついに堪忍袋の緒が切れたというふうに声を荒らげた母を、父がさっと手で制す。父の顔からもいつもの柔らかさが消えていた。母のように頰を赤くするようなことはないけれど、こんな熱のこもった父の表情を見るのは久しぶりだ。

父はまっすぐ十和の目を見つめた。

「ええと、それは何？　家族で大阪に引っ越すっていうこと？」

十和は逃げるように視線を逸らす。

「ううん。そんなことできるわけないじゃん。花奈も学校あるし、お父さんたちだって仕事があるんだし」

「じゃあ、どうするつもり？」

十和は肩で息を吐いた。やっぱりこの瞬間まで考えてもいなかったことなのに、自然と口をついて出た。

「おばあちゃんの家に住まわせてもらう。おばあちゃんのところから学校に通う。まだおばあちゃんには話してないけど、たぶん認めてくれると思う」

口に出したら、やっぱり悪くない考えだと思えた。いや、これ以上に何もかもを解決するアイディアが他にあるとは思えない。

なかなか決められなかった志望校に、さびしいかもしれないと口にするおばあちゃん、一人暮らしには広すぎるマンションと、はじめて心が弾んだ学校、カワイイ制服に素敵な校舎、友人たちとの仲違い……。

それに何より、この家族と離れて暮らすことができるのだ。十和がいないときの方があきらかに三人の雰囲気はいい。先に食事を終え、戻った自室で聞く三人の楽しそうな声に何度も胸を掻《か》きむしられた。

自分はこの家族に必要ない。早く家を出ていきたいとずっと前から思っていた。でも、それは遠い未来なのだろうとなんとか折り合いをつけようとしていたけれど、ひょっとするとこのタイミングもあり得るのではないだろうか。もし星蘭女学院を受験させてもらえるのなら、きっと自分は勉強をがんばれる。

十和は上目遣いに父を見た。父に反対する言葉があるとは思えない。ひょっとしたら、すんなりオーケーしてもらえるのではないかという気持ちが芽生える。

そんな十和の期待に応えるように、父はふっと鼻を膨らませた。うっすらと目を細め、そしてその口から出てきたのは、十和の願いを打ち砕くものだった。

「そんなのダメに決まってるじゃん。十和ちゃん、さっきから何言ってるの？　正気？　そんなの僕が許すわけないじゃん」

父は十和をおちょくるようにヘラヘラと身体を揺らす。突然の言葉に頭に血が上ったが、十和は努めて冷静に首をひねった。

「どうして？　お父さん、いつも私の考えを尊重するって言ってるじゃん。それってこういうことなんじゃないの？」

「いやぁ、ダメダメ。それとこれとはまったく違うよ。僕が言ってるのってそういうことじゃないから」

「じゃあ、どういうこと？」

「どういうこともこういうこともないって。家族が離ればなれになるなんて僕が認めるわけないでしょう。ちょっともう勘弁してよ。何を言ってるの、十和ちゃん」

父は一人で笑っている。緊張感に包まれていた部屋の空気が、みるみると弛緩《しかん》していくのがわかった。

落ち着け、落ち着け、落ち着け……。十和は目をつぶり、必死に自分に言い聞かせる。

「いや、そうじゃなくてさ。笑ってないで、ダメな理由を教えてよ」

それでも、父は壊れたように笑い続ける。

「だから、家族が離ればなれになることだって言ってるじゃん」

「そんなの理由にならないよ」

「なるよ。なるなる」

「ならない。どうして？　私やっと行きたい学校見つけたんだよ？　その学校に行きたいって気持ちを尊重してよ」

「あー、だったら似たような学校を探そうよ。東京の方が学校の数は多いんだもん。わざわざ大阪の学校に行く必要なんてない。同じような学校はいくらでもある」

普段、言葉を砕いてやさしく思いを伝えようとしてくる父が、まるで聞き分けのない駄々っ子のように同じ言葉を繰り返す。

「とにかくダメって言ったらダメだから。家族が離ればなれになるなんて認めない。そんなことにお金は一円も出せません」

ただ屈託があるというだけで、父のことが嫌いなわけじゃない。とくに親の立場を利用した発言がないことにはずっと信頼を寄せていたのに、唐突に出てきたお金のことに、十和はたまらず気色ばんだ。

腹が立って、歯痒《はがゆ》くて、悔しくて、情けなくて……。父の垂れた目を睨みつけながら、爪が食い込むほど強く拳を握りしめた。

そして最後に捨てゼリフのように声高に言った。

「ううん。とにかく受けるから。私、絶対に受けるから」

そう言い残してリビングを出ていく間際、母の姿を歪む視界が捉えた。

そう言えば、母は二人のやり取りにいっさい口を挟んでこなかった。

何を思っているのだろう。

母は思い詰めた表情で唇を噛みしめ、うんざりしたように天井を仰いでいた。

部屋に戻ると、そのままベッドに横たわり、頭から布団をかぶって、十和は声を殺して号泣した。

花奈が同じように泣きながら追いかけてきた。花奈は布団越しに十和を抱きしめ、嗚咽《おえつ》を漏らしながら言ってくる。

「私もお姉ちゃんと離れて暮らすなんてイヤだよ。花奈も一緒に大阪に行くよ。学校なんてどうでもいいよ。みんなが離ればなれになるなんてイヤだよ」

胸に複雑な感情が入り乱れる。もちろん花奈に罪があるわけじゃない。姉妹仲もいい方だろう。花奈は昔から十和を慕ってくれているし、小さい頃は十和だってどこへ行くにも一緒に花奈を連れていった。

「ごめんね、花奈。イヤなこと言ってごめんね」

「もう私お姉ちゃんの受験イヤだ。受験が近づいてから家の中ずっと変だもん」

「ごめんね。本当にごめんね」

四年生になっても花奈は塾に通っていない。一緒にバスケをやっている仲間たちと同じ北町中に上がるのだという思いが強く、父も母も花奈には無理強いしていない。

十和はゆっくりと布団をめくって、花奈を中に招き入れた。花奈は安心したような笑みを浮かべたものの、泣き止もうとはしない。

二人で布団をかぶり直して、その中でいろんなことを話した。いつか行ったあの場所は楽しかった、今度は二人でおばあちゃんのところに行こう、花奈に食べさせたいパンケーキがあるんだよ……。受験のことには極力触れず、楽しい話ばかりしていた。

そのうち、二人とも泣き疲れて眠ってしまった。先に目を覚ましたのは十和の方だ。ふと横を見ると、花奈は十和の肩にもたれるようにして小さな寝息を立てている。

野口に謝らなきゃという思いが脳裏をかすめ、枕もとのスマホを探したが、どういうわけか見つからない。

そのときはじめて机の上で充電したままだということを思い出して、花奈を起こさないように布団から出て、十和はイスに腰を下ろした。

何件かＬＩＮＥが届いていた。その中に野口からのものはなく、代わりに〝あの人〟からのメッセージがあった。

『倉知《くらち》康生《やすお》さん』

登録だけは名前でされている。でも、これまで「倉知さん」とも「康生さん」とも「おじさん」とも、もちろん「パパ」とも呼んだことはない。会ったり、電話したりするときは「あの……」や「その……」でやり過ごすし、心の中で思うときはいつだって〝あの人〟だ。

ボンヤリした頭をなんとか働かせて、あの人からのメッセージに目を落とす。

『十和ちゃん、今日はごめんね。ちゃんと帰れた？』

夕方の出来事がよみがえる。あの人に対してはじめてふて腐れた態度を取ってしまった。そのことをちゃんと謝りたい。

『はい。まっすぐ家に帰りました。今日はあんなことを言ってごめんなさい』

返信はすぐに来た。

『ううん。僕は全然。ただ、今日の雰囲気は少し心配でした。受験、大変?』

それに対してどう返すか悩んでいるうちに、さらなるメッセージが送られてきた。

『今日はさすがに連れ出すことができなかったけど、また今度会おう。悩みがあるなら聞かせてほしい。夏休みの間にどうかな』

そのとき、部屋の戸がノックもなく開けられた。母が入ってきたのだとわかったが、ドキリとすることはなく、あわててスマホを閉じようともしなかった。

十和は勉強机のスタンドを灯し、そこではじめてスマホの画面を消して、ゆっくりと振り返った。

母は十和の手のスマホを一瞥したが、何も尋ねてはこなかった。すべてお見通しだという顔をして、十和の目に視線を戻す。

「さっきの話、本気なの?」

白い灯りにさらされた母の表情は冷たく見えたが、声色はなぜかやさしかった。

十和はこくりとうなずいた。

「本気。現実味はないと思ってたけど、話したらますます星蘭に行きたくなった」

「家族と離れて暮らすんだよ」

「わかってる」

「もう一生、四人で暮らすことはないかもしれないんだよ」

その言葉は、少しだけ十和を動揺させた。それでも、しばらくして胸に居残ったのは、やはり甘美なイメージの方だった。

「うん」

母は食い入るような目で見つめてくる。十和も歯向かうでもなく、迎合するでもなく、静かに母の目を見返した。

母娘《おやこ》の視線が交じり合う時間がしばらく続いた。

我に返ったように先に目を瞬かせたのは、母の方だ。

「わかった。じゃあ、その件はまた明日にでも二人でちゃんと話し合おう。今日は遅いからもう寝な」

最近いろいろなことがややこしい。自分が勝手にややこしくしているだけだという自覚もあるが、何もかも投げ出してしまいたいという気持ちが拭えない。そのネガティブな思いは、きっと大阪の中学校を受験することで解消される。

頭が痛い、身体が重い。母が部屋を出ていくのを見届け、つけっぱなしになっていたエアコンを消すと、おそろしいほどの静寂に包まれた。

あらためてスマホを起動して、あの人への文面を考える。

『はい。今度悩みを聞いてくれるとうれしいです』

またしても睡魔が襲ってきた。手にしたスマホの熱を感じながら、十和は花奈の眠るベッドに向かった。

※

「東京って、意外と高い場所がないんだよね。ビルばっかりのくせに、入れる場所がほとんどない。昔とは時代が違うっていうだけなのかもしれないけど」

窓の外に青い空が少しだけ見えている。平日の、夕方。道行くサラリーマンのおじさんたちは脱いだスーツの上着を片手に、空いている方の手で額の汗を拭っている。それを尻目に、母は冷房のよく効いたカフェでおいしそうにビールの泡を舐めている。

十和はため息をひとつこぼしながら、アイスコーヒーに口をつけた。

あいかわらず苦いだけで、なんのために飲むものなのかもわからない。野口はこれを飲んでホッとした顔をする。野口とは大抵のことを共有できるけれど、コーヒーの良さだけはいまだに理解できない。

あまり触れてほしくなかったけれど、好奇心の塊のような母は見逃してくれなかった。

「私、十和がコーヒー飲んでるところ見るのってはじめてじゃない？」

「そう？　わりと飲むけど」

「へぇ、知らなかった。おいしい？」

「べつに。普通」

十和なりに背伸びをして答えたつもりだったが、母は何もかもお見通しだというふうに目を細めた。

「私はコーヒーの味を覚えたのって、東京に出てきてからだったな。それまでは何がおいしいんだかさっぱりわからなかった。いまの十和と同じように『べつに』とか『普通』とか言ってたけど、ホントは全然わからなかった」

「ふーん」

「なんか大阪のアイスコーヒーってやたら苦くてさ。おばあちゃんと行ってた喫茶店がたまたまそうだっただけかもしれないけど、何度チャレンジしてもダメだったなぁ」

母は自分で言ってくすりと笑い、十和の許可なくガムシロップをグラスに投入する。それをストローでよくかき混ぜ、意地悪そうに言ってきた。

「騙《だま》されたと思って飲んでみ」

普段、野口が絶対に手をつけないものだから、そういうものなのだろうとこれまで一度もガムシロップを入れたことはなかった。

勝手に入れられてしまったので仕方なく従ったが、一口飲んでビックリした。コーヒーのイヤな苦みがすっかり消えている。昨日までツンケンしていた子がいきなり親しげに話しかけてきたみたいに、十和の舌にあっという間に馴染んだ。

思わず目を見開いた十和を見つめて、母はしてやったりという顔をする。

「あんたを育てるのは簡単だよ」

前触れもなくそんなことを言われ、十和は言葉に詰まった。

「何それ。どういう意味?」

「私にソックリなんだもん。小学生の頃の私自身が求めていたものをただ与えてあげればいいだけだって」

そこで母は一度言葉を切り、どこか照れくさそうな顔で続けた。

「そんなことを思ってた時期があったんだよね。傲慢にもさ」

十和は小さく首をかしげる。

「意味わからないんだけど」

「簡単な子育てなんてないっていう話だよ」

「よくわからないけど、お母さんが求めてたものって何?」

「いまの十和が持ってるものかな」

「うん、わかるよ。そんなはずないんだよね。たぶんおばあちゃんもいまの私と同じように思ってたんだろうなって、最近になってわかるんだ。『お前は何が不満なんだ』って、私もしょっちゅう言われてたから」

「はぁ?」

「それ、私がお母さんによく言われてることじゃん」

「うん。だからそういう話だよ。いつか十和も同じように思う日が来る。可愛くて仕方がない自分の娘に、こんなに満ち足りた毎日を過ごさせてやってんのに、こいつはいったい何が不満なんだって、腹が立って仕方がなくなる日が来る」

どさくさに紛れるようにして、母は言った。「『過ごさせてやってる』とかいう言葉がどれだけ図々しいかって頭ではわかってるんだけどね。全身の細胞がそう叫ぶ」と歌詞のようなフレーズを口にして、十和の髪の毛を撫でてくる。

その手を払いのけ、十和は不満を表明した。

「なんで勝手に娘って決めつけるのよ。息子かもしれないし、そもそも結婚なんてしないかもしれないじゃん」

「たしかに。結婚しないっていう選択はあり得るかもね。でも、もし結婚して、子どもを産むことになるとしたら、あんたは絶対に娘だよ。なんかこれは自信がある。確信してるって言ってもいい」

「それ、言霊《ことだま》」

「うん？」

「言霊ってあるから、あんまり無責任なことを言わない方がいいって、いつもお母さんが言ってることじゃん」

「アハハ。たしかに。それは十和が正しいわ」

そう言って、母は最近買ったばかりのお気に入りのスマートウォッチに目を落とした。

七月二十一日――。

天下分け目の夏休み。

ずっと意識させられてきた塾の夏期講習の初日を、十和はいきなり早退させられた。母からそうするようLINEが送られてきたからだ。

母も仕事を途中で抜けてきたという。そうして夕方に吉祥寺のカフェで落ち合ったのは、他でもない。昨日の話の続きのためだ。

大阪市内の女子中、星蘭女学院に行きたいと訴えた十和に向けて、母は昨晩「わかった。じゃあ、その件はまた明日にでも二人でちゃんと話し合おう」と言っていた。

母はすでにビールを二杯ものんでいる。しばらくは他愛のない話ばかりしていたけれど、このまま曖昧に終わらせるつもりはないのだろう。

「ねぇ、どこか景色が見渡せるとこってない？」

「景色？」

「なんか腰据えて話せるとこ。東京ってビルの屋上とか入れるとこ少ないよね。東京のせいなのか、時代のせいかは知らないけど」

十和にもいつかそういう習性が出てくるのだろうか。母と、祖母の共通点だ。大切な話をしようというとき、二人はそろって高いところに登ろうとする。

「べつにあるよ。高いとこ」

十和はあきらめたように口を開く。

「登れる場所なんていくらでもある。東京とか大阪とか、いまとか昔とかたぶん関係ない」

「そうなの？」

「うん。お母さんが大人になっちゃったから視界に入ってないだけだよ。忍び込めるビルなんて吉祥寺にもいっぱいある」

母は感心したように息を吐き出し、残っていたビールを一息でのみ干した。

「そしたらどこか連れてって。なるべく違法じゃないところ。そこでゆっくり話をしよう」

そう口にして、母は再びスマートウォッチに視線を向けた。

野口とたまに忍び込む北口の雑居ビルに連れていくという考えもあった。一箇所、オフィス用具が乱雑に積み上げられた階段踊り場の難所はあるけれど、母ならば簡単にすり抜けることができるだろう。

でも、万一にも誰かに見つかったとき、大人という立場の母が大変な目に遭うのも想像できた。母も「やっぱり絶対に違法じゃないところ」と言い直したので、当たり障りのない吉祥寺東急の屋上に連れていった。

東急の屋上は何年か前にリニューアルされ、「太陽の広場」という名前がつけられている。真っ先に目につくのは色鮮やかな人工芝と、街のどこからよりも広く見える空だ。日中の陽射しが強烈だったせいか、思っていたより人は多くなかった。

以前、まだ遊具が置かれていたときに、母は十和や花奈を連れて何度か来たことがあったという。

「いまってこんなふうになってるんだね。すごくいいじゃん」

母は本当に感動した様子で周囲を見渡してから、案の定、三鷹方面が一望できる西の一角に歩いていった。夜中に降った大雨のおかげだろう。遠く丹沢《たんざわ》山地の向こう側には富士山もくっきりと見えている。

「わぁ、いいなぁ。あんた、こんないい場所知ってたんだ。もっと早く教えなさいよ。やっぱり富士山っていいんだよなぁ」

母はしばらく舞い上がって一人で話し続けた。大阪に住んでいた頃から富士山に対する思い入れはあったし、東京からよく見えることに感動した。日本人は富士山に安堵するＤＮＡが植えつけられているに違いない。それを痛感したのは、二年間住んだアメリカから帰ってきたときだった……。

「そうだよね。お母さんって、アメリカに住んでたことがあるんだもんね」

十和がポツリと言うと、母は不思議そうな目を向けてきた。

「あんたも一緒だったじゃない」

「三歳まででしょ?」

「まったく覚えてないの?」

「全然。なんでアメリカになんていたんだっけ?」

「それは向こうの仕事の都合。私も働いてたから、直前まで単身赴任っていう話だったんだけどね。どっちが後悔するかなって考えたとき、行かない方が悔いを残すだろうって判断した。あんたに海外生活も経験させたかったしね」

母のこの行動力というか、思いきりの良さは、間違いなくおばあちゃん譲りだ。急遽《きゅうきょ》アメリカに一歳の娘を連れて行くことと、突然マンションを購入することとは、十和にとってはよく似た話だ。どちらも同じように突拍子もなく、どちらも等しくカッコいい。

西側に拓《ひら》けた景色がほんの少しだけ赤く染まり出した。

「さてと、あらためて聞こうか。星蘭を受けるっていう話、どういうつもり?」

十和は毅然と首を振った。不思議なほど勇気を必要としなかった。昨日の時点ではたしかに思いつきではあったけれど、今日になって現実味が増した。いや、胸が弾んでいる自分に気がついた。

それを証拠に……と言っていいかわからないけれど、これまでだったらうれしいとしか思えなかった塾の早退にかすかな焦りが混じっていた。

「私、本気で星蘭に行きたいと思ってる。それだけだよ」

母は鼻から息を漏らした。

「大阪に行きたいわけじゃなく？」

「うん」

「家族と離れたいわけでもなくて？」

「違う」

「ヨシくんから離れたいっていうわけじゃないの？」

母は父を「ヨシくん」と呼んだ。父のいない場所では「お父さん」と言うことが多いのに。そこに意図はあるのだろうか。

その質問に答えるときだけ、十和は即答できなかった。それでも昨日までの自分と決別するように、十和は胸を張ってうなずいた。

「うん、違う。お父さんは関係ない」

母はなおも十和の目を見つめていた。本音を探ろうという瞳の中に、どこかさびしげな色が混じっている。

　母は力なくうなずくと、またしてもスマートウォッチをちらりと見た。仕事のメールでも来ているのだろうか。

　そんなことを思った矢先、母は思わぬことを口走った。

「わかった。私はあんたに『私たちより先に死ぬこと』と『法律を犯すこと』以外は何してもいいってずっと言い続けてきたわけだからね。約束は守るよ」

「え、じゃあ……」

「私は認める。だから――」

　そうささやいた母の目が、不意にエレベーターホールの方に向けられた。

「二人には十和自身の口で説明しな」

「二人……？」と口にしながら、十和は母の視線の先を追いかけた。そして目を真ん丸に見開いた。

　母はつまらなそうに鼻を鳴らす。

「そんなの決まってるじゃない。おばあちゃんと、お父さんの二人だよ」

　その声が耳のそばを通り過ぎた。何がどうなってこんなことになっているのだろう。一ヶ月でも旅行できそうな大きなスーツケースを引きずりながら、おばあちゃんがこちらに向かって歩いてくるのだ。

「ごめんね。急にこんなことになっちゃって。迎えにもいかないで」

母はおばあちゃんに近づいていき、スーツケースを引き取った。おばあちゃんがやさしく微笑みかけてくる。

「かまへん、かまへん。カワイイ孫の一大事にのんびりなんてしてられへんわ。十和、大丈夫？　元気にしとった？」

十和はとっさに応じることができなかった。昨日の、今日の出来事だ。母が呼んだのは間違いない。

「おばあちゃん、仕事は？」

真っ先に口をついたのがそれだった。おばあちゃんはいたずらっぽく笑い、十和の髪の毛にやさしく触れた。

「だから言ってるやろ？　十和の大変なときに仕事なんかしてられへんの」

呆気《あっけ》に取られるばかりだった。おばあちゃんは缶ビールを握っている。どういう理屈か知らないけれど、それを見た瞬間に乾いていた瞳がギュッとなった。

「おばあちゃん、またビール……」

かすれる声をしぼり出す。おばあちゃんは思い出したように手のビールに目を向けた。

「一人で東京なんかに来たんやで。のまなやってられへんわ」

「大阪でだってのんでるくせに」

「ハハハ。せやな。ま、ええやろ。会社休んだときくらい」

母に背中をさすられた。近くにあったベンチに腰を下ろし、悪びれることもなくビールに口をつけるおばあちゃんに、十和は思いの丈をぶちまけた。

星蘭女学院を受験したい。

いまの自分の実力じゃ絶対に手は届かないけれど、やっとがんばる理由が見つかった。もし合格できたときは、おばあちゃんの家に住まわせてもらいたい。

迷惑だとは思うけれど、おばあちゃんと一緒に暮らしたい。

母からすでにおおよそのことは聞かされていたのだろう。おばあちゃんはやさしく目を細めるだけで、おどろいた素振りを見せなかった。

自分でも意味不明の涙が流れ続ける。それでもいまここですべての思いを伝えるのだと、懸命に拳を握りしめた。

「私がお母さんの仇《かたき》を取る。おばあちゃんとお母さんの夢を私が叶える」

おばあちゃんは呆然《ぼうぜん》と十和を見つめていたが、しばらくすると呆れたように眉をひそめ、そして強く抱きしめてくれた。

大好きな香りが鼻に触れる。十和にとってのおばあちゃんの匂い、シャネルのNo5だ。突然の東京行きに気合を入れてきたに違いない。いつもより強い香りが漂った。

「何や水くさい。迷惑なことがあるかい。実際に一緒に住んどったらお互いに不満を抱えるやろうし、ストレスは溜まるやろうし、ケンカすることもあるんやろうけど、迷惑ゆうんのとは全然ちゃう。家族なんやからケンカすんのは当たり前や。十和にその覚悟があるんやったら、もちろんおいで。私もうれしいわ。それに――」

そこで一回言葉を切って、おばあちゃんは十和の肩に手を置いたまま身体を離した。

「仇討ちなんて思わんでええ。十和は十和のためにがんばればええんや。それ以外、余計なことは考えたらあかん」

流れるように口にしたおばあちゃんに、母は弱々しく微笑んだ。

「ホントにありがとうね。お母さん」

おばあちゃんはなんてことないというふうに両肩を上げる。

「本音を言うとな、最近なんとなく鬱々とすることがあるんよ」

「そうなの？　体調？」

「ううん。そういうんやない。どう言うたらええんやろ、なんか私これまでずっと気ぃ張って生きてきたやろ？　一人であんたら育ててきて、働いて、マンション買《こ》うて」

「そやね」

「それがな。ことごとく自分の手を離れてしもて、いよいよ来年は定年やんか。一応、嘱託で再雇用って話はしてもろてるし、もちろんちゃんと働くつもりではおるんやけど、どれくらいの裁量を与えられんのかようわからんし。なんや張りがのうなるなぁと思っててな。もういっそ仕事も変えたろかなんていうふうに思ってたところに、今度の十和の話やろ？　正直、ありがたいって思ったわ。またこれで生き甲斐ができるなって」

　十和はうれしくておばあちゃんの肩にしなだれかかり、母はやっぱり困惑したように微笑んだ。

　おばあちゃんはふと街に目を向けた。

「東京もキレイなもんやな」

　いつの間にか西の空が真っ赤に染まり、眼下の街が影で覆われていた。通天閣で見た景色もキレイだったけれど、武蔵野地区の夕景だって負けず劣らず美しい。

　十和は自分が褒められたような気持ちになった。それを咎《とが》めようとするように、おばあちゃんはポツリと言った。

「でも、由紘さんは賛成してへんのやろ？」

　ちょうど三角形になった三世代の女の間に、冷たい沈黙が立ち込める。母が質問に答えた。

「そやね。聞く耳を持たんっていう感じや」

　おばあちゃんは十和にそっと視線を移す。

「お父さんを説得すんのは十和の仕事やで。言っとくけど、その協力はせぇへんからな」

「わかってる」

「もう一つ、あんなに素晴らしいお父さんはいいひんよ。それはちゃんと認識せなバチが当たるで」

「うん……。それも、わかってる」

おばあちゃんは満足そうに破顔した。

「よし、ほったらおばあちゃんとの話はここまで。そろそろ家に帰ろか。おばあちゃん、もうお腹ペコペコや」

おばあちゃんと対したときの素直さを、少しでも父に向けられたらいいのに。そんなことを思いながら、十和はおばあちゃんの腕に抱きついた。

「本当にありがとう、おばあちゃん。東京まで来てくれて。私、絶対にがんばるからね。本当にがんばるから」

おばあちゃんはそれ以上何も答えず、ただ十和の頭を撫でてくれた。


夏期講習二日目、七月二十二日――。

いつか自分の中学受験を振り返るとき、きっとこの日をその初日だったと思うだろう。十和は他人事のようにそう感じた。

最初にしたのは、算数の問題を解くことでも、社会の年表を覚えることでもなく、『頑張る』という単語を辞書で引くことだった。

スマホで調べた方が手っ取り早いのはわかっていたけれど、なんとなくその手軽さを拒みたかった。

①我意を張り通す。
②どこまでも忍耐して努力する。
③ある場所を占めて動かない。

去年の誕生日に父がプレゼントしてくれた『広辞苑』をはじめて開いた。笑ってしまうような重さで、お礼を言いながらもいつか自分がこれを使うというイメージさえ抱けなかった。想像していたよりもずっと早く、その機会はやってきた。

①はなんとなくしっくりくる。というか、十和の得意な分野で、むしろこの特性をめぐって母とよくぶつかっている。自分の考えを押し通すことが「頑張る」ことだというならおそれることはないけれど、少し違う気もする。

③については意味もよくわからない。

とりあえずいまの自分がすべきは②であるということは理解できた。「忍耐」「努力」と、「集中」の次に苦手とする単語が続いていることに不安を抱いたものの、十和は自分の頬を何度かはたいた。

「ほなね、十和。あんたが帰ってくる前におばあちゃん去《い》んでると思うわ」

おばあちゃんが玄関まで見送りに来てくれた。

「うん。本当にありがとう。また大阪に遊びにいくね」

「勉強がんばるときやで。星蘭、めっちゃ難しいからな。おばあちゃんと住むのが絵に描いた餅なんてことにならんように」

そう言うおばあちゃんに大げさに親指を突き立て、十和は足取り軽く家を出た。塾までの十五分ほどの道のりがいつもと少しだけ違って見えた。太陽が高く昇り、焼きつけるように十和を照らす。汗はすぐに噴き出したが、不快とは感じない。

心の内のささいな変化だ。もちろん、見た目が変わったわけじゃない。それでも、そのわずかな変化をキノッピーは見逃さなかった。通塾してきた十和に向かって、いつものように軽口を叩いてきそうな雰囲気を一瞬漂わせたものの、キノッピーは何も言ってこなかった。

そして何やら不敵な笑みを浮かべたキノッピーに、十和の方から声をかけた。

「先生、ちょっと相談があるんだけど」

「十和の方から相談ときたか。いつでもいいぞ。いまやるか？」

「ああ、いまはまだちょっと。その前にやることが……」と一度は言いかけ、十和は小さく天を仰いだ。キノッピーに相談を持ちかけるより先に、父とちゃんと話し合わなければという気持ちが湧いたのだ。

本当は気持ちが高揚していた昨夜のうちに話をしてしまいたかった。それなのに昨日、父は帰ってこなかった。すべてにおいて間の悪い父らしく、おばあちゃんと入れ替わるようにして出張で大阪に行くことになったのだ。

十和は少し悩んでから首を振った。

「ううん、やっぱり今日にする。でも、授業が終わってからでいい？」

「おう、いいぞ。そしたら家の人にちゃんと連絡しておけよ。迎えの時間、三十分くらい遅らせてってＬＩＮＥしとけ」

「オッケー！」

そうはつらつと返事をした十和をじっと見つめ、キノッピーはいつものようにいたずらっぽく微笑んだ。

ちょっとやる気が芽生えたからといって、もちろん昨日までより授業が理解できるわけじゃない。

とくに算数は苦手な図形問題の復習で、五年生までに終わっている単元だというのにことごとく答えられなかったけれど、いつものようにやる気が失われることも、途中であきらめてしまうこともなく、真剣に問題と向き合った。

昨日までより理解できるわけじゃないけれど、昨日までより先生の言葉が身体に染み込んでいく感覚があった。受験までの残りの日数を計算する。二月の本番まで、六ヶ月と少し。もっと早く始めれば良かったといつか後悔しそうだなと、十和は妙に冷静に感じていた。

この日の授業はあっという間に終わった。心がずっと前のめりになっていて、疲れもあまり感じない。

同じBクラスの友人たちと「また明日」と挨拶を交わして、十和はキノッピーの待つ事務室の扉を開いた。

「おいおい、ノックくらいちゃんとしろよ」と、キノッピーは気安い調子で言うものの、昼間のように笑ってはいない。

「うん。ごめん」

十和も殊勝に応じる。教室にいるときはお調子者の男子たちと一緒になって、キノッピーとはフレンドリーに話している。敬語なんて使わないし、呼び方も堂々と「キノッピー」だ。それが、面と向かうと途端にどう接していいかわからなくなる。とくに今日は十和の方が面談をお願いした身だ。

「そんなところに突っ立ってないで座れよ」

他の先生たちは生徒の見送りに出ているらしい。事務室には他に学生アルバイトの先生が二人いるだけだ。

十和は言われるまま向かいの席に腰を下ろす。キノッピーのデスクには何冊ものファイルが積み上げられていた。

「どうした？　行きたい学校でも見つかったか？」

十和はハッと息をのむ。

「どうしてわかるの？」

「そりゃお前、これまで講師に寄りついてこなかった生徒が突然『相談がある』って言い出したんだぞ？　目の色も昨日までとはまったく違うし、そんなの志望校が決まったことくらいしか考えようがないだろ？」

キノッピーはようやくいつもの笑顔を取り戻し、デスクの上の分厚い中学受験案内に手を伸ばした。

「で？　どこだ？」

十和は思わずうつむいた。直前まで意気揚々としていたはずなのに、静かな事務室が緊張感を生むのだろうか。急に恥ずかしいという気持ちが芽生えた。

「あの、それじゃない……」

それでも逃げるわけにはいかないと、懸命に声をしぼり出す。

「なんだ？」と、キノッピーはワケがわからないという表情を浮かべた。

十和は覚悟を決めて顔を上げた。

「私、大阪の中学を受験したいの。だから、その本じゃない」

十和が指さした受験案内に、キノッピーはゆっくりと目を落とす。その表紙には大きく〈首都圏版〉の文字がある。

「そうなのか？」

「うん」

「大阪の中学校って、どこだよ？」

素っ頓狂な声を上げながら、キノッピーは立ち上がった。そして本や資料がびっしりと詰まった本棚に向かっていたキノッピーの背中に、十和は告げる。

「星蘭女学院」

本を抜き取ろうとしたキノッピーの手が、間違いなく一瞬止まった。そしてこちらを向いたキノッピーは、ポカンと口を開いていた。

顔がカッと熱くなる。十和はその沈黙に耐えられず、思わず立ち上がりそうになったが、キノッピーは茶化さないでくれた。

「大きく出たもんだな」

そんな軽口を叩きながらも、キノッピーはらしくない真剣な表情のまま、十和のもとへ戻ってきた。その手には見た目は〈首都圏版〉とほとんど同じ、中学受験案内の〈関西版〉なるものがある。

「そんなのがあるんだ？」

「まだ見てないのか？」

「スマホで調べたりはしたけど。ねぇ、先生。星蘭ってやっぱり難しい?」

「まぁ、そりゃな。ずっとこっちで教えてきた俺だって知ってるくらいだ。優秀な学校だ」

キノッピーは星蘭のページに目を通しながら、淡々と続ける。

「大阪って、意外と私立熱が高くない土地柄だっていう話なんだけどな。星蘭はその中でトップレベルの学校だ。女子校だとまさにトップなんじゃないのか」

「私には厳しい?」

「そうだなぁ。ま、普通にやってたら厳しいだろうな」

意外と落ち込みはしなかった。それはそうだと納得する気持ちが大きい。昨日までたいしてがんばってこなかったのだ。少なくとも「忍耐」や「努力」とは縁遠かった。そんな自分が簡単に手の届くような学校であるはずがない。

デスクの上に開かれたページには、大きく『星蘭女学院』の文字が躍っている。その下の短評には〈大阪トップクラスの学力。自由を誇る女子進学校〉とある。

「ドキドキするか?」

十和の視線に気づいたキノッピーが尋ねてきた。心の内を見透かされた気がして、普段の十和なら「何が?」としらばっくれていたかもしれないけれど、素直にうなずいた。

「うん。なんかすごく価値のあるものに感じる」

「どうして星蘭に行きたくなったのかは聞かないでおく。とりあえず親御さんと話し合ってのことなんだよな？」

「お母さんとは」

「お父さんは？」

「まだ。これから」

十和の声はか細く震えた。キノッピーはかすかに仰《の》け反《ぞ》るような仕草を見せ、やりづらそうに鼻に触れた。

「べつに転勤っていうわけじゃないんだな？」

「うん。私が勝手に行きたいと思ってるだけ」

「向こうに親戚でも？」

「一応、おばあちゃんがいる」

「お父さん、納得してくれるのか？」

「わからない。ちゃんと話そうとは思ってるけど」

「あのお父さん、十和のこと大好きだもんな。簡単にはいかないかもしれないけど、本当に行きたいならちゃんと話せよ」

「うん」

「子どもの幸せを願っていない親っていないからな。とくに中学受験をさせようとするような親は。俺は結婚もしてないけど、もう三十年近くこの仕事をしてるからよくわかる。愛情表現が歪だったり、教育方法が偏っていたりで、家の中がめちゃくちゃになってしまうケースは山ほど見てきたけど、その親御さんたちが子どもの幸せを願っていなかったわけじゃない。とくに十和のお父さんはな。俺、大好きだもん、お前のお父さん。話せばわかってくれると思うよ」

一瞬、何かを吐き出したくなる衝動に駆られた。これまでずっと封印していた家族に対する思いがある。それをこの場で、キノッピーに明かすことが正解であるはずがなく、懸命に気持ちを抑え込もうとして、呼吸が荒くなるのが自分でもわかった。

その異変に、キノッピーは気づかないでくれた。

「さてと、どうしようか。もう受験まで半年切ってるけど」

「半年は切ってないでしょ?」

「え、そうか? だって——」と言いながら、キノッピーは手帳をめくる。

「いやいや、やっぱり半年切ってるよ」

「え、なんで? だって受験って二月なんでしょ? まだ八月にも入ってないじゃん。ギリギリ半年は残ってるじゃん」

ムキになった十和を弱々しく見つめ、キノッピーはこれ見よがしに息をこぼした。

「お前、ホントは何も調べてないんだろう? っていうか、学校については調べたのかもしれないけど、受験については見てないだろ」

「それは、まぁ……」

「あのな、星蘭に限らず、関西圏の私立中の受験日ってだいたい一月中なんだぞ」

「え、マジで?」

「マジでだよ。早いところでは十二月に試験を実施するところもあるくらいだ。星蘭は一月中旬だな。去年は十四日ってここにある」

キノッピーはボールペンの先の部分で、星蘭のページをトントンと叩いた。

「つまり、もう半年を切っている」

「ヤバいじゃん」

「だから普通にやってたらヤバいって言ってんだろう。しかもな、それは十和が思う普通の『普通』じゃないぞ。これから日本中の受験生たちが突入していく『普通』よりもがんばらなきゃいけないってことだからな」

その言葉が、十和の頭の中で「日本中の受験生たちよりも『忍耐』して『努力』する」に置き換えられた。

たまらず言葉に窮したが、キノッピーに困った様子は見られない。

「ま、そんなことを悩んでたってしょうがないんだけどな。行きたい学校ができてしまった以上は、どのみちやらなきゃいけないんだから。問題はこれから何にどう時間を使っていくかということだ。喫緊の問題は社会か」

「社会？　社会が難しいの？」

ささやくようにこぼしたキノッピーに、十和は問いかける。キノッピーは不思議そうな目を向けてきた。

「お前、まさかそれも知らないわけじゃないよな？」

「知らないって何？」

「星蘭は受験科目を選べるんだよ。スタンダードに国語、算数、理科、社会で受けることもできるけど、国算社の三教科でも、国算理の三教科でも受けることができるんだ」

今度は十和が呆気に取られた。

「そんなことしたら合計点が合わなくなるじゃん」

「合わせるに決まってるだろ。三教科受験の場合は点数を一・二五倍するんだよ。四分の五倍するんだ」

「四分の五？」

すぐに計算はできなかったが、あまりしっくり来なかった。呆然とする十和を見て、なぜかキノッピーは意地悪そうに微笑んだ。

「お前、そういうところバカじゃないよな。たしかに三教科を四教科に合わせるんだから、普通は三分の四倍にするよな。ところが配点が違うんだ。国語と算数は社会と理科より配点が高いから、そういうことになる。って、ここに書いてある」

キノッピーはあらためて受験案内をペン先で叩いた。真っ先に脳裏を駆け巡ったのは、苦手な社会に時間を割かなくていいのかという安易な思いだ。

「それ、超ラッキーじゃん」

キノッピーはゆっくりと十和の模試のデータに手を伸ばす。見せられたのは、七月に入ってすぐに行われた全国模試の結果だ。

それぞれの科目の偏差値が視界に飛び込んできた。

・国語61
・算数48
・社会42
・理科54

さすがにすべてがハマらなかった春先ほどひどくはないが、国語以外は褒められた成績ではない。とくに単元によって上下する算数や理科の点数と違い、社会だけは毎回判で押したようにこんな結果だ。

キノッピーは自分の肩を揉みしだいた。

「たしかに十和、社会の成績はいつもひどいよな」

「社会だけは本当にムリ。鉄砲がいつ来たとか、落花生の生産量とか、一つも興味ないんだもん。覚えられるわけないよ」

「でもなぁ、だからといっていまから社会を捨てるってわけにはいかないだろ？」

「なんで？　星蘭は社会ナシで受けられるんでしょ？　最高じゃん。年表とか暗記しなきゃいけない時間を他の教科に充てられるじゃん」

「そんな単純な話じゃないよ。さすがにそれはリスキーすぎる」

「なんでよ？　マジで意味がわからないんだけど」

十和は素直な気持ちを表明したが、キノッピーは力なく首をひねった。

「だってお前、星蘭だけを受験するつもりじゃないんだろ？　東京の学校は一つも受けないつもりかよ」

「あっ……」

「星蘭にしたって、本当に三教科で受けていいのかはちゃんと考えなきゃならないぞ。水物の国語や算数と違って、少なくとも社会はやっただけ点数が見込めるんだから。それをハナから放棄するというのはやっぱりこわい」

そう言ったまま難しそうに腕を組み、キノッピーはゆっくりと続けた。

「まぁ、いいや。とりあえず今日はこのへんにしておこう。十和はまずお父さんとちゃんと話し合ってこい。本当に星蘭を受験していいのか。他の志望校も関西圏の学校にするのか、東京の学校も受験するのか。その間に俺もどういう対策をするのがいいか考えとく。うちの校舎に大阪から来てる人って誰かいたっけ」

キノッピーが独り言のようにつぶやいたとき、社会を担当している松原《まつばら》先生がちょうど見送りから戻ってきた。

年齢は、おそらくキノッピーとそう変わらない五十前後。巨漢といえるほど大柄で、真冬でも額に汗をかいている。「君たちはやればできる」的な熱いセリフを表情一つ変えずに言うような先生で、社会という教科が好きじゃない十和も松原先生のことは嫌いじゃない。

そんな先生をボンヤリと見やりながら、キノッピーはひざを叩いた。

「そうか、松原先生だ！　すいません、先生。先生ってたしか大阪の校舎で教えていたことがありましたよね？」

呼びかけられた松原先生が、生気のない目をパチクリさせる。

「ええ、まぁ。兵庫県の尼崎《あまがさき》が長かったですが」

「そしたらこれから十和の相談にいろいろ乗ってやってもらえますか？　こいつ、やっと第一志望が決まって。星蘭女学院に行きたいって言ってるんです」

「セイラン……？」と、松原先生は怪訝そうに眉をひそめた。それから数秒の間に、セイランが「星蘭」であることと、十和の社会の成績が結びついたのだろう。

卒倒しそうなほど仰け反って、松原先生は大げさに白目をむいた。

ＬＩＮＥを見るのが遅れたらしく、父は約束した時間に迎えに来てしまい、近くのカフェで時間をつぶしているとのことだった。

『終わったら迎えにいくので連絡ください』というメッセージも入っていたが、文章を送るのが面倒くさくて、十和は直接父のいるカフェに向かった。

思っていたよりもちゃんと伝えたいことを伝えられたし、キノッピーもおおむね前向きに受け止めてくれた。

授業以外は話したことのなかった松原先生も、なんのかんのと言いながら「僕にできることはもちろんしますがね」と、協力することを約束してくれた。

塾を出る直前まで、十和の心は間違いなく昂ぶっていた。父に話すのもこわくないと思っていた。それなのに、カフェに向かう十和の足取りは重かった。

理由は二つある。一つは、事務室を出る直前にキノッピーにかけられた言葉だ。キノッピーに悪気がないのはわかっている。むしろ、勇気づけようとしてくれたのだろう。

それでも「まぁ、だけど十和は大丈夫だよ。なんのかんのサラブレッドだもん。お父さんが中学受験の経験者で、しかも啓愛大付属出身の人間なんてそうはいないぞ」という一言は、十和の屈託を存分に刺激するものだった。

もう一つは、見送りのタイミングでかけられた言葉だ。

「ああ、そういえば、十和。お前、悠がどうしてるか聞いてるか?」

条件反射的に息をのんだ。

「え、知らないけど。なんで?」

「なんでって、あいつ昨日も今日も来てなかっただろ? 連絡も来てないし。お前ならなんか知ってるんじゃないかと思って」

「いや、知らないよ。なんで私?」

べつにやましいことがあるわけじゃないのに、つい早口になってしまった。キノッピーはそれを突っ込んでくることなく、ただ不安そうに顔を歪めた。

「そうか。何もないといいんだけど。ここのところ、あいつちょっと不安定だっただろ? 少し心配してるんだよ」

もちろん、野口が昨日も今日も塾を休んでいるのは知っていた。昨日、べつの書店で買ったプレゼントはバッグの中に入っている。どうしたのだろうという思いはあったが、それ以上にいないことに安堵する気持ちが大きかった。

二日前に十和は大きな過ちを犯した。野口の誕生日ということを忘れ、LINEで暴言を吐いてしまった。そのことを少しでも早く謝りたいという気持ちと、ようやく湧いてきたやる気に水を差されたくないという思いとがずっと入り乱れている。

とはいえ、いつまでも放っておくわけにはいかない。昼過ぎに塾に行くと何人かのクラスメイトから「悠は？」と尋ねられたし、そのたびに連絡しなきゃと考えていたのに、億劫だと思っているうちにずるずる時間が過ぎてしまった。

キノッピーに言われるまで、野口が塾に来ていなかったことさえ頭から消えていた。そのことに十和は人知れずショックを受けた。

約束していた野口の誕生日会も結局開けていない。書店で万引きを見つかった美香子は、本人が言っていた通り夏期講習に来ていない。そもそも昨日は十和も塾を早退した。

一人そのつもりだった寛乃だけが「みんないったいどうしちゃったわけ？　ＬＩＮＥしても返信ないし、昨日私一人だったんですけど」と頰を膨らませていた。どう説明していいのか見当もつかなくて、十和は曖昧に笑いながら追及をかわすしかなかった。

カフェの窓から父の姿が確認できた。父は図書館のシールが貼られたハードカバーの本を食い入るように読んでいる。

店に入るのも面倒で、十和は窓をノックした。父は身体をピクリとさせ、キョロキョロと店内を見回してから、ようやく外に立つ十和に気づいた。

「なんだよ、十和ちゃん。一人で来たの？　危ないだろう」

父は外に出てくるなり文句を言った。

「べつに危なくないよ。すぐそこじゃん」

「ダメだよ。小学生が一人でこんな繁華街を夜に歩いちゃ」

「もう、うるさいな」と吐き捨てるように言って、十和は先を歩き出す。父は意に介した素振りも見せずに尋ねてきた。

「どうしたの？　先生と何かあった？」

「べつに」

「そんなわけないだろう。こんな遅くまで居残りしてさ。どうしたんだよ」

十和はボンヤリと父を振り返った。本当はこのタイミングできちんと話そうと思っていたのだ。母のいない場所で、なんならカフェで、一対一で、父に星蘭に行きたいのだと誠心誠意伝えようと考えていた。

でも、塾を出る前に心をくじかれたのがいけなかったのか。鼻先が濡れていそうな父の顔を見てしまったら、言葉は出てこなくなってしまった。

「とりあえず、いまはいい。それよりちょっと野口の家に寄っていい？」

「え、こんな遅くに？」

「べつに会うわけじゃない。ちょっとポストに入れたいものがあるの」

「何？」

「誕生日プレゼント。野口、一昨日《おととい》誕生日だったから。昨日から塾休んでて」

父はわざとらしく腕時計に目を落とす。

「いや、それはべつにいいんだけどさ。十和ちゃん、もうこんなふうに行き当たりばったりで時間を使ってちゃダメだよ」

「どういう意味?」

「もっとちゃんとスケジュールの管理をしなきゃダメってこと。さすがにもう六年生の夏休みなんだから、きちんとしなきゃ」

父が小言を口にするのはめずらしい。十和の態度がよほど腹に据えかねたのだろうが、だとしてもタイミングは最悪だった。

そんなこと、言われなくてもわかっている。このままじゃいけないとずっと思っていて、ようやく今日その第一歩を踏み出した。まさに今日がんばるきっかけをつかみかけた。勉強する気に充《み》ちているのだ。

そんな日にわざわざ苦言を呈してくる父の間の悪さに、それでもなお気を遣ったようなしゃべり方に、十和はたまらずカチンときた。

「は? 何それ。じゃあ、いいよ。一人で行くから」

「そんなこと言ってないだろう」

「本当に大丈夫。一人で行ってくる」

十和はそれ以上何も言わずに野口のマンションに向けて歩き出した。当然というのはおかしいかもしれないけれど、父はあとをついてくる。

マンションに着くまで終始無言だった。野口の自宅は低層マンションの三階だ。部屋番号までは覚えていなかったが、302号室の郵便受けに「野口」の名前を見つけて安心する。

武蔵野書店ではない、チェーン店の包装紙でラッピングされた本をバッグから取り出した。毎年同封しているバースデーカードを今年は入れていない。

自分の分と、母の分。二冊の本をポストに入れて、少しだけ逡巡《しゅんじゅん》してから、十和は野口にLINEを打った。

『遅れちゃったけど誕生日おめでとう』

『ポストにプレゼント入れといたから見て』

『っていうか塾来てよ』

『野口がいないとつまらないよ』

間髪を入れずに「既読」マークがついた。でも、いつもだったら即座に来る返信は一向に送られてこない。

最後のメッセージはとくに慎重に打ち込んだ。

『おとといは本当にごめんね。ちゃんと謝りたいから塾来てね』

マンションを去るとき、目の前の道路から十和は一度だけ振り返った。三階の一室から、野口がこちらを見下ろしていた。

十和は無意識のまま手を振った。野口はそれに応じない。表情一つ変えることなく、十和がいることなど気づいていないというふうに、そのままカーテンを閉めてしまった。

少し遅れて、胸の音が響き始めた。いますぐちゃんと弁解したいと、あらためてＬＩＮＥのアプリを立ち上げた。でも、十和はそれ以上何も打つことができなかった。

暗闇に、自分の記した文面が浮かんでいる。

最後に送ったメッセージにだけ「既読」の印はつかなかった。


結局、家に戻るまで父とは一言も口を利かなかった。二十一時を回っていたが、帰宅すると食事より先に十和は風呂場に駆け込んだ。いつもより長くシャワーを浴びている間に、バスケの練習で疲れ果てていた花奈は寝てしまった。

髪の毛を乾かしたあと、父と母と三人でダイニングテーブルを囲んだ。母は先に花奈と食べたようだ。十和と父にチラチラと視線を向けてくるが、いまは自分の出る幕じゃないと決めこんでいるというふうに、ビールに口をつけるだけだ。

気詰まりしそうな静けさだった。テレビもついていないし、音楽も鳴っていない。自宅じゃないような静寂にしびれを切らして、口を開いたのは十和だった。

「私、やっぱりどうしても星蘭を受験したい。おばあちゃんにもお願いしたし、お母さんもいいって言ってくれた」

母はそれに「はい」とも「いいえ」とも答えなかった。加担はしないというふうに肩をすくめるだけだ。

それを見た父がゆっくりと箸を置く。

「僕はやっぱりわからない。どうして星蘭？　どうして星蘭じゃなきゃいけないのか、納得いくように説明して」

「わからない。でも、あの学校のことを考えるとドキドキする。制服も可愛かったし、出身の芸能人も好きな人ばっかりだけど、そんなことより学校の空気がすごく良かった。正門に通じてる坂道を自分が歩いているのを想像したら、なんかドキドキする。ドキドキするっていう言い方が一番しっくり来る」

母はなぜか感心したように口をすぼめた。父もかすかに目を見開いたが、すぐに気を取り直すように首をひねった。

「それでも、わからない。だって、他の学校なんてたいして見てないじゃん。それは絶対に星蘭じゃなきゃいけない理由ではないよ」

「そんなのズルいよ。そんなこと言ったら、日本中の全部の学校を見て回らなきゃいけなくなるじゃん」

「そんなことは言ってない」

「言ってるよ。だって、本当に良かったんだもん。昨日からずっとあの学校のことばっかり考えてる。なんか今日一日周りの景色が違って見えた。行きたい学校を見つけるってこういうことなんだってはじめてわかった」

十和は怒りを吐き出すようにまくし立てた。父は顔をしかめ、助けを求めるかのように母を見た。

その母はまばたきもせずに十和を見ていた。三人の視線がすれ違う不思議な沈黙がダイニングに立ち込める。

打ち破ったのは母だった。

「中学受験ってフェアじゃないよね」

一瞬、聞き間違えをしたのかと思った。唐突に話題が変えられたことに、父も同じように怪訝そうにしている。

きっと似たような顔が二つ並んでいたのだろう。十和と父の顔を交互に見つめ、母は思わずというふうに噴き出した。

「なんていうかさ、十二歳前後ってちょうど思春期を迎える子がいるでしょ?」

母は淡々と言葉の意味を説明していく。

「私もそうだったけど、とくに女の子の場合は。それって、あんまり受験にとってはプラスじゃないよなって。まだ何もわからない子どものままで、親の言うことをなんの疑いも持たないまま聞き入れちゃう子の方がいい結果を残しそうな気がする。さもなきゃ、もういっそ思春期を抜けちゃって、大人として受験時期を迎えられる子もいいんだろうね。そんな子、もちろんそういないだろうけど」

母は同情するような目で十和を見た。

「その意味では、十和は最悪。だって中学受験なんて矛盾ばっかりだもん。行きたい学校なんて簡単に見つかるわけがない。あんたの言う通り、日本中の学校を見てはじめてっていう話だと私も思う。『人と自分を比べるな』『お前はお前のベストを尽くせ』みたいな聞こえのいい言説があふれてるくせに、親は自分の子どもと他の子を比べて勝手に一喜一憂してる。偏差値なんてまさにそういうものだもんね。自分と日本中の誰かを比べるための指標だもん。それが上がったり、下がったりしただけで大人たちはおもしろいように顔色を変える。たしかに矛盾だわ。それに気づかないでいられる子どもか、そういうものだって割り切れちゃう大人以外、モヤモヤするのは当然だって思うよ。大人と子どものちょうど真ん中にいるいまの十和がイライラするのはもっともだ」

母はしたり顔をしたけれど、決して説教くさい口調ではなかった。

十和は呆然と聞いていた。母がただ十和の気持ちを代弁したとは思えない。まさに思春期真っ只中で受験シーズンを迎え、受験そのものを取りやめるという選択をした。そんな当時の自分の気持ちを打ち明けているのだろう。

あんぐりと口を開けていた父に、母はおもむろに視線を移す。

「そんな面倒くさい時期の真っ只中にいる子が、たとえ変わった理由だったとしても自分で志望校を見つけたんだ。認めてあげてもいいいんじゃない？」

胸に温かい気持ちが広がった。自分の親に理解があるという感覚はずっとある。それは母に限らない。塾の面談で「子どもたちの勉強に対するモチベーション」について質問していた父も同様だ。二人が十和に寄り添ってくれていることを疑ったことは一度もない。

父はそれでも納得のいかない顔をしていた。それを見た母が呆れたような笑みを浮かべる。

「ヨシくんにだって、少しは十和の思いを尊重してあげたい気持ちがあるんでしょ？」

「ないよ、そんなの」

「じゃあ、どうして大阪なんて行ったのよ」

「え、僕？　僕は、だから出張で……」

「もう隠さなくていいよ。見てきたんでしょ？　星蘭。どうだった？」

「えっ？」と、十和が思わず声を上げる。父はじっとうつむいたまま、テーブルのどこか一点を見つめていた。

父は母の質問に答えなかった。それが「イエス」であることの証拠だった。女二人の視線を正面から浴びた父は、しばらく沈黙したあと、観念したように顔を上げた。

「ごめん。それでも僕はやっぱり素直には認められない。お母さんの言っていることはよくわかる。僕だって十和ちゃんが自分で何かを切り拓こうとしているのはすごくうれしいけど、どうしても認められないという気持ちが勝ってしまう。僕の夢は、二人の娘が成人するまで誰よりも近くで見ていることだから。家族みんなで仲良く過ごすことだから」

母の言葉を聞いたときと同じように、十和は胸を熱くした。それが自分のことながら意外だった。父がストレートに思いを伝えてくるのはいつものことだ。そんなことにいまさら感情は揺さぶられない。それなのに、その口から不意に出てきた「僕の夢」という言葉の響きが、十和の心を引っかいた。

父はまばたきもせずに十和を見ている。

「もっと言うと、どうして十和ちゃんが私立の中学に行かなきゃいけないのか、受験しなくちゃいけないのか、二年前にどうしてお母さんがいきなり塾に行けって言い出したのかも、僕は実はよくわかっていない。でも、だから納得できないというのは自分のエゴだっていう自覚もある。十和ちゃん自身が本当に星蘭に行きたいと思ってるなら、認めなきゃいけないっていう気持ちはある」

「それじゃ――」

「条件が二つある」

何かを振り切ろうとするように、父はうなずいた。

「一つは、これまで以上に僕は十和ちゃんの勉強に口出しする。君にその気がない以上、僕がやる気になっても仕方がないと思って、今日までは気を遣ってきた。もちろん塾のカリキュラムと連動はさせるけど、もっとしっかり関わっていきたいと思う」

母がニヤリと笑うのを視界の隅に捉えた。これまでだってこと勉強にかんしては父は口うるさかったはずなのに。

釈然としない気持ちはあったが、せっかく翻意してくれた気持ちに水を差したくなくて、十和は静かにうなずいた。

「もう一つは？」

父はさらに目に力を込めた。

「僕が決めた東京の学校も受験してもらう」

「え、何それ？」

「僕の母校の啓愛大付属は絶対に受けさせる。もし十和ちゃんに東京で他に受験したい学校が出てこないなら、その学校も僕が決める」

「いや、そうじゃなくて……。なんで？」

「滑り止めなんていうつもりはないよ。偏差値的には啓愛の方が星蘭より高いんだ。他の学校も僕がいいと思うところを探すつもり」

「いや、だから――」

「ひょっとしたら星蘭よりいいかもしれない学校を受けさせて、合格させて、その上で十和ちゃんに選択させたい。啓愛はその一つだと思ってる。十和ちゃんの考えがひっくり返るのを僕は最後まであきらめない」

父は十和の言葉を遮るように言い切った。母が茶化すように口笛を鳴らしたが、二人の耳には届かない。

十和は父の目を睨むように見つめていた。十和はこんなにも距離を感じているのに、父はいつだって誰よりもそばにいようとする。

「子どもの幸せを願っていない親はいない」というキノッピーの声が耳の裏によみがえった。

次の瞬間、うしろめたい気持ちにからめ取られた。父は勘違いをしている。十和は星蘭女学院という学校以上に、大阪の学校に通うことに、もっといえば家族と離れられることに大きな魅力を感じているのだ。

その意味では十和はウソを吐いている。啓愛大付属という学校が星蘭よりいいかどうかなど究極的には関係ない。啓愛が東京にある以上、星蘭より価値が上回ることはあり得ない。

「でもね、正直言うと思ってたよりずっといい学校だったんだ、星蘭」

父はぎこちない笑みを浮かべ、ポツリと言った。

「十和ちゃんから星蘭に行きたいって聞かされて、いてもたってもいられなくなって見にいってみて。ああ、なるほどって感心しちゃった」

「中に入れたの？」

自分にはない父の行動力に感心しながら、十和は尋ねる。父は「まさか、まさか」と手を振った。

「学校の周りをぐるっと回っただけ。でも、それだけで空気は伝わるものだから。歩いている生徒の顔とか、制服の着こなしとかでさ。みんな楽しそうだったし、誇りを持ってそうで、それだけでも充分いいなぁって思ってたんだけど、もっと印象的な出来事があったんだ」

「何?」

「星蘭の先生と話すことができたんだよ」

「え、そうなの?」

「うん。僕が敷地の外から校舎を見ていたらね、向こうから『何かご用ですか?』って声をかけてくれたんだ。同い年くらいの女の先生。すごく感じのいい人だった。普通、受験生の親に向こうから声なんてかけないよね」


母と目を見合わせる。お父さんってこういうところあるよね? と十和が首をひねると、そこがいいところだよ、という感じで母は目を細くした。

それって、つまり不審者だと思われたんじゃないの? そう言いたいのをぐっと堪えて、十和は次の言葉を待った。


父は本当に楽しそうに身体を揺すり、星蘭の先生とのやり取りを教えてくれた。

「『いい学校ですね』って伝えたら、すごくうれしそうにしていてさ。先生も学校に誇りを持ってるんだってすぐにわかった。だから、僕の方から『先生の目から見て、星蘭女学院の一番素晴らしいと思う点はどこですか』って質問してみたんだ。そうしたら先生から思ってもみない答えが返ってきた」

「何？」

「この十年くらい、一人の退学者も出していないことだって。もちろん授業についていけない子も、心の問題で朝起きられない子も、校則に触れることをする子も中にはいるらしい。でも、そうやって大きな流れについてこられない子どもたちに手を差し伸べることこそが教育だって、それがいまの星蘭の学長さんの考えなんだって。先生たちにもそれが浸透してるって」

「へぇ、それは素晴らしいね」と、母が久しぶりに口を開いた。

父は満足そうに首を振る。

「素晴らしいよね。僕がいた頃の啓愛なんて落第だ、ケンカだ、万引きだって、すぐに学校を辞めさせられてたから。そこは負けてると素直に思ったよ。なんかそういう校風のおかげか、それまで毎年何人かいた自主退学の生徒もいまは全然いないらしい」

十和はまるで自分が褒められたような気持ちになった。でも、実際にそうなのだろう。おばあちゃんと見た星蘭のお姉さんたちは本当に楽しそうに笑っていて、周囲の目なんて全然気にしていないようでいて、それなのに隙がなく、みんな凜《りん》としていた。あの立ち居振る舞いを一言で表現するなら、きっと「誇り」なのだと思う。

自分も同じ制服を着て、あの坂道を歩く日が来る。それを想像するだけで、身体の中心からエネルギーが湧いてくる。

「いいんじゃない？　その条件で」と、母があらためて二人の間に割って入った。ボンヤリと目を向けた十和をじっと見つめ、母は小さくうなずく。

「十和、私とおばあちゃんの夢を叶えるって言ったよね。星蘭を受けることについて。だったらヨシくんの夢も叶えてあげなよ。私たちの思いを乗っけて星蘭を受けられるなら、ヨシくんの思いと一緒に啓愛を受けることだってできるでしょ?」

父はあらためて十和を正視した。

「まずはがんばらなきゃね。受からなきゃ何も始まらない。いや、受験生は結局勉強しなきゃ始まらない」

「うん」

「明日からちゃんとスケジュールを組むよ」

自分に言い聞かせるように口にして、父は何かを思い出したように母を見やった。

「そういえば、お母さんはなんで僕が星蘭を見学しにいったってわかったの? 僕、そんなこと言ってないよね?」

母は慈しむような眼差しを父に向ける。

「可愛くて仕方がない娘が大阪の学校に行きたいって言い出した翌日に、突然大阪に出張することになったんだよ? 普段は急な出張なんて絶対ないし、ましてや大阪なんて行ったこともなかったし。誰だってピンと来るでしょ。むしろよくバレてないと思えるよ」

父の方は尊敬の視線を母に向けた。

その子犬のような瞳の中に、ハッキリと「敵わないな」と書かれてあった。

夏期講習の授業は午後から始まる。十二時半にスタートして、一コマ七十分、計五コマ。授業自体は十九時二十分に終了する。

できる限り家で食事をという塾の配慮から組み上がったカリキュラムらしいけれど、昼も夜も自宅でご飯を食べるという子はあまりいない。

以前、佐々木薫子《ささきかおるこ》という若い理科の先生が「夏休みは計四百時間の勉強が必要です」と言っていた。

つまり一日十時間だ。他の受験生よりがんばらなきゃいけない十和は、さらに多くの勉強時間が必要ということだろう。計三百五十分の授業は充分大変だけれど、六時間程度じゃまったく足りない。

父に星蘭の受験を認めてもらった翌日、十和は早速授業終わりにキノッピーを訪ねた。「十和でーす。失礼しまーす」と、快活に事務室の戸を開いた十和に目を留めると、キノッピーは「ああ、十和か。良かった。俺も声をかけようと思っていたんだ。いやな、昨日あれから松原先生といろいろ話したんだけど――」と、当然のように昨日の続きを話し始めた。

手帳を手にしゃべり始めたキノッピーを、十和はまじまじと見つめてしまった。

「なんだよ」

「いやぁ、先生たちって親切なんだなと思って」

「は？　なんだそりゃ」

「だって、こんなふうに一人ひとりの相談に乗ってたら、時間なんていくらあっても足りなくない？　面倒くさいっていうか、偉いなぁと思って」

バカにする意図はまったくなく、むしろ心から感心して出た言葉だった。キノッピーは呆れたように鼻を鳴らした。

「べつに面倒くさいなんて思ってないよ。生徒みんなが相談してくるなら、ちゃんと全員と向き合うよ」

「なんでそうしないの？」

「そんなもん、お前らの方から何も言ってこないからに決まってるだろ。十和はたまたまそういうモードになったから具体的な話になってるけど、いまでも何していいかわからないヤツはたくさんいるよ。もっと便利に使えばいいと思うんだけどな。そういうことを厭《いと》わないから俺たちはこんな仕事をしているわけだし」

「ふーん、そっか。そんなことより松原先生とした話って何？」

「そんなことって、お前な……。いや、昨日話してた社会のことだ。あれ、やっぱりちゃんと勉強した方がいいと思う」

「どうして？」

「これも昨日言ったけど、やっぱり社会ナシで挑む方がリスクがある」

「そうなんだ。わかった。そうする」

「なんだよ。ずいぶん物わかりがいいじゃないか」

「いやぁ、こっちはこっちでいろいろあってさ」

「いろいろってなんだよ。お父さんか?」と興味深そうにするキノッピーに、十和はかいつまんで昨夜のことを説明した。

たまに苦笑したり、相づちを打ったりしつつ、キノッピーはメモにペンを走らせながら話を聞いていた。

「星蘭だけじゃなく、啓愛もか」

「なんか稜花もいい学校だから受けさせるみたいなこと言ってたよ」

「ハハハ。すごいな、お前。つい数日前まで受ける学校が見つからなくて困ってたのに、もう稜花がすべり止めかよ」

「ねぇ? 展開早すぎて私もついていけないよ。どっちにしてもそういう理由で社会は勉強しなきゃいけなくなった」

「うん。それでいいと思う」

「それでさ、先生。私ってこれから何をどう勉強したらいいと思う?」

すごくアバウトな質問だと我ながら呆れたが、キノッピーは「うん。ざっくりとだけど俺も考えてみた」と、エクセルで作った時間割のようなものをわざわざ用意してくれていた。

「まだガチガチに固めるより、遊びの時間を作っておいた方がいいと思うんだ。遊びって、べつに本当に遊ぶことじゃないぞ」

「わかってるよ。そんなこと」

「ハハハ。そうか？　それでもキツいスケジュールだけどな。いまの十和ならやれるだろう」

くだらない冗談を言いながらも、キノッピーは見事なメニューを組んでくれていた。朝起きてから、就寝の直前まで。真っ先に目を引いたのは、毎日寝る前に設けられている三十分の社会の暗記だ。

「社会、これだけでいいの？」

十和は思ったままを口にする。

「これは松原先生のアイディアだ。社会ってやっぱり暗記がモノを言う分野だろ。人間、記憶が一番植えつけられるのって寝ている間なんだよ。だから、三十分だけでいいから、寝る前のゴールデンタイムを社会に充ててほしいって」

「松原先生が？」

「うん。俺も社会はやっただけ点数が見込める教科だと思っているから大賛成だ。テキストはそこに書いてある通り。その三十分は最後の力を振りしぼって覚えることに集中するようにって、松原先生おっしゃってたぞ」

「その集中が一番苦手なんだけどね」

「もうそんなこと言ってる場合じゃないだろ」

「たしかに」

「とりあえず社会はそこにある通り、毎日の三十分をきちんと積み重ねていけ。その他の教科も他の先生に話を聞いて、一応星蘭をイメージして組んでみた。あとな、これは勉強法とはまた違うんだけど、お前は夏休みが終わるまで絶対に星蘭の過去問を見るな。星蘭に限らず、過去問の類いはいっさいやらなくていい」

「そうなの？　どうして？」

「あきらかにまだ早いからだよ。どんなものか気になるだろうし、力を試したくなることもあるかもしれないけど、ちょこっと見たりするのも禁止。それでな、夏休みが終わった段階で一度ちゃんと解いてみる。これはまたお父さんと相談するといいんだけど、以降は月に一回、一年分だけ、なるべく本番と同じ状況を作って力を測ってみる」

「うん、わかった。そのときには少しは解けるようになってるかな？」

「いや、まだ全然だろうな。たぶんお前はショックを受けるだろうし、ちょっとやる気を失うのがそのへんのタイミングだと思うよ。ということをちゃんと頭に入れておいて、九月になったら一回やってみたらいい」

「わかった」

それからもキノッピーはいろいろなことを話してくれた。星蘭は他の学校と比べて国語と算数の配点が高く、とくに国語は難問ぞろいで差がつきやすいから、そこは十和に有利に働くであろうこと。夏休み以降に算数が伸びる子は多いので、これまでの模試の結果から弱点を割り出し、重点的にそこを勉強すること。秋以降は星蘭の出題傾向と照らし合わせて、さらに専門的な勉強に打ち込むこと……。

カチッ、カチッと、音を立てて何かがハマっていくような感覚があった。まだ何も始まっていないのに、ずっと心が震えていた。もちろん、簡単な話じゃないのはわかっている。星蘭に行くような子はとっくの昔からこういう準備をしているのだろう。あと半年しかないのだということに、はじめてリアリティが伴った。

十和の気持ちはこれ以上なく昂ぶっていた。そんな十和を見て、キノッピーは少しだけやりづらそうに眉根を寄せた。

「それでな、十和。なんていうか、これは俺からの提案なんだけど——」

それまで流れるように切り出されていたキノッピーの声が、不意に引っかかる。

「何?」

「いやな、もちろんどこを受験するかはお前自身が決めることだ。だから、これはまぁ提案というか、俺からの希望というか、約束してほしいっていうことなんだけど」

「うん」

「夏休みが明けた最初の公開テストで絶対にAクラスに上がれ。お前が本気で星蘭を目指そうと思うなら、せめてそれくらいはクリアしなきゃいけないと思う。もちろんBクラスにいるから星蘭に行けないっていうことはないんだけど、最初の壁としてそれをクリアしてほしい。協力する俺に対するマナーみたいなもんだ」

十和の通っている至誠塾は、月に一度ある公開テストの結果でその月の授業を受けるクラスが編成される。

吉祥寺校は一クラスだいたい二十五人で、六年生になってからは全部で五クラスにわかれている。つまりA〜Eクラスまである中で、いま十和はBクラス。一応、上から二番目のクラスにはいるものの座席は常に最後列で、文字通りなんとかしがみついているという状況だ。Aクラスまでの道のりは容易《たやす》くない。

「どうしよう。なんか途端に自信なくなった」

十和がAクラスにいたのは、入塾したばかりの四年生の一時期だけだ。そのときはまだ生徒の数も少なくて、AとBの二クラスしかなかったし、あっという間にBに落ちてからは一度もAに上がっていない。

とくに五年生の夏休み頃からはAとBの間には見えない壁がハッキリと存在している。自習室でもAクラスの子たちは醸し出す空気がまるで違う。初見の子でも誰がAクラスかわかるだろう。AからBに落ちてきた子がその日一日泣いているのを見たときは、必死に彼女を励ましながらも、なんとなく自分という存在が否定されている気になった。その子は次のテストであっという間にAに返り咲いていた。

「そっかぁ、Aかぁ」

そんなふうにつぶやきながらも、十和の心は折れていない。これから自分が挑もうとしているのは、それよりもはるかに高い壁なのだ。へこたれている時間はない。

「でも、わかった。がんばるよ」

前向きに応じた十和を、キノッピーは頼もしそうに見つめていた。

「十和、これから楽しくなるぞ」

「楽しくなるの？　しんどくじゃなく？」

「ああ、間違いなく楽しくなる。そして楽になる。がんばるべき時期にがんばれることって楽なんだぞ。お前はきっとそれを知るよ」

キノッピーはさらに一つ、思い出したようにつけ足した。

「あと、すまん。十和。もう一つ」

「えー、まだなんかあるの？」

「お前、いまは悠にはかまうな」

「えっ？」

「今日あいつのお母さんから連絡が来てな。しばらく塾には来られないって。でも、元気ではいるらしいし、あいつはあいつでやってるって話だから。それを信じてお前は自分のやるべきことをしっかりやれ」

キノッピーは有無をいわさぬ口調で言った。昨日の今日で釈然としない気持ちはもちろんあったが、やっぱりそれ以上に安堵してしまう自分がいる。

「うん、わかった。そうする」

キノッピーはまったく似合わないウインクを投げかけてきた。

十和の小学校生活最後の夏休みが始まった。

夏期講習がスタートして最初の数日で、一日のおおよそのスケジュールが確定した。

朝は十時半までに塾に行く。自習室で行うのは前日の授業で出された宿題だ。まず宿題との向き合い方が劇的に変わった。これまでは先生に注意されないためだけにこなしていたものが、いまはこの時間に身につけなければいけないことになった。

宿題はだいたい一時間、長くても一時間半で終わらせる。お弁当を食べる時間をはさみ、空いた時間はたとえそれが一時間だとしても、五分だとしても漢字やことわざなどの国語の知識問題に充てる。国語担当のキノッピーから「社会の暗記と同じ要領で。毎日決まった時間に組み込むように」と言われたものだ。

十二時半から十九時二十分まではみっちり授業。多くの子がその後も残り、自習室でそれぞれ勉強していくが、十和はすぐに家路に就く。

これまでは早い時間は母が迎えにきてくれていたが、夏休みに入ってからは毎日父が来てくれるようになった。くわしくは教えてもらっていないが、そのために働き方を少し変えてくれたらしい。

その帰路で、父からその日の算数の授業内容を口頭で説明することが課せられるようになった。そうすることで頭の中が整理され、復習の意味を持つのだと言われているが、授業でクタクタになっている十和はまだその境地に達していない。

二十時までに家に着くと、必ず晩ご飯のいい匂いが充満している。すぐにでも食事にありつきたい気持ちをグッと堪え、夏休みに突入してからは手洗いとうがいをする習慣がついた。これも父いわく「本番が近づいてからクセづけようと思っても遅いから。いまのうちに慣れておく必要がある」らしい。

母と花奈はたいてい食事を済ませているが、食卓には一緒についてくれる。帰り道とは一転して、ここでは塾や勉強の話は厳禁だ。塾や勉強以外に日常のトピックがなくなってしまった十和にはなかなかハードルが高いものの、花奈が積極的にリードしてくれる。ほんのつかの間の家族の時間だ。

だいたい二十時半までには食事を終え、シャワーを浴びる。このあとどんなにやる気があったとしても、父がお風呂から出てくるまでは必ず休憩することになっている。

勉強を再開するのは二十一時半頃。母が片づけてくれているダイニングテーブルであらためて父と一対一で向き合うと、主に算数と理科の復習をする。

父と二人での勉強は、仮に十和の理解が途中だったとしても二十三時で打ち切られる。やり切れなかったところは翌日に繰り越しだ。その後は自分の部屋に入り、キノッピーとの約束通り、寝るまでの三十分を社会の暗記に充てる。二十三時半にアラームが鳴るとフルマラソンを走り切ったランナーのようにベッドに倒れ込み、スマホも開かずに眠りにつく。

起床は毎朝七時半。夏期講習が始まってからは不思議と一人で起きられるようになった。顔を洗い、ダイニングに向かうと、母が食事を用意してくれている。パンやフルーツなんかと一緒に、甘いコーヒーを飲むようになった。母は「意識の問題でしょ。プラシーボ効果っていうやつ」などと言っているが、絶対に頭が冴える感じがする。

朝食を終えると、塾の準備をする十時までひたすら演習問題を解く。やはり算数と理科を中心に、前夜の勉強時間にやった箇所の基本問題がいくつもプリントされている。

用意してくれているのはもちろん父だ。つまり、父は十和が自室に入ってから父自身が寝るまでの間にこれを用意してくれていることになる。

十和が起きると、父はすでに家を出ている。何日目かの朝、家で仕事をしていた母に「お父さんってどうやってこのプリントを用意してくれてるの？」と尋ねたことがある。前日の二十三時までやっていた単元が、とくに十和の理解が及ばなかったところを中心に、翌朝には何枚かのプリントになっているのだ。

母は弱々しく肩を上げた。

「お父さんから十和には言うなって言われてるんだけど、あんたが寝たあとに必ずコンビニ行ってるのよ。パソコンで問題を寄せ集めて、そのデータをスマホに入れて、コンビニでプリントアウトしてきて」

「マジで？　大変すぎない？」

「うん。だからなんか大きいプリンターをネットで注文してたよ。Ａ３もプリントできて、両面コピーできるんだって。たぶんそれが今日届く」

「そんなのどこに置くの？」

「とりあえず私たちの寝室に置くとか言ってたけど。私とお父さんのベッドの間に挟み込むんだって息巻いてた」

「えー、なんかそれは」

「受験生の家では常識なんだって。そういう情報ってどこでつかんでくるんだろうね。お父さんってマメだよねぇ」

「いや、マメっていうか……」

「うん？」

「ありがたいよ。すごく」

素直な気持ちが口から漏れた。でも、そんな父の期待に応えたいという気持ちにはならなかった。いや、父のためにという思いを持つまいと言い聞かせたのだ。自分のための勉強だ。自分が星蘭に行くためにがんばるだけ。父の協力をありがたいと思うことと、父の期待に応えようとすることはべつだと思う。なんていうか、十和にはそう思うことの方がずっとおこがましく感じられた。

来る日も、来る日も、同じスケジュールをこなしていった。最初のうちは「今日は何時間勉強した」といったことを考えていたけれど、そんなこともあっという間になくなった。一週間、二週間……と時間が過ぎていっても、息切れすることも、飽きてしまうということもなかった。

よく映画などを観ていると、肝心な部分を簡単にすっ飛ばすものだなと思うことがある。たとえば高校の部活を描いた青春映画などで、競技との出会いや憧れの先輩との邂逅《かいこう》、壁にぶつかったときの葛藤や仲間との軋轢《あつれき》などは丁寧に描かれるのに、それらを乗り越えて軌道に乗って力をつけていく過程は、軽快な音楽に乗せたりして一気に時間が進んでいく。

その端折《はしょ》られた部分こそが大変で、大切なのではないだろうかと思っていた。しかし、生まれてはじめてそういった「ゾーン」のような体験をしてみて腑に落ちた。急速に力をつけていくときは、時間があっという間に過ぎていく。十和もまた毎日をひたすら消化していくような感覚だった。勉強すること以外の物語は極端に少ない。

一日一日が一瞬で溶けていった。時間はいくらあっても足りない。たとえば一日が三十時間あれば、四十時間あればその分知識が身につくのに……。そんなことをふと思ったとき、自分の意識の変化にうっかり笑ってしまったほどだった。

塾が短いお盆休みに突入してからも、家で苦手科目と向き合った。当然、今年はどこにも行く予定はない。母と花奈は二泊で西伊豆に海水浴に出かけたけれど、うらやましいとも思わなかった。

父もまた今年の旅行を取りやめた。もちろん十和の勉強を見るためだ。父と家で二人という状況ではあったものの、いつかのように拒否感は芽生えない。

ちょうどお盆の真っ只中、八月十五日の夜。父は体調が悪そうだった。

それでも額に汗を浮かべ、文句一つ言わずに勉強を教えてくれる姿を見て、十和はボンヤリと思った。

この人は、自分が望まない未来のために力を注いでくれているのだ——。

母の言うところの「可愛くて仕方がない娘」と離ればなれになるために、一生懸命勉強を教えてくれている。

それってどんな気持ちなのだろう？

生まれてはじめて、父の立場になって物事を考えた。

その視線に気づいた父が「うん？」と邪気のない笑みを浮かべ、思わずというふうに机の上の冊子に手を伸ばしてきた。

「何これ？」

父が勉強中に話しかけてくるのはめずらしい。十和もふと集中が解け、背もたれによりかかりながら話に乗った。

「なんかキノッピーが貸してくれた」

「合格体験記？　なんで？　これ、僕たちも春にもらったじゃん」

「ああ、なんかそれの関西エリアの人たちのやつだって。星蘭に受かった子の作文もいっぱい載ってるから参考になるんじゃないかって、キノッピーが取り寄せてくれたみたい。お父さんにも読んでもらえって言ってたよ」

「じゃあ、ちゃんと渡してよ」

そんな不満を口にしながら、父はパラパラと文集をめくっていく。

至誠塾の合格体験記『栄光への道』は、毎年四月に生徒たちに配られ、四年生の春に入塾した十和もすでに三冊の関東版を持っている。志望校はおろか勉強にまったく身の入らない状態であっても、目を通しているのは楽しかったし、思うことも少なくなかった。

合格した学校を勲章のように列挙する子どもたちはみんな立派なことを綴っている。パターンはざっくりと二つにわかれ、「僕はこんなふうに壁を乗り越えてきた」パターンか、「お父さん、お母さん、先生ありがとう」パターンかのいずれかだ。

本当に、見事にどちらかに分類される。そういうものだとは思うけれど、たとえば「僕は最後まで勉強をがんばれませんでした」パターンや、「お父さん、お母さんを憎んでいます」パターンが少しはあってもいい気がする。

「なんかみんな立派だよね。たいしたものだなぁ」

父も似たような感想を抱いたらしい。

「なんかお父さんにも書いてほしいって言ってたよ」

「うん?」

「キノッピーが。言われてたの忘れてた」

「いやいや、それはムリだよ」

「お父さんならいまの中学受験の問題点や矛盾点を浮き彫りにして、しっかり提言してくれる気がするって」

「いやいやいやいや。さすがに買いかぶりすぎだって。僕にはムリって伝えておいて。絶対にムリだから」

父は大げさに手を振ったが、瞳はまんざらでもなさそうに光っている。その父から冊子を受け取り、十和は小さく息を漏らした。

「子どもバージョンもすごいけど、親バージョンはもっとすごいよね」

思ったままを口にした。『栄光への道』には合格した生徒の他に、その親たちも文章を寄せている。

必須ということではないらしく、数は子どもの三分の一くらいだ。わざわざ寄稿するくらいなのだから声を大にして伝えたいことがあるのだろうが、子ども以上にバリエーションは少ない。

タイトルからして似たようなものばかりだ。「息子の成長を感じた中学受験」や「努力は絶対に裏切らない」タイプ、あとはせいぜい「ありがとう至誠塾」系くらいだ。

それでも、親からの寄稿の中には極まれにエキセントリックなものが交ざっている。たとえば「健ちゃんはママの最高傑作！」と銘打たれた文章などがそれだ。

たしかに〝健ちゃん〟は優秀なのだろう。子ども編にいた至誠塾六甲校の田中健太郎くんは受験した四校すべての合格を勝ち取り、進学することを明言している学校は十和でも名前を知っている難関校だ。

その〝健ちゃん〟に語りかける形で、母親の作文は幕を開ける。

「あなたはきっと覚えていないのでしょうね。でも、ママは健ちゃんがこの世に生を授かった日のことをいまでもハッキリ覚えていますーー」

そりゃそうだろうという一文を皮切りに、延々と続く自分語り。健ちゃんを称え、パパを賞賛し、そして自分自身をこれでもかと褒めそやす。乱発する美辞麗句と、目眩《めまい》がするほどの自画自賛。

何度読んでも肌が粟立つ。でも、笑ってはいけない何かも感じる。奇天烈《きてれつ》さというか、狂気というか。

もし自分が〝健ちゃん〟だったらと想像するとたまらない。健ちゃんはきちんと母に文句を言えたのだろうか。それとも感動したりしたのだろうか。やはりこれくらいぶっ飛んでいなければ、中学受験という競技は勝ち抜けないものなのか。

ふと我に返ってしまいそうな自分がいた。いまこの瞬間の話ではなく、もっと大きな、受験勉強をしているという夢から覚めてしまいそうな感覚だ。

父がそれを食い止めてくれた。

「これはちょっとすごいね。よっぽどうれしかったのかな。浮かれてるだけならまだいいんだけど、本気で言ってるならさすがにちょっとヤバいよね」

「何がヤバいの？」

十和は無意識のまま口にする。父は意外そうに肩をすくめた。十和も自分の吐いた言葉にビックリして、あわてて笑みを取り繕った。

「いや、ヤバいっていうのはなんとなくわかるんだけど、このお母さんってべつに悪いこと言ってるわけじゃないよね。結局この健ちゃんはいい学校にいくつも受かったわけだし、お母さんの言う通り、この子はこれから順風満帆なわけでしょ？　人生安泰っていうか」

父はこれみよがしに息を吐いた。

「それは違うよ。十和ちゃん」

「違うの?」

「うん、全然違う。イヤになるくらい認識が間違ってる。もしそれを本気で言ってるんだとしたら、十和ちゃんだってなかなかヤバい」

いつになく厳しい口調で言って、父は十和の目を力なく見つめた。

「十和ちゃんの調子がいいいまだから伝えておくね。中学受験なんかでは人生の何も決まらないよ。それは僕自身が中学受験の経験者だからハッキリ言える。たかが中学受験くらいじゃ何も決まらないし、定まらない。逆に言ったら人生はそんなに甘いものじゃない。もしかしたら中学受験は人生のスタートラインでさえないかもしれない」

「でも、それはやっぱりおかしいよ。おかしいっていうか、キレイ事だと思う」

「どうしてそう思う?」

「だって、じゃあなんのためにみんな苦労していい学校に入りたいって思うの? お父さんだって言ってたじゃん。啓愛大付属に入って後悔してる人はいないって」

「僕が言ったのは中学受験そのものの話だよ。勉強をがんばったことを後悔している人はいないっていう話」

「同じことじゃん」

「じゃあ、私はなんのためにこんなに勉強してるのよ？　わからなくなっちゃうんだけど」

十和がそう言ったとき、父の瞳に失望の色が入り混じったのがわかった。家の中が静まり返る。さっきエアコンを消してしまったことを後悔する。この家には二人しかいないのだということを不意に突きつけられる。

負の感情を振り払おうとするように、父は大きくかぶりを振った。

「それは、十和ちゃんが星蘭女学院に行きたいと思うからでしょ？　言っておくけど、首尾良く星蘭に入れたからって何一つ安泰なんかじゃないからね？　そこからまたイヤになるくらいいろいろなことが始まるんだ。受験勉強なんか目じゃないくらい大変なことが次々と起きるんだよ」

「そんなのずっと大変じゃん」

「違う。ずっと楽しいんだ。いまの十和ちゃんにはもうわかるでしょう？　目標を定めて、そのためにがんばるのは楽しいことだよ。楽しいし、楽なんだ。その二つに同じ漢字があてがわれてるのっておもしろいよね。がんばることって意外と難しくて、誰にでもできることじゃない。その土台を作るためというか、最初の経験という一点において、中学受験には意味があると僕は思ってる」

「全然違うよ」

キノッピーとよく似たことを、父は流れるように言い切った。そして十和の返事を待つことなく、念押しするように繰り返した。

「いいね？　中学受験なんかじゃ何も決まらないよ。難関校に行ったおかげで幸せな人生を切り拓ける人もいるだろうけど、行きたい学校に行けなかったから豊かな人生を送れる人だっている。たぶん同じくらいの数がいる」

「うーん」

「どっちにしても、いま十和ちゃんが自分のすべてだと思っていることは、意外とすべてじゃないから。たとえば将来君が何かで大成功して、自伝を書くとする。そこで綴られる中学受験のことなんて、一行か、二行くらいのものだよ」

「そうなの？」

「たぶんね。『中学では親もとを離れ、大阪の中学に進学して』とか、『そのときに私が選んだのは大阪の私立の女子中で』とか、その程度のこと。その人生のたった一、二行のために、いま十和ちゃんはがんばってるんだ」

上手いことを言って少し気持ちが大きくなっているらしい。

「筆圧の強い一、二行にするために君はいまがんばっているんだよ」

最後にわざわざ言い直して、父は誇らしげに鼻先に触れた。

夏休みの後半戦は、前半に比べてさらに淡々と過ぎていった。

「そろそろ受験勉強ズハイが解けかかってきた頃か？」

例によって十和のちょっとした変化に気づいたキノッピーに声をかけられた。「受験勉強ズハイ」という言葉は聞いたことがなかったけれど、なんとなく意味はわかる。十和は首を横に振った。

「ううん。たぶんそういうのじゃないと思う」

「そうなのか？」

「うん。そんなに疲れてもない。なんか調子いいし、大丈夫」

キノッピーは心の内を探るように十和を見ていたが、その気持ちにウソはなかった。父の言葉にやる気を失ったということもない。気持ちはこれ以上なく穏やかで、それなのにやたら前向きで、理想的なモチベーションで勉強と向き合えている。

しいて言えば、やっぱり時間が足りないことを毎日のように痛感する。やればやるほど、自分に足りないことが見えてくる。いや、足りている部分なんてほとんどないという気持ちにさせられる。

得点源であるべき国語までいま一つ波に乗れなくなった。父も、キノッピーも「国語にはそういう時期があるものだから。焦らなくて大丈夫」と言ってくれて、その言葉は素直に信じることができたけれど、だからといって焦らないということはない。

あいかわらずたいした出来事のないまま、時間だけが淡々と、だけどものすごいスピードで過ぎていった。

お盆休みが明けた頃から、十和の頭の中にあるのは二つのテストのことばかりだった。

一つは、九月最初の土曜日に予定されている塾の公開テスト。キノッピーからここでAクラスに上がるよう命じられている。

もう一つは、星蘭女学院の過去問だ。これもキノッピーに言われた通り、十和は一度も過去問集に触れていない。もちろん購入はしているけれど、本棚にあると気になって開いてしまいそうになるので、父に預かってもらっている。

その父の提案で、公開テストの翌日、塾が休みの日曜日に本番と同じ時間割で、五年前の問題を図書館の自習室で解くことになっている。

「いまの自分の実力を試すためのものだからね。結果なんて気にしなくていい。どのくらいできるか楽しみだね」

父は十和がほとんど解けないと踏んでいるようだ。十和自身もたいして解けないのだろうと思っている。それでも夏の間ずっと解いてみたいと思っていた星蘭の過去問だ。やっぱり楽しみな気持ちが上回った。

あっという間だった夏期講習も残すはあと一日だ。やり残したことはないと言えるくらいにはやったつもりだ。せっかくできた夏休みのルーティンは崩れてしまうけれど、学校が始まってもきっといまの調子を維持できる。

そんな気の昂ぶりがあったのだろう。その日の深夜、めずらしくトイレに行きたくなって目を覚ました。

用を足し、手を洗い、ボンヤリと見た鏡に自分の姿が映っている。久しぶりにマジマジと自分の顔を見た気がした。寝起きだからだとは思うけれど、目の下に大きなクマができている。髪の毛もボサボサだ。そういえばこの夏は美容院に一度も行かなかった。ネイルの手入れもしていない。

ふと空腹を感じたとき、なんか思いきり遊びたいという衝動に駆られた。次の瞬間に脳裏を過ったのは、休みの間ほとんど思い出すことのなかった野口の笑顔だ。

もちろん、だからといっていまさら連絡するなんて都合のいいことはできない。野口との最後のやり取りは冷静さを失った十和の暴言で終わっている。その後に送ったメッセージへの返信はいまだにもらっていない。

あらためて鏡の自分を見つめてから部屋に戻る。花奈の寝息を聞きながらイスに腰かけ、なんとなくスマホに手を伸ばした。

夜中だというのに二人からLINEが届いていた。

一人は〝あの人〟からだ。『十和ちゃん、12歳の誕生日おめでとう。受験で大変だろうとは思うけど、素敵な一年にしてください。たまには連絡してね』というメッセージに、すぐに返信しようという気は起きなかった。

十和は気が急《せ》くのを感じた。胸が音を立てている。慎重に呼吸を整えながら、もう一通の方を開く。

野口悠という名前と、例の憎たらしい太ったネコのキャラクターが視界を捉えた。

『長谷川　誕生日だね』

『おめでとう』

『ずっと連絡しなくてごめんね』

『明日時間取れない？』

『塾が終わってからでいいから』

『久しぶりに会いたいんだ』

一つのメッセージがやたら長い大人たちに比べて、友人たちからのメッセージは端的だ。とくに野口は一文一文がシンプルで、何通もまとめて送られてくる。

二人からＬＩＮＥが来るまで、十和は誕生日を迎えたことすら忘れていた。

『うん　ありがとう』

『うれしい』

『私もずっと会いたいと思ってた』

さすがに寝てしまったのだろう。送ったＬＩＮＥに既読マークはつかない。そのことに十和は安堵する。

花奈の寝息だけが聞こえている。あらためて自分のメッセージに目を落とす。平然とウソを吐いていることに胸が痛む。

十和は小さな息をこぼした。

そしてスマホを充電スタンドに戻しながら「そうか。誕生日か」と、誰にともなくつぶやいた。

だからといって、気持ちが弾むようなことはない。数時間後にはいつも通りの一日が始まる。少しでも早くベッドに戻って、勉強に備えてちゃんと眠っておきたいと思ったのに、頭が冴えてしまった。

なんとなく勉強机に向かい、スタンドをつける。花奈の寝息が同じリズムを刻んでいる。野口から立て続けに送られていた六通のＬＩＮＥを見直しながら、十和はほとんど無意識にノートを開いた。

脳裏を過ったのは、夏休みに入る前に理科の佐々木先生が言っていた「夏休みは計四百時間の勉強が必要です」という言葉だ。

ざっくりと、この夏に自分がこなした勉強時間を計算してみる。もちろん「四百時間」に根拠があるわけではないのだろう。四百時間勉強したからといってみんなが志望校に入れるわけではない。ましてや十和はあきらかに成績の及ばない星蘭女学院を第一志望に定めたのだ。どれだけやってもやり過ぎということはない。

それでも導き出した「約四百四十時間」という数字に、安堵の息がふと漏れた。たった四十日での時間だ。佐々木先生から「四百時間」という話を聞いたとき、絶対にムリだと思った自分としては間違いなくよくやった。

そんなことを思ったときには、十和は再びスマホを手に取っていた。

『今日塾休む』

『海とか行かない?』

『なんか野口と遊びたい』

時刻はもう四時になろうとしている。さっきのLINEにも返信はなかった。当然、寝ているものと思っていたのに、野口からあっさりと返信が来た。

『いいね』

『海行きたい』

『十時半に吉祥寺駅でいい?』

十和は思わず笑ってしまう。ノルマより四十時間も多く勉強したのだ。夏期講習最終日にサボっていいのかという気持ちは、不思議なほど湧かなかった。

『うん』

『あとでね』

『楽しみにしてる』

本当は誰にも言わずに塾を休もうと思っていた。一日サボったくらいで親にバレることもないだろうと思っていたのに、勘でも働いたのか、母は休みをとっていた。

「十和の誕生日だからね。今日は一日かけて料理を作ろうと思って」と、いつも以上に明るい調子に少しだけ胸が痛み、すでに日課になっている甘いコーヒーを飲みながら十和は素直に打ち明けた。

「お母さん、ごめん。私、今日塾休んでいい?」

「なんで? 具合悪いの?」

「ううん。野口と遊びに行きたいの。っていうか、もう行く約束しちゃってる。だから、今日は塾休む」

本音をいえば、母は認めてくれると思っていた。塾なんかより友だちの方が大切だ。きっとそう言ってくれると信じていた。

母は呆《ほう》けたような表情を浮かべたものの、少しすると十和を安心させるようにニコリと笑った。

「たしかに。私もずっと悠のことは気がかりだったんだよね。あの子はあんたに輪をかけて中途半端に大人っていうか、ややこしいでしょ? 夏期講習に来てない理由もよくわからなかったし、ずっと心配してたんだ」

「昨日、久しぶりに連絡取り合った」

「あ、連絡も取ってなかったんだ？」

「私って薄情なのかな？」

そんな言葉が口をつく。母は困惑したような顔をしたものの、すぐに笑みを取り繕った。

「さぁ、どうなんだろう。私も自分のこと薄情な人間だって思ってるし。その血を受け継いじゃってるのかもしれないね」

母は弱々しい目で十和を見つめる。

「でも、私が悠の立場だったら、十和に変に情をかけられたくないと思うけどね。この夏、十和は自分のやるべきことをちゃんとやった。胸を張って、いまの自分の感じていることを話してくればいいいと思うよ」

「野口、イヤな気持ちにならない？」

「どうしてそう思うの？」

「なんとなく。逆の立場だったら私はそう思う気がする」

「逆の立場ってどういう立場？」

「だから、なんていうんだろう……。野口にだけがんばれることができて、私が取り残されたような気持ちになったとしたら」

母はなぜかうれしそうに目尻を下げた。

「でも、じゃあ悠ががんばっていることを十和に隠していたら？」

「それは、もっとイヤな気持ちになると思う」

「二人とも友だちががんばっていることに何も感じない子ではないはずだからね。それに、友だちに負けたくないって思うことがモチベーションになる人っているもんだよ。そんなことを言うと、あんたたちはすぐに古いって言ってくるけど、そんなことに古いも新しいもないと思う。だから、いまの十和が思っていることを素直に悠に話してみたらいいと思うよ」

のどの奥が小さくカッと音を立てた。夏休みの間中、ずっと引っかかっていた何かが不意に振りほどけた気がした。

「うん。そうしてみる」

まだ野口と会う前なのに……。

自分でも意味不明の涙が頰を伝う。

母に見られるのを避けようとして、十和は洟《はな》をすすりながらそっぽを向いた。


約束の時間ちょうどに駅の改札に現れた野口は、夏らしい真っ白なロングのワンピースを身にまとい、髪の毛をほんのりと茶色く染めていた。

「え、変？　べつにグレたってわけじゃないんだけど、変？」

まだ挨拶もしていないのに、十和の視線に気づいた野口が照れくさそうに自分の髪の毛に触れた。

十和はあわてて手を振った。

「あ、ううん。違う。超カワイイ。超かわいくてビックリしてる」

「何それ。長谷川、あいかわらずだね」と、野口はやりづらそうに鼻を鳴らす。半分イヤミかもしれないけれど、あいかわらず「素直」だと褒めてくれているのだろう。

本音をいえば、直前まで会うのに緊張していた。毎日のように顔を合わせていた親友と、夏休みの間一度も会っていなかったのだ。

しかも、不用意に野口を傷つける言葉をぶつけてしまったあとだった。すべてとは言わないけれど、やさしく微笑んでくれた野口を見て、その緊張が少しだけ解けた。

「行こうか」

そう言う野口とほとんど同じ高さの肩を並べ、中央線に乗り込んだ。神奈川県の葉山町というところの一色《いっしき》海岸に行くことだけ決めている。十和には縁がないどころか、それがどこにあるのかもわからなかったが、野口は家族で何度か行ったことがあるらしい。

新宿で湘南新宿ラインに乗り換えた。夏休みに入る前にあったことを真っ先に謝りたいと思っていたのに、お互いに持ってきたお菓子を交換したり、前に塾であったことなどで大笑いしたりしているうちに、その機会を逸し続けた。

久しぶりに会った野口との時間はやっぱり楽しかった。十和のたった一人の親友であり、会えばこうして不思議な力を与えてくれる。

それを「無敵感」というのだと教えてくれたのも野口だった。「私たちは二人でいたらこわいものなんてないもんね。そういうのを無敵感っていうんだよ」と、振り返ればあの日の野口はすごく無防備で、澄みきった笑みを浮かべていた。

野口といると身体の芯からエネルギーが湧いてくる。普段は気になって仕方がない周囲の目が、二人でいるときは気にならない。褒められたことじゃないけれど、電車内で一番うるさいのは間違いなく十和たちだ。

でも何もかも以前と一緒かと問われたら、たぶんそれは違うのだろう。お互いの話で大笑いしていても、会話の内容はどこか表層をなぞるものばかりだ。

野口も二人の間に横たわるかすかな違和感に気がついているはずだ。でも、やっぱりそこには触れてこない。この楽しい時間が壊れてしまうのを恐れる以上に、もっと本質的な、二人の関係が変わってしまいそうでこわいのだ。

大船という駅でハンバーガーを食べて、なんとなく流れから近くのゲームセンターでプリクラを撮り、そのプリに『親友！』などと文字を入れた。あいかわらず大笑いしながらまた電車に乗って逗子駅に向かい、野口のスマホの地図アプリに従って、そこからは路線バスに乗り込んだ。

平日だというのに、バスには家族連れの姿が多く目についた。すでに十四時を回っているが、いまから泳ぎにいくのだろうか。大荷物を持ったどの家族もすごく幸せそうだ。

とくに目を惹いたのは、まだ幼稚園児くらいの女の子だった。どうやら一人っ子らしい彼女は左を見ては母に積極的に語りかけ、右を見ては寝ている父にちょっかいを出し、本当に楽しそうにしている。

その子の様子をボンヤリと目で追っていた。

「あれがまさに無敵感だよね」

同じように少女を見つめながら、野口がポツリとつぶやいた。十和の視線に気づき、ハッとした様子を見せたものの、野口は淡々と続ける。

「私たちにもあったよね。家族といるだけで守られているみたいな、不安なんて何もない時期」

「あったよね。そういう時期はたしかにあった。なんていうか、家族だけが自分の世界だった時期」

野口が呆気にとられた顔をする。

「やっぱりすごいわ、長谷川。家族が世界って、いい言葉」

「え、おかしい?」

「ううん。その通りだと思う。家族しかいなかったその世界が、幼稚園に入って、小学校に入って、習い事を始めて、塾に入って少しずつ大きくなっていくんだ。そうしているうちに家族といる時間が無敵じゃなくなった」

「うん、わかる。親といても不安は消えないよね」

「世界って、たぶんもっと広いんだろうね。いまの私たちには想像もできないくらいにさ」と独り言のようにささやいて、野口は十和の背後に目を向けた。

「まだ夏が残ってて良かったね」

ちょうどそのとき、バスが目的の停留所で停車した。何組かの家族と一緒になって、十和たちもタラップを降りる。

天皇陛下の別荘だという建物の脇の細い路地を足早に行った。頭上に大きな木々が茂っていて、木漏れ日が美しく降り注いでいる。緩い坂道になった路地はいくつかに折れていて、その先までは見通せないけれど、遠くから波の音と楽しそうな声が聞こえてきて、向こうに海があるのだという雰囲気が伝わってくる。

野口もめずらしくテンションが上がっているようだ。

「長谷川、水着持ってきた?」

「え、泳ぐの?　持ってきてないけど」

「えー。せっかく海まで来たのに?」

「マジで?　野口は持ってきたの?」

「ううん。忘れてきた」

「なんだよ、それ」

「ハハハ。でも、まぁ服のままでも遊ぼうよ。濡れてもどうせすぐに乾くでしょう」

野口がそう言い放ったところで、細い路地が砂浜に抜けた。思っていたより人が多いわけじゃない。それでも遊んでいる人たちはみんな悩みなんてないように笑みを浮かべていて、十和の心もさらに弾んだ。

野口と二人でそのまま水際まで駆けていく。持ってきた荷物を浜に置いて、靴と靴下を脱ぎ捨てる。

十和はレギンスをたくし上げ、野口はワンピースのまま海に足を入れた。そして、そうすることを約束していたかのようにお互いに水をかけ合った。

イメージしていたよりも水はずっと青く、砂も白い。右手に陸地が伸びていて、それは海を囲むように水平線の向こうまで続いている。うっすらと靄《もや》はかかっているけれど、正面には富士山まで見えている。

「この海、すごくいいね」

本当に水着を持ってくるべきだったと、何度思ったかわからない。あとで後悔することはわかっていたけれど、気づいたときには二人とも服をびしょびしょにしていたし、砂まみれにもなっていた。

それでもまったく気にすることなく、二人でずっと遊んでいた。途中、目についた海の家でかき氷を買って、ちょうどいい木陰を見つけて野口が持ってきたシートを敷き、身体をくっつけ合うようにして口に含んだ。

　それからもしゃべり続けていたが、昨夜あまり寝られなかったせいもあり、気づいたときには二人とも横になって眠っていた。

「あ、ヤバい。寝ちゃった」という声に目を覚まし、ゆっくりと半身を起こすと、西向きに開けた空が少しだけ赤くなっていた。

「キレイ」

　十和は思ったままを口にする。野口はそれに応じず、体育座りの姿勢でじっと前を見つめていたが、少しすると何かを思い出したようにくすりと笑った。

「私、やっぱり長谷川といると楽しいよ」

「私も今日ずっと同じことを思ってた」

　雲の切れ間から幾筋かの光が落ちて、海面の数箇所を照らしている。さっきより空気が澄んでいるのか、逆光になってはいるが富士山の形もくっきり見える。

　水際で魚がぴょんと跳ねた。すべてが調和された、息をのむほど美しい景色だ。それを野口と一緒に見られていることが、十和には幸せだと感じられた。

　だからこそ、夏休み前にあったことをちゃんと謝らなきゃいけなかった。

「あのさ、野口――」

しかし、十和が覚悟を決めてそう切り出したときだった。二人の間ではこういうことがよく起こる。

そのタイミングを見計らっていたかのように、やっぱり野口が「あのさ、長谷川」と口にしたのだ。

一瞬の沈黙のあと、二人そろって噴き出した。本当に腹がよじれるくらい笑いが爆発し、近くを通りがかった散歩中の犬と飼い主が同時にこちらを振り向いた。

そのシンクロした動きがまたしてもツボにハマり、十和と野口はついに笑い転げた。シートに横たわり、足をバタバタさせて。いまごろ塾では当然みんな勉強しているのだという思いがふと脳裏を過り、そのことさえおかしくて仕方がなかった。

「ごめんね、野口」

今度は十和が先に言った。野口は「何が？」と尋ねてこない。その整った横顔をちらりと見やって、十和は素直に頭を下げた。

「夏休み前にあったこと。私、野口が誕生日だっていうことを忘れてた。それなのにあんなひどいＬＩＮＥを送って。ホントにごめん。後悔してる」

「なんのこと？　わからないんだけど」と笑ってしらばっくれられるか、「べつにいいよ。気にしてない」と受け流されるかのどちらかだろうと思っていたが、野口の反応はいずれとも違っていた。

ふと真剣な表情を取り戻して、野口は首を小さく振る。そして、風にかき消されそうな声でこう言った。

「私も長谷川に謝らなきゃいけないことがあるんだよね」

「え、何?」

「あんなふうに思わせちゃったのって、たぶん私が隠し事してたからだと思う。長谷川にはいつかちゃんと話したいと思ってたんだけど、なかなかできなかった。それで、そうするより先にあのLINEが送られてきちゃった」

野口は自嘲するような笑みを浮かべた。十和はすっと姿勢を正す。ずっと野口にまとわりついていたベールのようなものがあった。そのうす暗い何かがついに引きはがされるのだと、空気で悟った。

野口はこくりとうなずいた。

「学校で私にパパがいるみたいなウワサがあるのは知ってたよ。それがたぶん長谷川に伝わってたことも、それでも何も聞かないでいてくれたこともわかってた。ちゃんと話したいっていう気持ちはホントにあったんだ。でも、長谷川にだから言えないっていう思いもあった」

「ごめん、わからない。どういう意味?」

「私、いるんだよね。パパ。あのウワサ、ホントなの」

野口は全身で息を吐いた。

正直にいえば、衝撃ではなかった。野口が新しい腕時計やアクセサリーを身につけてくるたびに、彼女の背後にいる誰かしらの存在を十和は感じ取っていた。

十和にだからこそ言えなかったという気持ちも理解できた。一番親しい友人だから知られたくないことはある。内容が内容であるだけにその思いはひとしおだ。逆の立場だったら、十和も簡単に打ち明けることができないだろう。

「ふーん、そうなんだ」

それでも、そう応じる声はしっかり上ずった。今日まで話せなかったという野口の気持ちはよくわかる。わからないのは、野口が妙に平然としていることだ。

十和の様子を一瞥だけして、野口はうっすらと目を細めた。

「たぶん違うんだけどね」

十和と野口の間のわずか数十センチの距離に、海風が吹き抜ける。

「今度は何?」

「長谷川がいま思ってること、たぶん違う。私がずっと言えなかった理由も、長谷川が想像しているのとは違うと思う」

自分で言って、からからと笑い、野口はゆっくりと立ち上がった。再び煙に巻かれそうな気配があって、ムッとしかけた十和をいなすように、野口はノビをしながら口を開く。

「パパって、本当のパパのことだよ。もちろん、そんなふうには呼んでないけど。普通にお父さんって呼んでるけど。私が六歳のときにお母さんと離婚した、私の実のお父さん」

野口はのんびりと振り返る。一瞬、十和は自分の耳を疑った。そんなことってあり得るのだろうか——。

「ちょ、ちょっと待ってよ。それって——」

しかし、頭に血が上るのを自覚しながら立ち上がった十和の言葉を、野口は聞こうとしなかった。

「でね、私はそのお父さんと一緒に暮らすことに決めたんだ。っていうか、実はもう一緒に住んでる。長谷川も知っての通り、私はお母さんと本当に合わなかったから。六歳のときにどっちと住むか決めろって言われて、そんなの決められるわけがないからお姉ちゃんに言われるままお母さんと住み続けることを選んだんだけど、本当は納得いってなかった。たぶん、それが態度に出てたんだと思う。どんどん家の居心地が悪くなっていって、お母さんはあきらかに私のこと煙たがってたし、お姉ちゃんも鬱陶しそうにしてた。ずっと限界だったんだ。私はお父さんと暮らしてく。それが決まったのが私の誕生日だった。あの日の長谷川の誘いを断っちゃったのも、夏期講習に通えなかったのもそういう理由。私はもう吉祥寺に住んでない」

野口は流れるように口にする。その内容におどろきすぎて、直前まで胸にあった思いが霧のように消えてしまった。

「もう一緒にって……。野口、いまどこに住んでるの？」

「ちゃんと説明する前に変なところで待ち合わせするのが難しくてさ。久しぶりに吉祥寺を歩いてもみたかったし、実は今日九時くらいには着いちゃってたんだよね」

野口は照れくさそうに言う。その表情で、野口が本当にもう吉祥寺にいないのだということに現実味が湧く。

「横浜って……。吉祥寺で待ち合わせしたじゃん」

「横浜ー」

「え、イヤだよ、そんなの……」

心のままが口をついた。野口は申し訳なさそうに肩をすくめる。

「長谷川にお父さんのことを言えなかったのはまさにその理由だった。本当は五年生くらいからお母さんたちに内緒でお父さんに会ってたし、一緒に住みたいってずっと伝えてた。塾には通ってたけど、受験なんてどうなるかわからなかったし、たとえ受けるにしてもどこの学校に行くかもわからなかったから。長谷川と同じ学校を受けるとかうかつに言えなかったんだ。ごめんね。ちゃんと伝えられなくて、ホントにごめん」

「そんな……。私の方こそごめんだよ。何も気づいてあげられなくてごめん。誕生日のこともごめん。ごめんなさい」

そう口にしたときには、十和はもう泣いていた。野口の方が先に大粒の涙をこぼしていたからだ。

十和がはじめて目にする野口の涙だった。いつも自信に満ちあふれている野口のか弱い姿に、胸が締めつけられる。

少しの沈黙のあと、十和は口をこじ開けた。

「私も野口に言ってないことがある」

今度こそ野口の横に立って、十和は唇を噛みしめる。胸には二つの思いがあったが、素直にいま話したいと思う気持ちに従った。

「私、大阪の中学校を受験することに決めたんだ」

野口が虚をつかれた顔をする。

「何それ……。大阪？」

「うん。私はおばあちゃんの家に住まわせてもらおうと思ってる」

そう切り出し、十和は一つ一つの言葉を噛みしめるようにして、夏休み前にあった家族とのことを打ち明けた。

怪訝そうに首をひねったり、ビックリしたように目を見開いたりしながらも、野口は最後まで黙って話を聞いてくれた。

空はさらに赤みを増している。風が止み、波はこれ以上ないほど穏やかだ。富士山がくっきりと影になっている景色は一枚の絵のように美しい。

野口は呆れたように息を漏らした。

「ホント、長谷川はあいかわらずだね」

今度は「あいかわらず」の意味がわからない。首をひねった仕草だけで、野口は十和の心の内を悟ってくれる。

「あいかわらず突飛だなって。あいかわらず思い切りが良くて、あいかわらずカッコいい。間違いなく亜紀子さん似だよね。最高にカッコいいよ」

「そんなことないよ。めちゃくちゃジタバタしてるし、ビビりまくってる。カッコいいことなんて何もない」

十和は素直な気持ちを口にしたが、野口は取り合おうとしなかった。

「ちなみに大阪のどこ中を受けるの？」

「いやぁ、それは。言ってもどうせわからないよ」

「たぶんわかるよ。私、いま結構私立中マニアだから」

「なんでよ？」

「ちゃんと勉強やってるもん」

「そうなの？」

「うん。横浜の塾に通ってる。至誠塾じゃないけどね。中学受験もちゃんとするよ。お父さんと住むようになってからはごちゃごちゃといろいろなこと考えないで済むようになったし、塾に友だちもいないからさ。っていうか、いまの塾には長谷川がいないから。めちゃくちゃ勉強はかどってる」

「え、ひどくない？　私のせいで勉強してなかったみたいじゃん」

「ハハハ。それで？　長谷川はどこ受けるの？」

「いや、まぁ……。星蘭女学院っていうところなんだけど」

野口は呆けた顔をした。その表情に見覚えがある。どこで見た顔だったっけ……と思ってすぐ、合点がいった。なんということはない。やはり「星蘭を受けたい」と打ち明けたときにキノッピーが浮かべたのとまったく同じ表情だ。

「大きく出たもんだねぇ！」と、続く言葉まで野口はキノッピーと同じだった。

「もういいよ、それは。で、野口はどこの中学校を受けるのよ」

「私は横浜の学校ー」

「どこ？」

「うーん、そうだよねぇ。まぁ、第一志望はアリスト女学院」

今度は十和がポカンと口を開く番だった。きっと直前の野口も、先日のキノッピーもこんな気持ちだったに違いない。

「いやいや、野口だって大きく出たもんじゃん！」

思わず大声を上げてしまったが、野口はおちゃらけようとしなかった。

「私、小さい頃バレエやってたでしょ？　その頃ってまだ家族の仲が良かったんだよね。それこそ家族が世界だった頃の記憶って、私のバレエの発表会をみんなで観に来てくれたことだったりする。だから、なんとなく踊ることにはいまでもいいイメージがあるんだ。中学ではダンス部に入りたいなって思ってて――」

十和は知らないけれど、横浜にあるアリスト女学院には野口が憧れるに値するダンス部があるのだろう。

流れるように口にすると、野口はシートの上でストレッチを始めた。

「この海もそう。よく家族で来てたところだった。そこに長谷川と行ってみたいなって、急に思い立ったんだ」

野口の長い手足が西からの陽によく映える。野口の踊るところを見てみたいと思った。行きたい学校に行って、入りたいダンス部に入って、そこで活躍する野口の姿を見てみたい。

「なんか春の井の頭公園のことを思うと、二人とも別人みたいだよね」

野口は気恥ずかしそうに口にする。十和はそれに応じなかった。

「私、野口を応援する。二人ともがんばろう。絶対に行きたい学校に行こう」

「うん。がんばろうね。それとさ、長谷川――」

そこで一回言葉を切って、野口はささやくような声で言った。

「これからもずっと友だちでいてね。住む街が変わっても、違う学校になっても。大阪と横浜だったとしても、私はずっと長谷川と仲良くしてたい。だから……、うん。これからも友だちでいてほしい」

本当はもう一つ、野口に言わなければならないことがあった。それでも「友だちでいたい」というまっすぐな思いを前に、言葉は引っ込んでしまった。

でも、いつか野口には必ず伝える。自分の本当の思いを、いま抱えている矛盾を明かせるのは野口をおいて他にいない。

「うん。私、絶対に今日のこと忘れない。何があっても私たちは友だちでいよう。ずっと野口と遊んでたい」

何にも遮られることなく、夏の西日が二人を照らしていた。

それに似つかわしくない細い涙が、二人の頰をいつまでも伝っていた。

※

夏休みが明け、学校が再開しても、十和の日常にそれほど変化はなかった。生活のリズムが変わったことにも、すぐに始まった運動会の練習でも体力を奪われることはなく、勉強に息切れしてしまうこともなかった。

十和の気持ちは、九月最初の週末に予定されている二つの試験に向かっていた。一つは、土曜日の塾の公開テストだ。

よほど思い詰めた表情をしていたに違いない。朝イチで塾に向かった十和を見つけると、廊下にいたキノッピーが困った顔をして声をかけてきた。

「ああ、十和。ちょっといいか」

そのまま連れていかれた事務室で、キノッピーは唐突に謝罪してきた。以前、自分が言ったことをずっと気に病んでいたのだという。

「いやぁ、ごめんな、十和。前にした約束あっただろう？　あれ、気にしないでくれるか。あれは完全に先生が間違ってた。申し訳ない」

めずらしく真面目な顔をして、キノッピーは頭まで下げてくる。

「ごめん。前にした約束ってなんだっけ？」

「いや、だから今日のテストでAクラスに上がることが、お前が星蘭を受ける条件みたいなこと言っただろう？」

「ああ、なんかそんなこと言ってたね。ごめん、全然忘れてた」

「忘れてたって、お前な……。いや、でも忘れていてくれて良かったよ。なんかずっと引っかかってたんだ。一介の講師にそんなことを決められる権限はないし、お前にこれ以上プレッシャーを与える意味もない。夏休み、お前ががんばってるところをずっと見てきたからさ。ホントに申し訳ないことを言ったと思ってた」

もちろん、十和はその約束を覚えていた。プレッシャーがまったくなかったと言えばウソになるが、キノッピーが案じるほどは気にしていなかった。

たとえ今回のテストがダメだったとしても、自分の第一志望は揺るがない。人生でほとんどはじめての目標ができて、やっぱりはじめてというくらい勉強をがんばれている。日一日と力をつけている実感がある中で、星蘭に対する憧れは強くなる一方だ。いまの十和はたった一度のテストに失敗したくらいで音を上げる気がしない。でも、それ以上に……。

キノッピーは気を取り直すように自分の肩を揉んだ。

「その上で言うけどな、十和。六年の夏休みは、当然周りのみんなもがんばった時期だ。お前が思っているほど、ひょっとしたら今回の成績は上がっていないかもしれない。でも、それはあまり気にしなくていい。横との比較で成績が上がっていなかったとしても、力は間違いなくついているから。それは俺が保証する」

キノッピーは十和のことをよく知っている。力がついたと思い込んで、実際に力がついていたとしても偏差値はたいして上がってなくて、Ａクラスに上がれなかったことでせっかくのやる気が削《そ》がれてしまう。そんな最悪の事態を想定してくれているのだろう。

その思いはまっすぐ伝わり、素直にありがたいと思った。それでも尚、十和は今回のテストに自信があったし、実際に受けたテストもこれまでにないほどの手応えを得られた。結果が出るのは週明けの月曜日だ。こんなふうに自分の成績を楽しみに待つことも、おそらくはじめてのことだろう。

翌日曜日は、父と二人で図書館に出かけた。九時過ぎには家を出て、自習室の机を横並びで確保した。夏休み明け、二つ目の実力試しだ。星蘭女学院の過去問をはじめて解く日がやって来た。

本番と同じ十時の開始を静かに待った。星蘭は一限の国語が十時から、二限の算数が十一時からで、それぞれ五十分。配点は一五〇点だ。そこから一時間の昼食時間を挟み、午後はそれぞれ四十五分、配点一〇〇点の社会、理科へと進んでいく。

事前に決めていた通り、開始時間になってとなりの父に背中を叩かれた。裏返しにしていたプリントを慎重にめくる。五年前の日づけが視界を捉えた。本番と同じく答案用紙に自分の名前を書き込み、十和はすっと息をのむ。

昨日の公開テストよりもずっと緊張した。自宅ではなく、不慣れな図書館を選択したのは正解だったみたいだ。本番さながらとは言わなくとも、これまであまり味わったことのないプレッシャーに全身を包まれる。

とはいえ、最初は得意な国語だ。ここで取りこぼすわけにはいかないと意気込みながら、ひとまず問題を通しで見てみて、十和は頬を叩かれた気分になる。

問題量がやたら多い。大問だけで五つもある。しかも、その一つ一つの文章が信じられないほど長い。物語の全体像を説明する前文だけでも数十行も割かれていて、それを見ただけで焦りが生じた。

一瞬、五十分という時間が間違っているのではないかと感じたほどだ。それくらい桁違いの分量だったことに加え、出題されている文章もかなり難解だ。よっぽど集中して読まないと目が滑ってしまう。なんの文章かはわからないが、なんとなく硬いというか、古い文体であるのは間違いない。記述問題も「五十字程度で書き出せ」といった相当の長さで、最初から最後まで混乱し通しだった。

時間はあっという間に過ぎ去った。父に再び背中を叩かれたときには、答案は七割程度しか埋まっていなかった。そのうちちゃんと考えて解いたのは五割ほど、正解と確信できた問題は三割にも満たなかったと思う。

「どうしよう。これ全然ヤバい」

問題と答案を回収し、新たに算数の問題を裏返しで置いた父に思わず泣きついた。試験官を気取った父は小さく首を横に振るだけで、「トイレに行くならいまのうちだよ」としか言ってくれなかった。

得点源と信じ切っていた国語がこれだ。続く算数はどれほど難問なのかと身構えていたけれど、こちらの方は案外クセのない問題が並んでいた。

とはいえ、国語で大きなショックを受けた十和は、簡単に冷静さを取り戻せなかった。それはあえて一人にさせられた外でのお弁当を挟んで受けた社会、理科でも払拭できず、結局ボロボロの状態で図書館をあとにした。

「いい天気だね。せっかくだからカフェにでも寄ってみようか」

直前まで試験官を貫いていた父が、まだまだ真夏の様相の空を見上げながら、ようやく笑みを取り戻した。

「イヤだ。もう帰る」

「まぁまぁ、そう言わずに。ダメだったときこそ振り返りが肝心だよ」

父は有無を言わさぬ口調で言って、目についた古い喫茶店に入っていった。

「お、カルピスがあるよ」と、メニューを見てうれしそうにする父を無視し、十和は冷たいカフェオレを注文する。

あべこべに父がカルピスをオーダーし、運ばれてきた飲み物に口をつけたところで、父は仕切り直しというふうに尋ねてきた。

「さてと、はじめて星蘭の過去問を解いてみてどうだった?」

「だから全然ダメって言ってるじゃん」

「とくに何がダメだった? 言葉にしておくのは大切だよ。いつも言うけど、僕は模試や過去問で一番必要なことは、何がどうできなかったかを言葉にすることだと思ってるんだ」

たしかにそれは父の口グセだ。普段の公開テストや模試のときも、迎えに来てくれた塾から家までの道のりは常に試験の内容を尋ねられる。

カフェオレを飲んだことで、直前までの胸の昂ぶりがようやく少しだけ落ち着いた。

「まず国語が難しかった」

「どんなところが？」

「何もかも。一番おどろいたのは分量。あれを五十分で解ける人なんて本当にいるの？　一つの問題の中にめちゃくちゃ難しいのと、なんとか解けそうなのがちりばめられていて、ちゃんと読み込んでいかなきゃどれが解けるのかもわからないし、そもそも出てくる文章がイヤになるくらい難しい」

父は満足げに十和の話を聞いていた。

「いいね。何が難しかったかちゃんと言葉にできるようになってる」

「いまはいいよ。そういうの」

「ううん。大事なことだよ。絶対に本番で力になる」

そう口にすると、父はバッグから答案用紙を取り出した。十和が問題を解いている中、となりで採点していたものだ。

「気になるだろうから先に結果を伝えておくね。残念だけど、今日の点数だとこの年の合格最低点には届いていない」

「それはそうでしょう」

「とりあえず、自分で見てごらん」

父は四科目すべての答案用紙をテーブルの上に並べていった。

・国語　70／１５０
・算数　74／１５０
・社会　46／１００
・理科　49／１００

「どう？」という父の声に、我に返る思いがする。

「どうって聞かれても……」

もちろん目も当てられない結果だとは思う。一教科たりとも半分に届いていない。胸を張れるはずがない。

でも一方で、案外悪くないという気もした。体感的にはそれぞれ三割にも満たないのではないだろうかと思っていたくらいだ。こんなに取れていたのを意外に思う。

やさしい目で十和を見つめ、父はくすりと鼻を鳴らした。

「ちなみにこの年の合格最低点は２７７点だって」

「私は？」

「２３９点」

「38点足りないのか」

「ご名答。いまの段階でたったの38点だよ。単純計算で一教科10点ずつ上げていけば合格圏内だ」

「そんな簡単なことじゃないよ」

「もちろん簡単なことではない。でも、届く。絶対に。たぶん夏休みの間に十和ちゃんはすでにそれぞれ10点ずつは上げているはずだ。もっと上げているかもしれない。いまは正しいことをしてるんだって信じて、同じルーティンを続けていこう」

父は自信たっぷりに言い放つ。ヘソのあたりが熱を帯びるのを感じた。

「どうしたの？　やる気失っちゃった？」

「まさか」

「じゃあ、ここでさっきやった問題を見直していこうか」

「当然」

そう前のめりになりながら、十和はあらためて思う。この父は、自分の望まない未来のためにこうして協力してくれているのだ。

家族が離ればなれに暮らす未来のために、娘を誰よりも信じ切っていて、自分の気持ちを押し殺して力を注ごうとしてくれている。

「十和ちゃん、集中」

父の声が、かすかにタバコの匂いのする店の中に漂った。
十和はニンマリして、無言で答案用紙と向き合った。

週明けにウェブで発表された公開テストの結果を見て、十和はおよそ二年半ぶりにAクラスに返り咲いたことを知った。

四教科とも飛躍的といっていいほど成績は上がっていた。一緒にモニターを見た母は「これはすごいわ。たいしたもんだ」と十和の頭をくしゃくしゃに撫でてきたし、そのあとに向かった塾ではキノッピーが興奮した様子で頬を赤くさせていた。

大人たちはみんな夏の成長を認めてくれたが、十和自身はまったく浮かれなかった。そうあろうと自分を戒めていたわけではない。Aクラスに上がったからといって、成績順に座る席は真ん中よりうしろだったし、何より星蘭の過去問のショックが拭えていない。

勉強すればするほど、時間はいくらあっても足りないと突きつけられた。学校が再開してからはその思いがさらに強くなった。

いままでの十和だったら、なんのかんの理由をつけて学校を休もうとしただろう。でも、不思議とそんな気持ちにはならなかった。べつにいい子ちゃんを気取っているつもりはないけれど、なんとなく自分が「ゾーン」のようなものに足を踏み入れているのは実感できた。

大人たちがしきりに「目標を持つことの大切さ」と唱えるのは、きっとこういうことなのだろう。

本来つらいはずの勉強が、あまりつらいと感じない。そもそも「つらい」と思うことの方が本質的じゃないという気さえする。少なくとも、やらなきゃいけない時期にやれなかった頃の方が心はずっと苦しかった。

残り四年分の星蘭の過去問をやる日を父と決めた。九月下旬に四年前、十月中旬に三年前、十一月は上旬と下旬にそれぞれ一昨年と去年の過去問をやり、空いている日は星蘭と傾向の似た他の中学の問題を父が用意してくれる。十二月に入ってからは繰り返し星蘭の過去問に取り組むことも決めた。

星蘭は九月の中旬に文化祭が開催される。前に父から「その時期に息切れするタイミングが来ると思うから、気分転換も兼ねて一回は見にいこう」と言われていたし、おばあちゃんにも会いたかったから、十和もその日を楽しみにしていたが、その予定を土壇場で取りやめた。正直、いまは移動の時間だって惜しい。

「ごめん。もしあれならみんなで行ってきて。私は一人で平気だから。ホントにごめん」

その大阪行きを目前に控えたある日の夕食時、十和は素直に頭を下げた。いつかのキャンプのときとは意味合いが違う。本当に申し訳なく思っているという旨を伝えると、真っ先に花奈が「やっぱりね」と母の方を向き、それを受けた母も「だから言ったでしょう?」と目を細くした。

父は一人だけ心配そうだ。

「いや、十和ちゃん。大阪に行かないのはべつにかまわないんだけど、さすがにちょっと根詰めすぎじゃない？　うまく息抜きしなきゃもたないよ？　受験までまだ長いよ？」

十和は思わず笑ってしまった。

「それもわかってる。私もなんとなくいつか息切れするような気はしてるんだけど、いまは少しでも勉強してたい。その方が心が落ち着くの」

あらためて家族の顔を見回した。そして、もう一度素直な気持ちを口にした。

「いつか本当にパンクする日が来たら、そのときはまたみんなで支えてよ」

「支えるって何をしたらいいの？　どうやったらお姉ちゃんの力になれる？」と、花奈が身を乗り出して尋ねてくる。

「いまみたいにみんなで笑ってくれてたらいい。それが一番救われる」

「えー、そんなのダメだよ。なんかもっと花奈にできることない？」

「ううん。本当にそれで充分。もう花奈は力になってくれてるよ」

十和は顔をほころばせたが、花奈はあきらかに不服そうで、母は呆れたとも、感心したともいえない表情で口をすぼめている。

「とりあえずいまは自分の直感を信じてみる。行けるところまでは行ってみるから、ヤバくなったらまたみんなでお願いします」

そんな自分の言葉を証明するように、十和はさらに気合を入れて勉強に取り組んだ。それに応えるように、家族もみんな本当に協力的だった。

とくに花奈はなんとか十和の力になろうとしてくれた。

「いまのお姉ちゃん、すごくカッコいいよ。私、めちゃくちゃ憧れる。大好きだよ、お姉ちゃん」

そんなカワイイことを口にした上で、花奈は「お姉ちゃんの受験が終わるまではお母さんたちの部屋で寝る」と言い出した。自分がいると勉強の邪魔になるというのである。

動かしていたシャーペンを止め、十和は振り返った。いつになく真剣な目で花奈がじっとこちらを見ている。

「なんでそんなこと言うの？　え、寝にくい？　私、邪魔？」と、十和はわざとおどけた調子で質問した。

花奈はぶんぶんと首を振った。

「違うよ。私が邪魔なんじゃないかって」

「全然邪魔じゃないよ。むしろ助かってる。花奈の寝息を聞きながら勉強してると落ち着くんだよね」

「そんなのウソだよ」

「ホントだよ。なんか一人じゃないって思えるっていうか。おかげで全然さみしくない。だから部屋を替えるとか言わないでよ」

そう微笑みながらも、十和は胸が締めつけられた。もし……、本当に万が一これから順調に成績が伸びていって、自分の望む未来が拓けるのだとしたら、花奈と一緒に過ごせなくなるのだ。二人が同じ部屋で過ごせる時間はあとわずかしかない。

花奈もきっと同じことを感じ取ったのだろう。

「お姉ちゃん、大好きだよ」と小さな声で繰り返して、懸命に涙を拭いながら十和にしなだれかかってきた。

父に与えられたノルマをこなすように、十和は粛々と勉強を続けた。

基本的には夏休みに近いスケジュールではあったものの、家で取り組む科目に多少の変更があった。

具体的には算数の時間が少し削られて、国語対策に時間が割かれるようになったのだ。

「国語ってセンスで解くものと思われすぎなとこがあるけどさ。いや、僕もそう思っていたんだけど、とくに星蘭は対策する価値のある問題を出してくる。やっぱり十和ちゃんの得点源になると思う」

父はどこでそういった情報を得ているのだろう。十和も時間があれば星蘭受験を経験したどこかの親のブログや、掲示板の書き込みなんかを見ているけれど、父の得る情報はもっと的確で、実践的だ。

父は十和に古いエッセイと詩を読むことも提案してきた。

「最初は頭に入らなくてもいい。読みにくい文体かもしれないけど、その一文、その一ブロックで筆者が何を読者に伝えようとしているのか。意識しながら読んでみて」

「それはいいんだけど、なんの本を読んだらいい？」

「それは僕が図書館でちゃんと選んで借りてくる。学校の休み時間でもいいし、塾の空き時間でも、家でのちょっとした時間でもいい。あまり長い本は借りてこないようにするから、可能な限り、一週間で読み切るようにしてほしい」

現状でもすでに空き時間などないほどスケジュールが組まれている。そのことに対する不安はあったし、はじめは父の借りてくるどの本も読みにくくて、頭に入ってこなかった。

それでもなんとか三冊ほど読み切った頃から、古い本に目を通すことがそれほど苦じゃなくなった。

まだこんなに日常の中に余白があったのかと思うほど、気づいたときには本を読むことが生活のリズムになっている。それどころか貴重な息抜きの時間として機能し始めた。

「私、この人の文章好きかも」

父に何冊目かの本を返すとき、ポツリと言ったことがある。父は意外そうにしたが、すぐに合点がいったようにうなずいた。

「うん、いいよね。僕も好きだよ。この人はもともとテレビドラマの脚本で有名になった人なんだけど、小説も書いたし、こうした素晴らしい随筆もたくさん残している。多才な人だったんだろうね」

「ふーん。そうなんだ」とささやいた十和をやさしく見つめ、父は言葉を連ねた。

「十和ちゃん、合ってるかもしれないね」

「何が？」

「将来、文章を書く仕事が合ってるかもしれないよ。君にはお母さんに似て周囲を観察する目があるし、お母さんにはない、もちろん僕にもない繊細さがある。十和ちゃん、まわりの目が気になって仕方がないでしょう？」

「それは、まぁ」

「友だちもみんなそうだと思ってるかもしれないけど、意外とそんなことないよ。そして十和ちゃんがしんどいと思っている、悪く言えばその自意識過剰なところは、物書きという仕事には必要な特性じゃないかと僕は思う」

父はめずらしくキッパリとした口調で続けた。

「このエッセイを書いた人だって、絶対に神経過敏だったはずだ。じゃなきゃ、こんな繊細な文章を書けるはずがない。十和ちゃんが書いた長い文章を、いつか僕は読んでみたいな」

そんな父の声を聞き流しながら、十和は手に持った本の表紙をじっと見つめた。

文章を書く仕事なんて考えたこともなかったけれど、星蘭と出会った日と同じように温かい気持ちが胸の中に広がった。

すべての歯車がきっちりと嚙み合ったまま、しかし時間は刻々と過ぎていった。もちろん小さな問題はたくさんあった。たとえば小学校最後の運動会で張り切りすぎて、体調を崩したことがその一つ。

その不調はしばらく続いて、結果、九月の最終週、十月の中旬に行った星蘭の四年前、三年前の過去問は、最初にやった五年前のものよりさらに成績を落とした。

それでも、十和は自分でも意外に思うほど落ち込まなかった。もう本番は目と鼻の先にまで迫っているというのに。確実に力をつけてきているという実感が、焦りをはるかに上回っている。

はじめて合格最低点をクリアしたのは、十一月上旬に行った一昨年の過去問だった。

「上回ったたって言ったたって、たった3点だからね。こんなのは採点の仕方一つでいくらでもひっくり返っちゃうからね。それ以上に本番では緊張して思ったより点数は伸びないよ。こんなにノビノビ解けないよ」

父は十和を調子に乗らせまいとしたのだろうが、自分こそ顔を真っ赤にし、それどころかニヤニヤを隠し切れていなかった。

そんな父を見返そうと挑んだ十一月下旬の去年の過去問で、十和は合格最低点より20点以上も高い点数を叩き出してしまった。

「でも、たぶん本番ではこんなにうまくいかないんだろうけどね。なんか、特別うれしいっていう感じもしない。やることはまだいっぱいある」

その日の夜、久しぶりにダイニングテーブルで母と二人で向き合った。花奈は一足先に自室に戻っていて、父はリビングのソファで寝息を立てている。

その音が花奈のそれとよく似ていた。そのことにふと気づいて、十和は思わず胸が詰まりそうになった。

「いやいや、だとしてもさ。たった数ヶ月で……。ホントにたいしたもんだと思うよ」

母は答案用紙を眺め続け、いつまでも感心するのをやめなかった。

たしかに今回は出来すぎだと自分でも思う。

・国語　102／150
・算数　85／150
・社会　53／100
・理科　57／100

去年の合格最低点が270点のところを、297点も獲得したのだ。苦手な社会も含め、全教科で半分以上の点を取れたのも素直にうれしい。

しかし、それにはあるからくり……という表現が正しいのかわからないけれど、仕掛けがあった。算数の問題を解いているときに気がついた。

夏休み中は午前中にやっていた算数の基本問題を、いまは学校に行く前にやっている。前夜のうちに父が用意してくれているプリントを、眠い目をこすりながらなんとなく解いているだけだったが、その多くが星蘭の出題傾向から割り出されたものだったのだ。それまでの過去問ではわからなかったけれど、確実な手応えのあった今回はそれに気づけた。

理科も、社会も、知らず知らずのうちに星蘭の対策を取っていたことを知った。空き時間に詩やエッセイを読むことだって当然難解な国語対策だ。父の準備してくれているほとんどすべてが星蘭対策といっていいものだった。

「それを証拠にっていう言い方はおかしいかもしれないけど、私、他の中学校の過去問は全然合格点に届かないんだよね」

「そうなの？」

「うん。啓愛も、稜花も、国立学院も。全然届いてない」

父の通っていた最難関の啓愛大付属中学はもちろんのこと、偏差値的には星蘭より落ちる稜花女子中学校も、国立学院も、合格最低点には届いていない。

母は呆れたように肩をすくめ、寝ている父をちらりと見やった。

「ホントにマメな人だよね」

「マメっていうかさ……。感謝しかないよ」

「たしかに。よくやってくれてるわ」

「お母さんにもだよ」

「何？」

「お母さんにも感謝してる」

「はぁ？　ちょっと、やめてよ。私が何もしてないことはあんたが一番知ってるでしょ。『中学受験は母親の受験』とかいうネットのニュース読むたびに心が切り刻まれてるってのに。勘弁してよ」

母は本当に不気味そうな顔をする。それを見て十和は思わず笑ってしまった。もちろん、母が何もしてくれてないなんて思っていない。

もともと料理好きなわけではないのに、朝は誰よりも早く起き、夜も時間をかけて栄養バランスに気を配った食事を用意してくれている。もちろん、仕事もちゃんとしている上でだ。何もしていないわけがない。

どんなときでも十和に寄り添い、愚痴を聞いてくれる。父に対する不満を口にすれば、それをオブラートに包んで伝えておいてくれる。母への感謝はいくつもあるが、一番は受験のことに口を出さないでくれていることだ。

言いたくなることだってあるに決まっている。それこそ母親として娘の将来にかかわることに思うことがないはずがない。現に私生活についての小言は変わらず多い。

それでも、母は絶対に勉強のことにだけは口出ししない。自分が提案した中学受験だというのに、そんな約束でも交わしたかのように興味のないフリを貫き通している。それがもっとも上手く回ると信じているからだ。

降って湧いたような父と娘のこの濃密な時間は、物語は、間違いなく母が提供してくれたものだった。それと、もう一つ……。

十和には母に感謝していることがある。直接伝えたことはないけれど、この秋、母がいつになく厚着をしていることを十和は知っている。

それだってもちろん十和のため、受験のために他ならない。真冬でも薄着で過ごしているような人だ。厚手の服は息苦しいに違いないが、絶対に自分が体調を崩すまいという母の強い意志を感じさせる。

十和はすっと立ち上がり、ソファの父に歩み寄った。久しぶりに聞く父の寝息は、やっぱり花奈のそれとよく似ている。

その肩にブランケットをかけ、リビングを去る際、十和はどちらにともなく「本当にありがとう」と口にした。

十二月に入り、いよいよ本命の星蘭女学院の試験を一ヶ月後に控えた頃、十和の志望校が固まった。

「本当にこれでいいね？　後悔しないね？」

父は何度も念押ししてきたが、十和に迷いはなかった。

1／13　大阪錦ヶ丘学園中学校
1／14　星蘭女学院中学校
2／1　稜花女子中学校
2／2　啓愛大学付属中学校

計四校だ。いわゆるすべり止めという学校は一つもない。偏差値的には初日の大阪錦ヶ丘が一番落ちるが、仮にここだけ受かったとしても入学するつもりはない。十和が大阪で生活できるのは、本命の星蘭に受かったときに限られる。

だから、本音をいえば錦ヶ丘を受けるつもりはなかった。そもそもそんな学校の存在すら知らなかったのだ。行く気のない学校を受験する意味がわからなかったし、失礼なんじゃないかという思いもあった。

素直にその旨を伝えると、父は顔を真っ赤に染めて反対した。

「いやいやいやいや、ダメだよ。何を甘いこと言ってるんだよ。どこかしらきちんと受けておかないと、星蘭が一発目になっちゃうじゃないか」

「それでいいよ」

「ダメダメダメ。絶対にダメ！　ねぇ、十和ちゃん。受験ってそんな甘いものじゃないよ。本命までに少しでも慣れておく必要があるの！」

十二月に受けられるところを含め、父はさらに三、四校の知らない学校を挙げてきたが、かたくなにそれは固辞した。そんなことに体力を奪われたくないし、そんな時間があるなら星蘭の過去問を見返していたい。

久しぶりに父とぶつかった。「受験するのは私なんですけど！」「十和ちゃんがここまで分からず屋とは思ってなかった！」などと子どものような言い争いをして、最終的には母が仲裁に入ってくれて、一校だけ、星蘭の直前に試験がある大阪の学校を受験することでまとまった。

学校では受験に備えて休み出す子もぽつりぽつりと現れ始めたが、十和は変にリズムを崩す方がこわく、普通に通学した。

同じ小学校の美香子は、夏以降塾には来ていない。それでも、学校での美香子の表情は決して暗くなかった。

ある日、十和の教室を訪ねてきた美香子は、その明るさの理由を教えてくれた。

「お母さんたちが受験することを認めてくれたんだ。塾には通えなくなっちゃったけど、ずっと勉強は続けてたから。国立学院ともう一校だけだけど、私も受験できる」

美香子は屈託なく微笑んだ。この子はやっぱり笑顔が似合うなと、最後に話した日の気まずさを一瞬忘れ、思わずその姿に見惚《みと》れてしまった。

美香子は十和の視線を勘違いした。

「あの、本当にごめんね。十和ちゃん」

「え、何?」

「夏休み前にあったこと。ごめんっていうか、ありがとうって伝えたかった。あのとき、止めてくれて本当にありがとう。あの出来事のおかげで、私はお母さんともお父さんともたくさん話をすることができたんだ。ちゃんと気持ちを伝えられた。それなのにあんなふうに逆ギレみたいな態度を取っちゃって……。やっぱりごめんねか」

「ううん。全然。気にしてないよ」

「ホントに?」

「うん、本当。それに、私も美香子にお礼したいことがあったんだよね」

「十和ちゃんが?　私に?」

美香子は興味深そうな顔をする。この切り替えの早さもこの子の魅力の一つだ。十和は少しだけ笑って、美香子の目をまっすぐ見た。

「美香子、前に中学や高校はべつに大学に入るための過程じゃないって言ったでしょ？　覚えてる？」

「なんとなく」

「あれ、たしかにその通りだなと思って。私がいまちゃんと学校に通ってるのって、あのときの美香子の言葉が大きかった気がするんだよね。小学校だってべつに中学に入るまでの過程じゃないよなって」

十和は素直な気持ちを口にしたが、美香子は意味不明というふうに目をパチクリさせる。

「どういう意味？　いま学校に通えていて良かったってこと？」

「まぁ、そういうことかな。とりあえず、いい調子だよ」

美香子はさらに呆けたような表情を浮かべたが、すぐにからからと笑い声を上げた。

「そうか、いい調子なのか。それなら良かった。受験が終わったらまたみんなでパンケーキを食べにいこうね、十和ちゃん」

塾では夏休み明けから死守しているAクラスで、寛乃とよく話をした。

クラスが上がった当初はAの先輩としてよく話しかけてきてくれたが、十和の目の色が変わったことと、十一月に入って席順がついに逆転したことに感じるものがあったのだろう。寛乃は十和にあまりかかわろうとしなくなった。

それでも北からの風の冷たさが厳しさを増し始めた頃から、寛乃はまたよく話しかけてくるようになった。

受験が近づき、不安が募っているのだろうか。十和の方が本命の受験日が早いことも関係しているのかもしれない。

「もうすぐだね、受験」

そう声をかけてきた寛乃に、十和は澄んだ気持ちでうなずいた。

「あんまり実感ないけどね」

「十和なんてもうあっという間だよ」

「寛乃だってそんなに変わらないでしょ?」

十和は思わず苦笑して、手に持っていた本を閉じた。わざわざ伝える必要はないかもしれないけれど、万一試験会場で鉢合わせしてしまったら、寛乃を無用に動揺させてしまう。彼女にとっては揺るぎない第一志望なのだから。

そう自分に言い聞かせて、十和は笑顔のまま続けた。

「あのさ、寛乃。私も啓愛を受験するよ。やるからにはがんばって合格を目指したいと思ってる」

父との約束で受験する啓愛大付属は、寛乃の第一志望校だ。一瞬、寛乃はたしかに息をのむ仕草を見せた。そのままヒステリーを起こすのではという予感もあったが、受験生という時期を通じて、寛乃もまた大人になっているのだろう。

必死に何かをのみ込んで、余裕のある笑みを見せつけてきた。

「へぇ、そうなんだ。そうしたら同じ学校に通えるかもしれないね。二人とも悔いを残さないようにがんばろう」


十二月も瞬く間に過ぎていった。

基本的には受験する学校の過去問の見直しと、理科、社会を中心とした暗記にひたすら時間を費やした。自室やトイレ、風呂の壁にまで社会の年表や日本地図などを貼りまくって、さすがの花奈からも「頭がおかしくなりそうだからなんとかして！」と抗議を受けた。

いよいよ冬休みに突入してからも、時間は足りていなかった。それでも大晦日だけは絶対に勉強しないと、以前から父と約束していた。

こんなふうに一日机に向かわないなんて、何ヶ月ぶりのことだろう。朝起きたときは落ち着かなかったが、昼過ぎに花奈と父と三人で近くの公園に行って、バスケットボールをすることになった。

最初はのんびり遊んでいたが、しばらく見ていない間に花奈はすっかり上達していた。何度も抜かれ、ゴールを決められることにいい加減腹が立ってきて、気づいたときには十和もムキになっていた。

「十和ちゃん、ムチャしちゃダメだよ！　ここでケガなんてしたらバカバカしいよ！」

父は心配して顔を青白くさせていた。その様子に花奈と二人で大笑いしながら、日が暮れるまで遊んでいた。

家に帰ってからは順番にお風呂に入り、最後に父が出てきたところで晩ご飯となった。すき焼きにコロッケに煮魚にビールにと、四人それぞれの好物が並んだ食卓はとても明るく、穏やかだった。

星蘭の試験は二週間後の今日だ。二週間後のこの時間にはもうテストを受け終わり、帰りの新幹線に乗っている頃だろうか。

みんなが気遣ってそういう雰囲気を作ってくれているのだろう。そんなピリピリした空気を微塵も感じず、ひたすら楽しい大晦日を過ごしていた。

「いまの家族ってなんかいいよね。最高だよね」

さすがに気恥ずかしくなるようなことを言いながら、花奈はテレビのリモコンを取った。映し出された紅白ではちょうど花奈の好きなアイドルグループが歌っていた。

食事が終わると後片づけもそこそこにリビングに場所を移し、トランプなどをしながら母が持ってきてくれたイチゴを食べた。

朝から晩までずっと笑っていた気がする。「いまの家族ってなんかいい」という花奈の声が耳の奥に残っている。

絶対に口には出さないけれど、その気持ちは十和にもある。でも、だとするとなぜいま自分はこんなに勉強をがんばっているのだろう。きっかけは夏休み直前の出来事だ。自分を取り巻く何もかもがイヤになって、星蘭を受験したいと宣言したことから始まった。

もちろん、いまさら受験を取りやめようとは思わない。星蘭に対する憧れも変わらない。だけど気を許すと、初心を忘れそうになる。

「今年は絶対にみんなで一緒に年越しする」と息巻いていたくせに、昼間のバスケットボールで張り切りすぎたのか、花奈は結局いつもより早く寝てしまった。

うつらうつらしながらなんとか耐えていた父も、二十三時を過ぎた頃、誰にともなく「ごめんね。僕も限界」とささやいて、寝室に消えていった。

母も洗い物のためにキッチンに立ったので、十和も部屋に引っ込んだ。今日は勉強しないと決めていたし、身体もそれなりに疲れていた。リビングにいたときは眠かったし、本当は早く布団に入ろうと思っていたのに、壁に貼った四校の受験日程を見ていたら、無意識のままテキストを開いていた。

時間が飛ぶような感覚があった。

「人間、変わればホントに変わるもんだよね」

その声に我に返り、振り向くと、母が十和のスマホを片手に立っていた。

「あんたがスマホをリビングに忘れていくなんてさ。なんかずっと音鳴ってたよ」

「え……？　ああ、ありがとう」

おずおずと口にし、受け取ったスマホに目を落とす。真っ先に「0時15分」という表示が視界に入り、そのあとに「1月1日」と飛び込んできた。

すごいな……と、他人事のように思った。たった三ヶ月後には、私はもうどこかの中学校に入学しているのだ。それが大阪なのか、東京なのか、私立なのか、公立なのかもわからないけれど、どこかの中学生にはなっている。

母は十和を頼もしそうな目で見つめていた。

「いま、この時点までなら、今年一番勉強してるのは十和だよね」

「まだ十五分だけじゃん」

「だとしてもさ」

「日本中の受験生が同じようにやってるよ」

「じゃあ、一位タイだ」

そう微笑んだ母に、十和は思いつきで提案する。

「ねぇ、初詣行かない？」

母は少しだけ逡巡する素振りを見せたものの、最初からそのつもりだったとでもいうふうにうなずいた。

「絶対に風邪ひかない格好しなさいよ」

母が着替えのために出ていったのを確認してから、スマホをチェックした。たくさんメッセージが届いている。十和は順番に返信を綴る。

最初はおばあちゃんに。

『おばあちゃん、あけましておめでとうー！　春から絶対に一緒に暮らそうね。楽しみに待っててね！』

次に、十和だけやり取りに参加しておらず、抜け駆けして勉強しているに違いないと大騒ぎしていた塾のみんなに。

『みんな、あけましておめでとうー！　今年はみんながんばろうね！　みんな大好き』

そして最後は、長い文章を送ってくれていた〝あの人〟に。

『あけましておめでとうございます。今年はいよいよ受験生です。試験の結果がどうであっても連絡します』

最後のメッセージを送信し、ダウンのコートを羽織ったところで、ちょうど母が部屋を覗いてきた。

「準備できた？　じゃあ、行こうか」

長谷川家には必ず初詣に行くという習慣がない。年末年始の家族旅行のついでに目についた寺や神社に行くことはあっても、こうして家の近くで参拝したという記憶はない。

とくに示し合わせたわけではないのに、それでも二人の足は当然のように自宅から十分ほどの場所にある武蔵野八幡宮に向かった。五日市街道と吉祥寺通りの交差点というにぎやかな場所にあり、決して広くはないけれど、どの季節に行っても静謐《せいひつ》な空気が漂っていて、吉祥寺のある種のランドマークだと思う。

その神社にこうして年明け早々足を運ぶのははじめてだ。きっとにぎわっているのだろうという予想をはるかに超えて、長蛇の列ができている。

「うわぁ、そうかー。こんな感じかー」

「お母さんもはじめてなの？」

「ううん。あんたが小さい頃に一度だけ来たことあったけど。たしかそのときもこんなふうに混雑してて、二度と来ないって思ったんだよね。すっかり忘れてた」

母はいたずらっぽく舌を出した。普段だったら、もういいか、並ぶのはかったるい、ラーメンでも食べて帰ろうよという流れになりそうだが、やはり気を遣ってくれているのだろう。母はうかがうように十和を見た。

「どうする？　並ぶ？　十和が決めていいよ」

母ほどではないだろうけれど、十和も充分面倒くさがりだ。いつもだったらやっぱり帰ろうと言っている気がしたが、灯りのついた提灯《ちょうちん》に、参道に立ち並ぶ露店、詰めかけている人たちの幸せそうな様子に心が弾んだ。

何より元旦に母と二人きりというシチュエーションが特別な感じがして、お参りしたいという気持ちは消えなかった。

「列も進んでるみたいだし、並ぼうかな」

「オーケー。じゃあ、そうしよう」

「ごめんね、つき合わせて」

「なんのなんの」

長い列に並びながら、母からたくさんの話を聞いた。大阪で過ごした青春時代のことや、上京を決めた日のこと、どんな大人になりたかったのかという話や、思ってもみなかった社会人としての日々。十和を産んだ日のこと、父との出会い、花奈がはじめて「ママ」と言った日のこと、姉妹が小さかった頃の家族の思い出……。

あえて避けようとしたつもりはないが、不思議と受験の話にはならなかった。二人で話をしているうちに列はどんどん進んでいって、気づいたときには境内に足を踏み入れていた。いつもは厳粛な雰囲気の神社にも温かい空気が流れていて、あまり寒さは感じない。

あっという間に十和たちの番がやってきた。

「お賽銭《さいせん》は？　持ってきた？」

「うん。奮発して五百円」

「うわぁ、お金持ちー。私は五円」

二人で笑いながら、賽銭箱にお金を投げ入れ、まず二拝、二拍手。そうした作法は小さい頃に父に仕込まれた覚えがある。

「初詣のお参りは何かをお願いするものじゃないよ。たとえお願いするにしても、まずお礼をすることから始めるんだ。去年はありがとうございました。おかげさまでこうして今年も元気にお参りすることができましたって」

父に言われた通りまず去年のお礼をして、次にお願い事をする。周囲のみんなが認めてくれるほど、十和は自分が成長しているとは思っていない。それでも当然のように自分の受験のことより家族の幸せを願っていることにふと気づいて、はじめて自分なりに進歩しているのだろうかとおかしくなる。

「何を笑ってんのよ」

最後に腰を九十度曲げたところで、母が声をかけてきた。

「ずいぶん長いことお願い事してたじゃん」

十和は「ふふん」と声に出して笑うだけで、境内をぐるりと見回した。たくさんの人が笑っていて、にぎやかな声があふれている。風は当然冷たいのに、身体は先ほどより温かい。

「また来年も来ようね。来年はみんなで来よう」

その意味を嚙みしめるようにつぶやき、母の手を引いて帰ろうとした。そのとき、視界の隅に不思議なものを捉えた。

はたと足を止めて、ゆっくりと振り返る。そして、十和は息をのみ込んだ。三鷹に住んでいることは知っている。初詣で武蔵野八幡宮に来ているのは不思議ではないし、家族を連れているることも理解はできる。

でも、これまでそんな画《え》を想像したことは一度もなかった。それ以前に家族の話を聞いたことはなかったし、家庭の匂いを感じさせたこともない。そもそもついさっき新年のメッセージをやり取りしたばかりだった。

妻らしき女の人と並び、まだ小さな女の子を胸に抱いた〝あの人〟も、吸い寄せられるようにこちらを向いた。

一瞬、十和は自分がどんな顔をしていいかわからなかった。何より気になったのは、となりに立つ母の存在だ。

あの人の視線が、十和からわずかに母の方に逸れる。

横目にした母は口を真一文字に結んでいた。何かに気づいているのだろうか。顔色に変化はない。

それなのに母はすべてを悟っているとでもいうふうに、あの人に向けてほんの少しだけ頭を下げた。そんな気がした。

「ちょっと、お母さん?」

「うん?　ちょっと寒くなってきたね。帰ろうか」

「いや、でも——」

母の耳にその声は届かなかった。

すぐに笑みを取り戻し、母は十和の手を引いて家族の待つ家へと歩き出した。


小学校生活はその後の人生のための過程じゃない。その気持ちにウソはなかったが、冬休みが明けてからはさすがに学校を休むことにした。

とはいえ、受験に備えて休んだのは四日だけだ。一月九日に学校が再開し、十二日にはもう試験のために大阪に向かった。

最初に受ける大阪錦ヶ丘学園中学校は、東京にも試験会場を設けていた。当初は東京で受験することを考えていたが、願書を出す段階で父がそれを変更した。

「やっぱりちゃんと大阪の空気に慣れておこう。すべては本番のため。最悪、錦ヶ丘は失敗したっていいんだから」

父と花奈は東京に残り、十二日の昼過ぎ、十和は休みを取ってくれた母とともに新幹線で大阪に向かうことになった。

その前に一人で塾に立ち寄り、キノッピーに挨拶していくことにした。

「おお、十和か。ついにだな」

事務室を訪ねると、キノッピーは表情を輝かせた。松原先生や佐々木先生ら、十和に目をかけてくれた先生たちも集まってくれる。

「うん。行ってくるね」

「まぁ、思い切って楽しんでこい。前にも言ったと思うけど、俺は十和は案外行けるんじゃないかと思ってる」

「お父さんの娘だから？」

十和はわざと意地悪っぽく尋ねたが、キノッピーは毅然と首を振った。

「この半年お前が誰よりもがんばってきたからだ。星蘭の受験生の中でもトップレベルのがんばりだったはずだよ。この半年はな。自信を持っていい」

やたら「半年」を強調してくるキノッピーの勇ましい言葉に、普段は無表情な松原先生が感極まったようにうなずいた。

「十和、これを持っていけ」

そう言ってキノッピーに渡されたのは、学問の神さまが祀られているという湯島天神のお守りだった。

なぜそれを十和が知っているかというと、まったく同じお守りをすでに父からもらっていたからだ。

同じ神社の神さま同士なら、ケンカしないでくれるだろうか。

「ありがとう。行ってくるね。がんばってきます！」

家族とは吉祥寺の駅で落ち合った。父はわざわざ会社を半休して、花奈も学校を早退して東京駅まで見送りに来てくれた。

中央線の中ではそれなりに会話は弾んだ。しかし東京駅に着いたときには、花奈はいまにも泣き出しそうになっていたし、父はとっくに泣いていた。

改札を通過して振り返ると、二人はそろって捨てられた子犬のような表情を浮かべていた。

「いや、私まだ引っ越すわけじゃないんですけど！　今日は笑顔で見送ってよ」

十和が言った途端、二人は同時に強引な笑みを浮かべた。八の字に垂れ下がったそっくりな眉がツボに入り、十和は思いきり噴き出した。

「行ってくるね！　祈ってて。星蘭の結果は帰ってからみんなで見るよ！」

二人に大きく手を振って、母と二人で新幹線のホームに上がった。

「あの二人、ホントによく似てるよね」

すぐにやってきた電車に乗り込んだところで、十和の方から口を開いた。母はちらりと十和を見て、不思議そうに尋ねてくる。

「あんたはずいぶん落ち着いてるよね」

「まぁ、そうだね」

「何？　やれることはやり切ったって感じ？」

「まさか。やり残したことばかりでイヤになってるよ」

十和は息を吐き出した。実際、やり切ったなどという手応えは皆無だ。やればやるほど足りないところが見えてくる。塾のテキストや志望校の過去問はひとまず何周もこなしたが、やりたいと思っていた参考書には手さえつけられなかったものがいくつもある。

でも、いまの十和にはよくわかる。たぶん「やり切った」などということはないのだ。それは受験勉強に限らず、日々の生活みたいなものにも当てはまる。あるいは人生そのものに。とくに全力で取り組むものには。

「ま、なんにしても十和がリラックスしているのは良かったよ」

そう口にすると、母はそそくさと目を閉じた。たしかに受験に対しては自分でも不思議に思うほど緊張していない。当日になったら違うのかもしれないけれど、いまは大阪でおばあちゃんに会えることが楽しみなくらいだ。むしろ、母と二人きりでいることの方がプレッシャーを感じてしまう。

元旦のあのとき、武蔵野八幡宮の境内で母は何を見たのだろう。あの人を認識した上で視線を送ったのか。十和との関係を知っているのか。もちろん尋ねることはできなかったし、母からも何も言ってこない。

あの人からのＬＩＮＥも来なかった。あまりになんの連絡もないことにしびれを切らし、昨夜、十和の方からメッセージを送った。

『明日から大阪に行ってきます。第一志望の受験です』

既読の印がつく前に、急いで二通目を送付した。

『二月二日にすべての試験が終わります。それが終わったら、会ってください』

会って、顔を見て話して、ちゃんと決着をつけたい。心からそう思った。

いつも通り、あの人からの返信はすぐに来た。

こちらもいつものように家族の匂いなんていっさいさせず、さも自分は十和だけを見ているとでもいうふうな内容だった。

『ありがとう。結果も気にしています。健闘を祈ってるからね。がんばれ、十和ちゃん』

新幹線に乗ったら十和も寝ようと思っていた。でも、なんとなく目は冴えていて、変に寝てリズムを壊したくなかったので、家の本棚から持ってきた本をバッグから取り出した。

『昨日までの家族』。

去年の春、塾の公開テストの国語で出題されていた本だ。父が図書館で借りていたのは覚えているが、その後購入していたのは知らなかった。大阪行きの荷作りをしているとき、何かおもしろい本はないかと、父の本棚を物色してたまたま見つけたものだ。

本を開く直前、なんとなく窓の外に目を向けた。そのとき、品川から新横浜へ向かっていた新幹線が、短いトンネルに差し掛かった。

不意に、窓に自分の顔が映し出される。年が明けてすぐに行った美容室で、気合を入れていつも以上に前髪を短くそろえてもらった。

その結果、美容院ではいつも以上に冷たい印象を与えそうだと思ったはずなのに、どうしてだろう、少しだけ自分の表情が柔らかくなっている気がした。

これまでのような嫌悪感が芽生えず、生まれてはじめて自分の顔をネコのようだと思うことができて、そのことが十和には不思議だった。


二人とも、自分のことではそんなに緊張はしないという。

その言葉を疑わざるを得ないほど、大阪に到着してからの母と、マンションで待ってくれていたおばあちゃんの様子は普通じゃなかった。

「い、いやな……、でも、十和。ほら、私も亜紀子もこう見えて結局中学受験は経験したことがないもんやから」

「せやね。最後は受けへんかったくらいやし」

「だからあのとき逃げずに受験しとけば良かったんや」

「はぁ？　なんやそれ。いま言うこととちゃうやろ」

だからどうしたということをかけ合いでまくし立てて、しまいには二人は目の色を変えてケンカし始めた。

そのおかげと言うつもりはいっさいないが、十和は一向にプレッシャーを感じなかった。リビングで少しくつろいで、ご飯の前にお風呂に入り、湯船で入念に身体をほぐし、しっかり髪の毛を乾かしてから三人で食卓を囲んだ。

その頃には二人のケンカも終わっていて、あいかわらず空気はぎこちなかったが、十和の手前おだやかな夕飯だった。

夕食後は日課の社会の暗記を三十分だけやって、早々に布団に入った。

「なるべく明日の試験のことは考えるんやないで。たとえ眠れんかってても目だけはつぶっておくんやで」

おばあちゃんは言わなくていいことばかり口にしたが、十和は眠れないという気はしなかった。

布団の脇のスタンドだけを灯して、本を開く。父が食い入るように読んでいた姿は記憶に残っている。十和もまた『昨日までの家族』に没頭した。一つの家族の崩壊と再生というテーマ自体は手垢《てあか》のついたものかもしれないけれど、主人公の、しかも小学六年生の女の子に自然と寄りそえ、すっと感情移入することができた。

いつか国語の問題に出たのと同じ文章であるのが信じられない。景色が浮かび、物語がどんどん頭に入ってくる。

この本を読み切った先に、問題の一つにあった「家族の幸せの形」が解けるのかもしれない。そんなことを思うと、ページをめくるのにも気が急いた。

それでも、いつの間にか十和は眠りに落ちていた。

直前までいろいろなことを考えていたはずだ。

この日最後の記憶は「独白」と「毒吐く」って響きが一緒なんだな……というものだった。

いつまで経っても気持ちが昂ぶってこないことの方が、むしろ不安だった。

朝起きて、歯を磨き、顔を洗う。朝食を食べて、カフェオレを飲み、おばあちゃんが決死隊のような顔をして見送ってくれたときも、十和は冷静なままだった。

それは母と二人で家を出て、小雪が舞う中を駅まで歩き、電車を乗り継いで錦ヶ丘学園に向かっているときも一緒だった。

学校の正門前で終わってからの合流場所を確認し、一度マンションに戻るという母と別れ、敷地内に足を踏み入れ、悲壮感を漂わせている同い年の子たちを見ても変わらない。第一志望ではないからという理由なのかもわからなかった。ただ、十和の心は澄みきっていた。

錦ヶ丘学園は、ほぼすべての過去問で合格最低点をクリアしていた。そんな余裕もあったのか。最初の国語を皮切りに、受けた四教科すべてが会心と言っていい出来だった。

試験が終わり、落ち合った母にもその旨を伝えた。

「たぶん、受かってると思う」

そのときの母はまだ余裕のある笑みを浮かべていたが、夜、二十一時になってウェブで即日の合格発表を見るときにはすっかり顔を引きつらせていた。

それはおばあちゃんも同じだった。

「九時になったで。十和、見てみようや」

直前まで読んでいた本をゆっくりと閉じて、十和は「うん」と応じた。さすがにこのときばかりは少しだけ手に汗が滲《にじ》んだが、落ちていることはまったく想像しなかった。

だからおばあちゃんのデスクトップで錦ヶ丘の受験ページを開き、案内通りに自分の受験番号とパスワード代わりの生年月日を打ち込み、躊躇《ちゅうちょ》することなくエンターキーを押して、画面に桜の花びらが舞う鮮やかなイラストと『合格おめでとうございます！』という文言が出てきたときも、それほど興奮はしなかった。

母とおばあちゃんは抱き合って声を上げた。その輪に十和は加われなかった。うれしいのはもちろんうれしいのだ。でも、それは涙を浮かべたおばあちゃんから「せや、由紘さんから試験が終わったら十和にあげてくれって頼まれてたんや」とカルピスを手渡されたことの方がよほどうれしいくらいだった。

母はすぐに父に電話をかけた。十和も一応替わったが、やっぱりそこまでテンションは上がらなかった。

意外なことに父も冷静なようだった。

『いい状態でいられてそうだね。十和ちゃん、完全にここにピークを持ってこられてるよ。明日は自信を持って臨めばいい』

あの心配性の父の言葉だと思うと、少し笑えた。でもこの半年間、その父こそが誰よりも近くで、硝子《ガラス》細工を扱うように慎重に十和を見守ってくれていたのだ。遠く離れていたって、声だけで心境を察することができるのだろう。

この日はあえて過去問に手をつけず、試験のあとはずっと『昨日までの家族』を読んでいた。夕飯を挟んでようやく読み終え、布団に入るのが予定よりも少しだけ遅れた。

さすがにこの夜はすぐに寝入ることはできなかった。それでも明日が、まさに夢にまで見た星蘭の受験であるのがウソのように心は鎮まりきっている。

塾の友人たちから立て続けにLINEが送られてきた。

最後に『長谷川、がんばれ！　絶対大丈夫。信じてる！』というメッセージをくれた野口に返信を綴って、十和は静かに目を閉じた。

『ありがとう。やってくる。早く野口に会いたいよ』


それから一度も目を覚ますことなく、あっという間に朝を迎えた。昨日と同じように支度を調え、おばあちゃんに「行ってくるね」と微笑みかけて、母と二人で家を出た。

緊張感は初日と雲泥の差だった。それでも十和は笑っていられた。一年前のいまごろはまったく想像していなかったこの日を迎え、きっと逞《たくま》しくなった自分自身でいられている。中学受験をして良かった。このタイミングでそう思った。

「十和が一番カワイイよ」

星蘭の正門前で横並びになって、母がそんなことを言ってきた。

「何、急に」

「前髪も決まってる。十和はこの学校が似合ってる。あんたは私の最高傑作だよ」

十和はたまらず苦笑した。

「そんなこと言ったら花奈が悲しむよ」

母も「ふふふ」と声に出して、背中を思いきり叩いてきた。

「よし、行ってこい！　ぶちかましてきな、十和！」

きっと先入観なのだろうとわかっていたが、周囲の子たちがみんな賢そうに見えた。その優秀そうな子たちが、こぞって最後の追い込みをすべく、テキストや単語帳を開いている。

十和は机にペンケースしか置かなかった。ただ右手に父からもらったお守りを握りしめ、目をつぶってその瞬間を待った。

一時間目は難問揃いの国語だ。受かるも、落ちるも、きっとこの科目で決まる。焦る気持ちを押し殺し、ギリギリまで目をつぶり続け、試験官の先生が教室に入ってきたところで、ゆっくりと顔を上げた。

そして問題が配られた。

時間が来て、一ページ目を開いた。

その瞬間、真っ先に浮かんだのは父の顔だ。その次に母の、花奈の、おばあちゃんの、そして最後に野口の顔が脳裏を過った。

だからといって、受かったと確信したわけではない。

でも、間違いなくこれは運命だ。自分がたぐり寄せたものではない。きっと父の執念がもたらしたものだ。

十和は天井を仰ぎ、声が漏れそうになるのを懸命に堪えた。

早速シャーペンが机を叩くコツコツという音が聞こえてきて、あらためて問題に目を落とす。

最初の出題は『昨日までの家族』からのものだった。

※

深いまどろみの中にいた。

海の底に沈み込んでいるかのような、逆に雲の上を浮遊しているかのような。

「お姉ちゃん、そろそろだよ――」

遠くから声が聞こえてくる。

「お姉ちゃんってば！」という興奮した声を、ようやく妹の花奈のものと認識して、十和はゆっくりと目を開けた。

「うん。おはよう」

そう口にして、はじめて十和は自分が寝ていたのだと把握した。ゆっくりと身を起こし、首を回しながら周囲をうかがう。

自分以外の三人の家族が、そろって緊迫した顔でこちらを見ている。直前の花奈の声と合わせて、十和はやっといまの状況を理解した。

ゆっくりとテーブルのスマホに手を伸ばす。

二十一時五十五分——。

第一志望、星蘭女学院中学校の合否がウェブで発表されるまで、あと五分。

「んー、なんかよく寝たぁ」

十和は大きく伸びをした。

今朝、起きたときはまだ大阪のおばあちゃんの家にいたのだ。そこから身支度を調え、朝食をとり、母と一緒に家を出て、電車を乗り継いで星蘭の敷地に足を踏み入れた。一連の出来事がはるか昔のことのように思える。

半年間、その対策ばかりしてきた。何度、星蘭の実際の試験時間に合わせて過去問を解いてきたかわからない。十時からの国語を皮切りに、十一時からの算数、昼食時間を挟んでの、十二時五十分からの社会、そして十三時四十五分からの理科……。

十四時半に試験を終えるまで、いつもと同じ流れだった。しかし、実際に星蘭で受けた本番の試験は、当然ながら何もかも勝手が違った。中でも模試や過去問と決定的に違ったのは、集中力がいっさい途切れないことだった。

試験中に問題以外のことに思いを馳《は》せたのは、一限の国語が始まった直後だけだ。最初の問題に家の本棚から持ってきた『昨日までの家族』が出題されているのを知ったときだけ、父や家族のことが脳裏を過った。

でも、意識が途切れたのはそのときのみだ。あとはひたすら問題と向き合えた。シャーペンが机を叩くコツコツ音も気にならなかった。国語の問題を時間内に解き終えられたときも、社会で苦手な地理の問いが多く出題されるのを見たときも、淡々とそれらを解いていっても、気持ちは揺さぶられなかった。

次だ、次。さぁ、次だ……と自分に言い聞かせる時間は、結局十四時半のチャイムが鳴っても、つまりは最後の理科を終えたときもまだ続いていて、それに気づいたときは少しだけ笑ってしまった。通知表に「集中力の欠如」についてばかり記されていたのがウソのようだった。

晴れ晴れとした気持ちで学校をあとにして、やはり一度帰宅していた母との待ち合わせ場所に向かうと、そこにおばあちゃんの姿もあった。

「おつかれさんやな、十和」と声をかけてくれたおばあちゃんの胸に飛び込んだ。おばあちゃんも力いっぱい抱きしめてくれたけれど、まだ高揚していたのだろう、不思議なほど感慨は湧かなかった。

むしろ示し合わせたように試験の出来について尋ねてこない二人に、胸がギュッと締めつけられた。

「なんとなくできた気がするよ」

先を歩き出した二人の背中に、十和の方から声をかけた。二人は同時に歩を止め、やっぱり同時に振り向いた。

その一糸乱れぬ動きに、さすがは母娘と苦笑しながら、十和はこくりとうなずいた。

「受かってるかはわからないけど。なんか全然悔いはない。今日が本番で良かったって思う。ちょっと楽しいくらいだった」

母とおばあちゃんは目を見合わせた。そして、おばあちゃんが笑顔で言ってくれた。

「もうそれだけで充分なんちゃう？　ホンマにおつかれさんやったな、十和」


そのまま新大阪まで見送りに来てくれたおばあちゃんに、母は「今晩、必ず電話する。結果がどうでも電話する」と、何度も繰り返していた。

そのおばあちゃんの手を、十和は両手で握りしめた。

「春からおばあちゃんと住めるといいな」

「もう決まったよなもんやろ？」

「でも、やっぱり不安だよ」

「柄にもないこと言って。決まりや、決まり」などと口にしながら、おばあちゃんの笑みはしっかりと強《こわ》ばっていた。

むしろ十和の方がリラックスしていたと思う。

「だといいんだけどね」

そう伝えたおばあちゃんに見送られ、乗り込んだ新幹線のシートに身を沈めると、十和はあっという間に寝入ってしまった。そして東京駅に到着するまでの二時間半、バッグを胸に抱えたまま一度も目を覚まさなかった。

父と花奈が車で迎えに来てくれていたが、試験の報告どころか、お礼もそこそこに十和はまた寝てしまった。

そして家に着いて、シャワーを浴び、どこかよそよそしい空気の中でご飯を食べ、ソファに腰を下ろした瞬間にどうやらまた眠ってしまったらしい。そんなに疲れているという自覚はないのに、寝ても寝てもまどろんでしまう。

リンゴのマークの入った父のノートパソコンを囲むようにして、三人はすでにダイニングテーブルにスタンバイしていた。

十和もゆっくりとその輪に加わり、母が入れてくれた冷たいお茶を口に含む。

「お姉ちゃん、大丈夫？」

花奈が怪訝そうに尋ねてきた。

「何が?」と、十和は本当に意味がわからずに首をひねった。花奈の顔がさらに不気味そうに歪む。

「何がって……。もうあと五分だよ。緊張してないの?」

母がたしなめるように口を開いた。

「花奈、いまはやめなさい」

「だって……」

「そんなの、十和だって緊張してるに決まってるでしょ」

父も弱々しく微笑んだ。

「そうだね。十和ちゃんが一番緊張してるに決まってる。僕たちは静かに見守ろう。それが家族の役割だ」

しゅんと肩を落とした花奈の頭を、十和はそっと撫でた。もちろん緊張はしている。この日のために、この瞬間のために勉強をがんばってきたのだ。

あと数分で結果が出る。

すべてが決まる。

春から自分が憧れた学校に通えるのか、おばあちゃんと住むことができるのか。数分後にはもう判明してしまう。

そう思う一方で、こんなものなのかという気持ちもどこかにある。まだ寝ぼけているだけなのだろうか。一向に胸が昂ぶってこない。自分だけ他人事というつもりはないけれど、なぜか十和は興奮していない。みんながそろって切羽詰まった表情を浮かべているのを、一人冷静に眺めている。

それでも、わずか五分の時間が異様なほど長く感じた。沈黙が圧力のように身体を縛り、息をするのも少し苦しい。アナログ時計なんて部屋のどこにも置かれていないのに、秒針が時を刻む音がいまにも聞こえてきそうだ。

カチッ、カチッと、父が定期的にパソコンのタッチパッドをクリックしている。何度そんなことを繰り返しただろう。

長い、長い静寂の時間を経て、父は息を吐き出した。

そうささやくように口にして、向かいの席からパソコンのモニターをゆっくりとこちらに向けてくる。

「来たよ」

十和は画面を凝視した。やっぱり〈星蘭女学院中学校〉という文字そのものに価値のようなものを感じてしまう。

それを見ているだけで血の巡りが速くなる。

学校名の下に年次が記されていて、そのとなりに〈入学試験合格発表〉という文言がある。もうすでに受験番号とパスワードを打ち込むだけの状態になっている。

さすがに手のひらにしっとりとした汗が滲んだ。

身体が小刻みに震え、いまさら怯みそうになる。

呆然とコップに口をつけて、はじめてお茶がなくなっていることに気づいた。そんな十和を支えようと、対面に座っていた父と母が背後に回ってくる。となりに座っていた花奈はぴたりと身体をくっつけ、腕を絡ませてくる。

母も肩に手を置いてきた。十和は息をのみ、今日の試験で何度も書き込んだ受験番号をまず入力し、そのあとでパスワードとなる誕生日〈0827〉を打ち込んだ。

あとはパッドを押すだけだ。

たった一回クリックするだけで、画面に結果が映し出される。

十和は大きく息を吸い込んで、タッチパッドに指を乗せた。そして、無意識のまま目をつぶった。

どれくらいの間、そうして意識を集中させていただろう。ようやく目を開け、パッドをクリックしようとしたとき、ふと家族の熱を背中に感じた。

気持ちが入り込み過ぎていて、一瞬、みんなの存在を忘れかけた。

それがとんでもない裏切り行為に思え、あわててパッドから手を離した。振り返ると、父が腕を組み、神経質そうに親指の爪を嚙みしだきながら画面を睨みつけている。

かつて見たことがないほどの強ばった表情に、十和は苦笑した。すぐに呆けたような顔をした父に、十和は小さく頭を下げる。

「ごめん。これ、お父さんが押して」

張りつめていた空気が一気に弛緩した。父はギョッとしたように目を見開いて、直後にとんでもないというふうに手を振った。

「いやいやいや。それはダメだよ、十和ちゃん。それはダメだ」

「なんで?」

「なんでって……。そんなの、これは君の受験だからに決まってるだろう。最後まで君が責任を負わなきゃいけないことだよ」

「それこそ違うじゃん」

「え、違うの? 何が?」

「これは私だけの受験じゃなかったもん。私とみんなの受験だったし、そのリーダーは間違いなくお父さんだったじゃん。私はちゃんと自分のやるべきことをしたよ。だから、これはお父さんに押してほしい」

十和はもう一度、今度は深く頭を下げた。再びピンと張った部屋の空気を、母のやわらかい声が払拭する。

「たしかに。十和の言うことの方が正しいわ。これはヨシくんが押すべきだ」

花奈も笑顔で加勢する。

「うん。私もお父さんが押すべきだと思ってたんだ」

十和と母が同時に笑う。

「ホントに思ってた？」と、十和がいたずらっぽく問いかけると、花奈はムキになったように言い返してきた。

「思ってたよ。お姉ちゃんもがんばってたけど、お父さんも同じくらいがんばってたし。本気になってからのお姉ちゃんはカッコ良かったけど、お父さんも同じようにちょっとだけカッコいいと思ってたもん」

この場合「ちょっとだけ」はいらないよな……と思いながら、十和はそっと花奈の肩を抱き寄せた。

みんなの視線をいっせいに浴びた父は、あいかわらず一人だけ顔を紅潮させて、身体を震わせていたが、最後は覚悟を決めたようだ。

「恨みっこなしだからね」

「もちろん」

「言っておくけど、僕はホントにクジ運ないよ」

「これはクジとかじゃないから。ちなみにお父さん、受験って何回した？」

「受験？　僕は中学受験だけだよ」

「何校受けた？」

「三校かな」

「受かったのは？」

「それは、三校だけど」

そういうこと、というふうに十和はうなずいた。父はあいかわらず心許《こころもと》ない顔をしていたけれど、母が笑いながら二人の間に割って入った。

「うん、間違いないわ。やっぱりヨシくんが押すべきだ」

ようやく父の瞳に覚悟が宿る。

「わかった。僕が押す」

「うん。お願いします」と、十和はあらためて画面に目を向ける。

背後からすっと父の腕が伸びてくる。その手がおもしろいように震えている。「お姉ちゃん……」という花奈の声が聞こえた。肩に乗せた母の手が熱を帯びる。

「押すよ？」

その父の言葉を最後に、意識が飛んだような感覚があった。カチッというクリック音、一気に更新される画面、全体がピンク色に彩られたページ、桜の舞うアニメーション、そして赤い文字……。

画面の中心で『合格おめでとうございます。』という言葉が躍っている。

誰かのひゅっという息の音が聞こえた。直後に、花奈の「キャーッ！」という金切り声が耳を打った。

誰が誰かわからないまま、次々と十和に抱きついてくる。そのことに気づきはしたが、十和の視線はモニターに釘づけのままだった。

みんなが喜んでいるのを知りながら、なぜか『入学金決済サイトへ進み、納付期限内に入学金を納付してください』の一文を延々と目で追っていた。

「ちょっと、十和……？」という声にようやく我に返る思いがして、十和はゆっくりと振り返った。

真っ先に視界に捉えたのは、目を真っ赤に潤ませる母の顔だ。

「おめでとう。あんた、すごいわ……。本当におめでとう！」

そう言って、無理やり微笑んだ母が力いっぱい抱きしめてくれた。こんなふうに母に抱かれるのはいつ以来のことだろう。はじめて自分が達成したことの意味を知った気がして、鼻先が少しだけ熱くなる。

その母を押しのけるようにして、花奈が飛びついてきた。

「お姉ちゃん、お姉ちゃん！　すごい、すごい、すごい！　やったね、お姉ちゃん！　ホントにすごい！」

花奈は涙と鼻水で顔中を濡らしていた。これじゃカワイイ顔が台無しだと思いながら、ゆっくりと視線を逸らして、十和は思いきり絶句した。その花奈よりもはるかに激しく、父がむせび泣いているのである。

父は床にひざまでついた。いつか自分で言っていたじゃないか。「たかが中学受験」に受かっただけなのに。いつか自伝を書く日が来たら一、二行で済ませてしまうことなのに。大の大人がこんなに泣けるものなのか……。

いろいろなことを思いながら、十和も床にひざをついた。そして、父の決してたくましくない肩に手を置いた。

最初の「ありがとう」は、父に伝えるべきだと思ったからだ。

「ありがとう、お父さん。本当にありがとう」

もっと伝えたいことはあったのに、それしか言葉は出てこない。ハッとしたように上げられた父の顔は、いつも以上に犬のようで、眉はハの字に歪んでいて、花奈の数倍濡れている。

父と十和を囲むように、母と花奈が抱きついてきた。こんなふうにみんなで喜びを爆発させたことがあっただろうか。はじめて抱く家族の一体感だ。その中心に自分がいることが、十和はまだしっくりこない。

母だけは泣くのを堪えながら、ポケットからスマホを取り出した。当然、おばあちゃんへの報告だと思っていたが、母が真っ先に電話したのは父側の祖父母だった。

かすかに緊張した雰囲気を漂わせて、母は「夜分にすみません。お義母《かあ》さん——」と切り出した。

八王子に住む祖父母は、いつもは二十一時までに寝ていると聞いている。十和はそれほど交流がないけれど、起きて待っていてくれたのだろうか。

母は話していているうちにさらに目を赤くした。二人の間にこれまでどんなやり取りがあったのかは聞いていない。「お義母さんのアドバイスのおかげでいい結果になりました」という一言を耳にしたとき、祖母もまた母親として息子たち、つまり父や叔父さんたちを私立中に入れた人なのだということを認識する。

大阪のおばあちゃんとは異なり、八王子の祖父母と話すときはいつも緊張する。二人ともいい人たちだし、「遠慮なんてしないでいいのよ」とやさしく言ってくれるけれど、十和の方がどうしても身構えてしまう。

本音をいえば、積極的に話したいとは思わない。しかし、しばらく祖母と話したあと、母は当然のようにスマホを渡してきた。

「ちゃんとお礼を言いなさい」

受け取ったスマホを仕方なく耳に当てる。おどろいたことに、普段は冷静な祖母まで電話の向こうで泣いていた。

『ああ、十和ちゃん？　良かったね。偉かったね。本当におめでとうね』

はじめて聞く祖母のかすれた声だった。二言、三言、交わしたところで、祖母は大声で祖父を呼んだ。『あなたー！　十和ちゃん、第一志望受かったってー！』という声に続いて聞こえてきた祖父の声も、興奮して上ずっていた。

『おー、十和ちゃん！　良かったな！　おめでとう、おめでとう』

「ありがとうございます」

『いやぁ、それは本当に良かった。今日、おばあちゃんと二人で近くの神社でお参りしてきたんだよ。いやぁ、めでたいなぁ。おめでとうな』

祖父は最後に『近く遊びにおいで。お祝い用意して待ってるから』と言ってくれた。それにしっかりとお礼を伝えたところで、十和は電話を切った。

母がよくできたというふうに笑みを浮かべる。意外と緊張はしなかった。それよりも「おめでとう」という言葉について思いを馳せた。

誰かから「芽が出た」ことが語源と教えられたことがある。べつに自分の芽が出たとは思わない。こうしてみんなからいっせいに「おめでとう」と伝えられるのはやっぱり不思議だ。

返したスマホをボンヤリと見つめ、母はあらためてというふうに大阪のおばあちゃんに電話をかけた。

母はまたしても泣き始めた。みんなの歓喜とは裏腹に、十和の心はどこか冷めている。それでも、おばあちゃんに報告するときだけは涙が出てくるだろうと思っていた。

案の定、母から再び受け取ったスマホから聞こえてきたおばあちゃんの声に、十和は言葉を詰まらせた。

『ああ、十和か？　あんた、良かったな。すごかったな。ホンマ偉かったな』

おばあちゃんは一気にまくし立てた。絶対に気のせいと理解していたけれど、十和にとってのおばあちゃんの匂い、シャネルのN°5の香りが不意に鼻に触れた気がして、ギュッと目頭が熱くなった。

だけど、おばあちゃんがやっぱりかすれる声でこんなことを言ったときだ。

『これで春から一緒やな』

「え……？」

『おばあちゃん、ずっと言わんようにしとったんやけど、ホンマはめちゃくちゃ楽しみにしてたんやで。ホンマにうれしいわ。十和はおばあちゃん孝行の子や』

もちろん、十和もそれをずっと楽しみにしていた。それだけを胸にがんばってきたと言っても言いすぎじゃない。

でも、なぜだろう。どうしても心が弾まない。それどころかようやくこみ上げてきた涙まで引っ込んでしまった。

不意に芽生えた胸の内の違和感を家族に悟られまいとするように、十和は必要以上によくしゃべった。

おばあちゃんは異変に気づかないでくれた。最後までかすれた声で、やさしい言葉をかけ続けてくれた。

『ホンマにおめでとうさん。今日はゆっくり休むんやで』
「うん。ありがとう」
『来月、またそっち行くからな』

おばあちゃんとの電話を切って、それから少しの間、家族四人で思い思いに話をした。しばらくして花奈が子ども部屋に向かい、母も風呂に消えていった。

父と二人の時間が気詰まりだったわけではないけれど、十和も腰を上げた。

「もう寝る?」

きっと入学までの流れについて調べているのだろう。父はメガネをかけ、顔にパソコンの光を浴びながら、十和を見ずに尋ねてくる。

言い淀《よど》みそうになったが、隠すのも違うと思い、十和は素直に打ち明けた。

「一応、今日の復習をしておこうと思って」

思った通り、父は虚をつかれたという顔をした。あわててメガネを外し、怪訝そうに十和を見上げる。

「なんで?」

「なんでっていうか、なんか今日いっぱい寝ちゃったし。まだ全然眠くないし、頭も冴えちゃってるから」

「いや、そうじゃなくて。もう受験は終わりでしょう?」

「どうして?」

「は? 何?」

「だって、お父さんと約束したじゃん。東京の中学校も受験するって。それが星蘭を受ける条件だって。ちゃんと東京の学校も合格して、その上で私に選択させるって。お父さんが言ったんじゃん」

二人の間に不思議な静寂が立ち込める。父は困惑しているとも、申し訳なさそうともいえない表情を浮かべ、おもむろに首を振った。

「ううん、それはもういいよ。充分だ。十和ちゃんはホントによくがんばった。十和ちゃんの中学受験はここで終わりだよ」

父の声が、心の深い部分にすっと染み込む。本音をいえば、そんなことを言われるのだろうと思っていた。それがわかっていたからこそ、何も伝えずに部屋で勉強しようと思っていたのだ。

十和は父の目を見返した。

伝えるべき言葉が見つからない。

自分でも気持ちをうまく整理することができないけれど、どうしても今日ですべてが終わったという気がしない。

「まだ続けちゃダメ？」

父は眉のあたりにシワを寄せる。散々泣いたせいだろう。いつもよりもまぶたが腫れぼったい。

「どうして？」

「わからない。でも、なんかまだ途中っていう気がする」

「途中？」

「うん。たとえ星蘭に行くにしても……、っていうか、星蘭に行くんだけど、まだ全部終わったと思えない。いい子ちゃんぶるつもりはないんだけど、なんかしない」

声がどんどん小さくなっていく。父はまばたきもせずに十和の顔を見つめていたが、しばらくすると肩で小さく息を吐いた。

「ムリしてない？」

「うん」

「本当に？」

「うん」

「そうか。十和ちゃんがそう言うなら、まぁやりたいようにやればいいんだけど」

やさしく目を細めた父に、十和は小さく頭を下げた。

「なんかごめんね」

「なんで謝るの？　むしろうれしいよ」

「あと半月、まだ勉強つき合ってくれる？」

「もちろん、もちろん。それもうれしい」

念を押すように「もちろんだよ」と繰り返した父と話し合い、来月一日に予定していた稜花の受験は取りやめること、これからの二週間を啓愛大付属の受験対策だけに充てることなどを決めた。

まだ受験が続くという現実は、十和の気持ちを不思議と軽くさせた。

「でも、ここまでありがとうね。お父さん」

十和は自然とお礼を言った。

「うん。本当におめでとう」と笑みを浮かべた父の言葉に胸が締めつけられはしたものの、やっぱり涙はこぼれなかった。

「何時になってもかまわないから」と言われていたので、夜のうちにキノッピーには電話で報告した。

このときもキノッピーは興奮状態で褒めてくれたが、翌日、塾に顔を出すとさらに歓待してくれた。

「十和ぁ、お前……。十和ぁ、お前なー」と声にならない声を上げるキノッピーもまた、十和の受験がここで終わるものと思い込んでいたらしい。

当然のように授業に参加しようとした十和に、キノッピーは目を丸くしたが、事情を伝えるとすぐに納得してくれた。

「なんか、お前ホントに化けちゃったよな」

キノッピーは例の似合わないウインクをしてくる。

「そんなことないよ。たまたまなんかハマってるだけ」

「なかなかハマれなかったヤツがよく言うよ。いやいや、ホントに頼もしいわ」と肩をポンと叩いたあと、キノッピーは何かを思い出したように破顔した。

「あ、あと『栄光への道』も頼むな。うちの校舎から関西の学校に行く人間なんてほとんどいないからさ。後輩たちの参考になるだろ」

「えー、それはイヤだなぁ。そんな責任負えないよ」

「大丈夫、大丈夫。お父さんにも書いてくれって言っといてくれ」

嬉々《きき》として去っていったキノッピーの背中を見届けてから、教室に足を踏み入れた。親しい友人たちにも昨夜LINEで報告してある。

まだみんなの本番まで時間があるからだろう。野口を筆頭に、昨晩のうちに仲間たちは盛大に祝福してくれたが、学校では美香子が十和の教室までやってきて大喜びしてくれた。

「私、十和ちゃんには大きな借りがあるからさ。ホントに応援してたんだ」

そんなことを言いながら、美香子はポロポロと泣き始めた。文字通り、自分のことのように喜んでくれる美香子に、事情を知らないクラスメイトたちはそろっていぶかしげな表情を浮かべていた。

塾では寛乃がベタベタと身体を触ってきた。

「何してるの？」

むず痒《がゆ》くて十和が身をよじっても、寛乃は仏頂面のまま触れるのをやめようとしない。

「ゲン担ぎだよ。決まってるじゃん」

「はぁ？」

「第一志望受かった子に触っておくとその人間も受かるようにできてるから」

「そうなの？」

「知らないけど。いま私が決めた」

星蘭を受験する前のように力が漲る感じはなかったけれど、思っていたよりも集中力が途切れることはなく、時間は淡々と過ぎていった。

どれだけ調子が良かったとしても、ハッキリ言って啓愛は十和の手が届く学校ではない。誰もが憧れる大学の付属校であり、倍率も高く、会心の出来だった最後の模試でさえ偏差値は及ばなかった。

それでも、悲観する気持ちもあまりなかった。「きっと大丈夫」などとタカをくくっているつもりはなく、星蘭に受かっているという心のゆとりから来るものでもない。ただ、悲観していてもしょうがないことを十和はもう知っている。

結局、人はいまやるべきことをやることでしか現状を切り拓くことができないのだ。嘆いていたって、悶々と布団にくるまっていたって、何も生み出されないことをイヤになるほど知っている。

もう一つ、いまの十和には心の支えとなる言葉がある。キノッピーに執筆を依頼されている合格体験記『栄光への道』の昨年度版に、こんな記述がいくつもあった。

「最後の追い込みが決め手でした」

「最後の一ヶ月で一気に成績が伸びました」

「最後の一分、一秒まで絶対にあきらめないで！」

これまで星蘭のためだけに費やしていた勉強時間を、すべて啓愛の受験対策に使うようになった。

父はこれまでと同じようにつきっきりで勉強を見てくれたし、やはりこれまでと同じように啓愛の対策を練ってくれた。十和も星蘭の受験前と何も変わらず机に向かい、あまり多くを考えずに勉強を続けた。

いよいよ啓愛の試験を数日後に控えた、一月最後の日曜日。いつものように図書館で過去問に挑み、カフェで採点と復習を終えると、父とはそこで別れ、十和は一人でサンロードに向かった。

商店街を歩いているときから緊張で息が詰まりそうだった。父には「気分転換」と伝え、実際にその意図もあったものの、本当の目的はべつにあった。

大好きな〈武蔵野書店〉に、十和は夏休みの一件から行けていない。もう一度ちゃんとスタッフのみなさんに謝りたいと思っていたし、尋ねてみたいこともあった。受験が終わる前に済ませるべきだという気持ちが日に日に膨らみ、今日こそ行くと決めたものの、やっぱりプレッシャーで足がすくむ。

その十和の強ばった気持ちをほぐしてくれたのは、あの日叱られた〈武蔵野書店〉の店長さんと、十和が慕ってやまない谷原京子《たにはらきょうこ》さんという文芸担当のお姉さんだ。何があったかは知らないけれど、二人は店先でモスグリーンのエプロンを着けたまま大ゲンカしていた。

二人のあまりの剣幕に怯みそうになったけれど、こんなふうに白昼堂々、お店の前で大人がケンカしているのもどうかと思い、十和は決死の覚悟で間に入った。

「あ、あの！　すみません！　こんにちは！」

うすうす気づいてはいたけれど、やっぱり変わり者なのだとあらためて思う。必死に叫んだ十和を一瞥すると、店長さんは古い知り合いかのように言ってきた。

「ああ、長谷川十和さんでいらっしゃいますか。ちょっと聞いていただけませんか？　谷原京子さんの聞き分けがなさすぎて困っているところだったんですよ！」

突然フルネームで呼びかけられたことにも、大人のケンカに巻き込まれそうになったことにも面食らったが、谷原さんが十和を救ってくれた。

「ああ、十和ちゃん。ごめんね、恥ずかしいところを見せちゃって。今日は？　本を買いにきてくれたの？」

谷原さんは十和がしばらく店に来ていなかったことにおそらく気づいているはずだ。気づいていながら、あえて素知らぬフリをしてくれている。

そのやさしさが身に沁《し》みた。

「あ、あの、本も欲しいんですけど……、本も買うんですけど、その前に、ちゃ、ちゃんとあの日のことを謝りたくて。あと、聞きたいこともあって来ました」

店長が被せ気味に口を開く。

「長谷川十和さんが謝罪する必要なんてありませんよ。むしろ謝りたいのはこちらの方なんですから」

そんなことを言うくせに、店長は顔を真っ赤に染めて、鼻をフガフガ鳴らしている。谷原さんはウンザリしたように肩をすくめた。

「店長、ちょっといまはうるさいです。ややこしくなるので黙っててください」

そうぴしゃりと言って、十和にやわらかく微笑みかけてくれる。

「でもね、こっちが謝りたいっていうのはホントだよ。私たち、十和ちゃんが来てくれるのをずっと待ってたの」

「ど、どうして……？」

「あのあと、もう一人の友だちがお母さんと謝りに来てくれたの。美香子ちゃん。彼女が十和ちゃんは無実だって教えてくれた。自分をかばおうとしてくれたんだって。それを聞いて、私たちはずっと申し訳ないと思ってた。十和ちゃんに謝りたかった」

店長はまだフガフガ言っている。

「ですが、長谷川十和さんにも問題はあるんですよ！」

「店長！」

「だって、そうじゃないですか。大人だからって何もかもは悟れませんよ。言うべきことはきちんと言っていただかないと――」

「だから店長！」

頭ごなしに叱られ、子どものようにふて腐れた店長は、谷原さんに「十分だけ休憩時間を差し上げます」と伝えると、足音を立てて店の中へと消えていった。

その様子を呆れたように見つめる谷原さんに、十和は「あの、なんかすみませんでした」と頭を下げる。

谷原さんはピクリと身体を震わせ、すぐに「いやいや、こちらの方がだよ。本当に、あいつだけは」と取り繕うように笑い、あらためて尋ねてきた。

「それで？　聞きたいことって何？　私でいいの？」

「はい」

「そう？　じゃあ、店先じゃなんだから中に入ろうか」

そう言って案内されたバックヤードに、あの日の緊張感は立ち込めていなかった。みんな忙《せわ》しなく動き回ってはいるものの、明るい光が差している。

そのことに安堵しながら、十和は単刀直入に切り出した。

「谷原さんは『昨日までの家族』っていう本を読んだことありますか？　大西賢也《おおにしけんや》っていう人の小説なんですけど」

かつてはこんなふうに本の話をたくさんしたのだ。十和が最近読んだおもしろかった本を伝えると、谷原さんは「だったら次はさ――」と、新しい本を勧めてくれた。その振る舞いには上から目線なところがまったくなく、一冊の本の前ではみんな平等とでも言いたげで、谷原さんと本の話をするのが十和は大好きだった。

谷原さんはこくりとうなずいた。

「もちろん読んでるよー。私、こう見えて大西先生の大ファンだからね」

そう言って表情まで輝かせた谷原さんに、十和は話を聞いてもらった。

一年前の公開テストではじめて『昨日までの家族』が出題されたこと。その後、父が図書館で借りてきて、よほど気に入ったのかあらためて購入してきたこと。その本に〈武蔵野書店〉

のカバーがかかっていたこと。それもあって自分も読んでみたこと。でも、テストで問われていた「家族の幸せの形」についてはいまでもわからないこと……。

本命の中学校の試験でまた出題されたこと。

そのおかげで合格を勝ち取れたこと。

春から大阪で暮らすこと。

いままでと同じようには〈武蔵野書店〉に来ることができないこと。

谷原さんは静かに話を聞いてくれた。十和がすべて話し終えてもしばらくは黙りこくり、ようやく息を吐き出した。

「そうか、おめでとう。でも、十和ちゃんもう来られなくなっちゃうのか。さみしいな」

それが谷原さんの第一声だった。そして再び口をつぐみ、難しそうに腕を組んで、また少し沈黙した。

ゆっくりと顔を上げた谷原さんの瞳には、不思議な覚悟が宿っていた。

「家族の幸せの形か……。あのさ、十和ちゃん、その答え、私に一ヶ月くらい時間をもらうことできないかな?」

「えっ?」

「いまの私はうかつなことを言えないし、すぐに答えも浮かばない。もう一度読んで、ちゃんと考えてみたいと思って。もちろん十和ちゃんが大阪に引っ越しちゃうまでにね。その時間が欲しいんだ」

目線が対等で、恩着せがましいところが一つもない。こういう大人になりたいな……と感じたとき、自分の周りにはそういう大人がたくさんいると思い直した。

「ありがとうございます。じゃあ、受験が終わったらまた遊びにきます」

その声が不意にかすれたことに、十和は自分でも気づいていた。


結局、受験当日までに啓愛の過去問で合格最低点を上回ることは一度もなかった。

父はしきりに「採点の仕方が違うからね。記述問題がいっぱいあるし、僕はかなり厳しく採点している方だから」と言ってくれた。

当然、十和が落ち込まないように細心の注意を払ってくれてのことだろうが、必要のないことだった。もとより、合格するとも思っていない。そう開き直るつもりはないけれど、簡単にいくはずがないのは間違いない。

そんなおおらかな気持ちでいられたはずなのに、鎖で縛られたかのように全身が硬直しきっていた。

「そ、それじゃ、行ってきます」

大阪のときとは異なり、啓愛にはOBである父がつき添ってくれた。直前までリラックスしているつもりだったのに、最寄りの駅に着いた頃から足が震え始めた。

父と一緒に学校の敷地に入ったときには、緊張でどうにかなりそうだった。なぜか本命の星蘭を受けるときよりもはるかに強いプレッシャーを感じ、吐き気まで催した。

「と、と、と、十和ちゃん、だ、大丈夫？　か、かおい……、顔色が、とんでもないことになってるけど……」

そう言う父もまた顔が土気色に変色している。十和は何も応じることができなかったし、父もそれ以上のことは言わなかった。

「じゃ、じゃあ、またあとでね」

「う、う、うん。がんばって」

父と別れたところで、十和は大きく呼吸をした。ぐるりと学校を見回してみる。星蘭の受験が終わった直後に、父と一度だけ啓愛の見学に来た。星蘭を見たときほどは高揚しなかったけれど、さすがにいい学校とは感じた。

受験番号で教室を確認し、息を詰めて入室する。他の子たちがとんでもなく賢そうに見えるのは気のせいではないのだろう。

スマホは父に預けてきた。なんとか冷静になろうとして、友だちのことを考えた。

昨日はＬＩＮＥがよく動いた。といっても、グループの方ではない。すでに本命校に合格していて、かつ一日の受験を取りやめた十和に、いよいよ本番を迎えたみんなが個別にメッセージを送ってきたのだ。

てくれた。

美香子と、寛乃、そして野口。それぞれが受験してきた学校の印象と、試験の出来を報告してくれた。

寛乃はあいかわらず『ヤバい。全然できなかった』『私、マジでヤバいかも』『こんなの絶対に落ちてるよ』と、例によってマウントともいえないマウントを綴っていて、美香子は『受験できただけでも幸せでした』としおらしく、野口は『出来はわからないけど、好きな雰囲気の学校だった』と、めずらしく素直な感想を記していた。

結果報告の口火を切ったのは、二十時発表の美香子だった。

『合格していました。行くことのない学校ではあるけど、ひとまず安心。みんなもいい結果になってるといいな』

そのメッセージに返信を綴った手がおもしろいように震えていた。受けていない十和の緊張もすでに極限に達していた。

二十一時を過ぎたところで寛乃からもＬＩＮＥが来た。

『受かったー！　十和ありがとう！　十和大好き！』

寛乃らしい現金さに苦笑し、目いっぱい祝福するメッセージを返したものの、十和の緊張はまだ解けなかった。もちろん、野口の結果が気になって仕方なかったからだ。

正直にいえば、十和はあまりいい予感を抱けなかった。野口のことならなんでもわかる。具体的なことが書かれていたわけではないけれど、試験直後のメッセージにはなんとなくうまくいかなかった雰囲気が漂っていた。

ほぼ二十二時きっかりに、野口からのＬＩＮＥがやって来た。

『ごめん、長谷川』

『ダメだった』

『一緒に盛り上がりたかったんだけど』

『ホントごめん』

十和も立て続けに返信を綴った。

『教えてくれてありがとう』

『でも本番は明日だよ』

『アリスト。気持ちを切り替えてがんばろうね』

野口からの返信も早かった。

『わかってる。長谷川がいなかったら今日までがんばってこれなかったから。二人とも明日はがんばろう』

野口らしからぬ長く、実直な文章に胸がギュッと締めつけられた。国立学院を受験する美香子に、アリスト女学院の野口、そして十和と同じ啓愛大付属を受ける寛乃と、みんなはからずも二月二日が第一志望だ。

最後は十和が一人ひとりに宛てて、同じメッセージを送信した。

『明日は悔いなくがんばろう！　みんな、今日までありがとう！』

その文章にだけ、野口が大好きな憎たらしいデブネコのスタンプをつけておいた。

そんな昨夜のやり取りを思い出したら、プレッシャーが不思議と消えた。代わりに、なぜ自分が行くつもりのない学校のためにこれほど緊張するのか考えた。

思い当たることは一つしかない。この学校が父の母校であることだ。何十年も前に、父はここで学んでいた。

その母校を十和が受験することに、父は喜びを隠しきれていなかった。万が一でも合格を勝ち取れば、もっと充たされるに違いない。星蘭の合格でさえひざをついてむせび泣いていたのだ。今度は号泣して腰を抜かしてしまうかもしれない。

いつ芽生えたものかは知らないけれど、十和の中には「父を喜ばせてあげたい」という気持ちがたしかにある。それこそが恩返しだという思いもある。

それによって無用な緊張を生んだのは間違いないけれど、緊張が必ずしも悪い結果を招くとも限らない。

星蘭の試験が始まったときには、母や花奈、野口のことも思い出していた。それがいまはどういうわけか父の顔しかちらつかない。

一時間目の、算数の答案用紙が配られた。

父の思いを背負って挑むのだ――。

そう心に決めたとき、校内にチャイムの音が鳴り響いた。

「それでは始めてください。時間は六十分です」

試験監督の先生が発した合図に、次々と問題用紙をひっくり返す音が聞こえてくる。続いて耳を打ったのは、シャーペンが机を叩く例の音だ。

十和は少し乗り遅れた。

何かに導かれるように窓に顔を向ける。自分自身と目が合った。四十人ほどいる他の子たちが一心不乱にシャーペンを動かし、コツコツ音が響き渡る中、窓に映る十和だけが手を止めたままこちらを見ている。

いつかのデジャヴのようだった。冷たさがすっかり消えた自分の顔に、父のやさしい表情が重なり合う。

さすがにそれは言いすぎだ。

ありえないから――。

思わず声に出してしまいそうなのをグッと堪えて、ゆっくりと用紙をひっくり返した。

みんなより遅れて名前を書き込んでいるとき、教室の中で十和はきっとただ一人笑っていた。

試験後に落ち合った父は「おつかれ。がんばったね」と言って、キンキンに冷えたカルピスを手渡してきた。母や祖母と同じように出来については尋ねてこない。

試験前のことが脳裏をちらつき、少しだけ照れくさく感じて、十和の方からも何も話そうとはしなかった。

電車に乗り込むとまた深く眠ってしまい、新宿で中央線に乗り換えてからも頭はあまり働かなかった。

それでも吉祥寺が近づいてくるにつれ、胸が高鳴り始めた。試験を受ける前とは違う種類の緊張が全身を侵食する。

「それじゃ、行ってくるね。夜ご飯までには帰るから」

父には「試験が終わったら、友だちと会うことになってる」と伝えてある。父はやわらかい笑みを浮かべ、一度は「うん、気をつけて。あまり遅くならないようにね」と口にしたが、思わずというふうにつけ足した。

「あの、十和ちゃん――」

「うん?」

ゆっくりと振り返った十和を、父はまばたきもせずに見つめていた。しかし、何か尋ねてくることはなく、最後はあきらめたように首を振った。

「ううん、なんでもない。気をつけてね」

父に心配をかけないように大げさに手を振って、駅を出てサンロードを歩いていく。〈武蔵野書店〉の脇を抜けていくのが目的地までの最短のルートではあるけれど、今日は谷原さんにも店長さんにも会いたくない。

結局、そのまま五日市街道に出て、左に曲がる。最後にその姿を見かけた場所、武蔵野八幡宮で〝あの人〟と落ち合うことになっている。

スマホに登録はあるけれど、〝倉知康生〟という名前はいまでもしっくり来ていない。これまで一度も「倉知さん」と呼んだことはないし、どう呼ぶのが正解なのかわからないまま、今日までずっとうやむやにしてきた。

約束した十六時まではまだ三十分近くあったが、倉知さんの姿はすでにあった。コートの襟を立て、寒そうに身体を揺らしている。

「すみません。遅くなりました」

あいかわらず距離感のつかめない声をかける。倉知さんはかすかに肩を震わせ、ビックリしたように振り返った。

「ああ、ううん。全然遅くなんてないよ。早めに来ておいて良かった」

やさしく微笑んだ倉知さんに釣られ、十和も表情を緩めそうになる。でも、自分に言い聞かせるように首を振った。

今日はケジメをつけるために来たのだ。倉知さんに連絡を取るとき、顔を合わせるとき、必ずつきまとううしろめたさがあった。

メンタルが不安定なときに限って連絡して、はじめの頃は好きなことばかり言っていた。自分にとって必要な言葉だけをかけてもらって、そうしてもらえるのはわかっていて、都合がいいという気持ちがずっとあった。

いつまでもこんなことは続けていちゃいけないのだ。もうこれ以上、母のことも、父のことも裏切れない。倉知さんにもこれ以上迷惑はかけたくない。

「寒いよね？　どうしようか、どこかお店でも入る？」

きっとやさしさから尋ねてくれている倉知さんの申し出を、十和はきっぱり断った。

「ううん。今日はすぐに帰る」

「そう？　風邪でも引いたら大変だよ」

「大丈夫」

困ったように肩をすくめた倉知さんに、十和はあらためて今日すべての受験日程が終わったことを、そして次に第一志望の学校に受かったことを報告した。

倉知さんは表情を明るくさせたが、十和の続けた言葉には困惑した仕草を見せた。それが大阪の星蘭女学院であること、春から親もとを離れること、おばあちゃんと一緒に大阪で暮らすことなどだ。

それでも、倉知さんは気を取り直すように笑みを浮かべた。

「でも、それはすごい。本当にすごいよ。おめでとう、十和」

いつもはそれが礼儀とでもいうふうに「十和ちゃん」と言ってくる人だ。思わずといった感じで出てきた「十和」という呼び名に、一瞬心がほだされかける。

でも、十和はやっぱり自分を奮い立たせた。この人に対する恩義はちゃんとある。一番苦しかったときに誰より頼りにした人だ。心の内をさらすことができて、遠慮なく言いたいことを言わせてくれて、それでも一定の距離を保ってくれて、かけてくれる言葉も適切だった。

うしろめたさの正体はまさにそれだ。父との関係がうまく築けず、年齢を重ねるにつれ目を合わせるのも難しくなっていって、家にいるのも息苦しくなっていた頃、サンロードで声をかけられた。「え、一人？」という呼びかけに救われた気持ちになったことを、いまでも鮮烈に覚えている。

十和は唇を噛みしめた。

「あの――」

ネコのようだけれど、かわいくはない。倉知さんの切れ長の目を見つめ返す。かつては十和も〝倉知〟だった。倉知十和だった頃の記憶もある。いまでもタンスの奥深くに『T・K』という刺繡《ししゅう》の入ったハンカチが入っている。

十和にとってはとても穏やかで、当たり前の日常だった。家族だけが自分の世界で、家族といるだけで無敵感を抱いていられた頃のことだ。安穏としていて、だからこそ尊かったその世界をぶち壊したのは、他ならぬ倉知さんだったという。母からではなく、いつか本人が「僕が君のお母さんを泣かせたんだ。本当にひどいことをした」と言っていた。

そんな人を寄る辺にした。

そんな人を頼りにした。

いまの父を、いつかおばあちゃんは「あんなに素晴らしいお父さんはいいひんよ」と言っていた。

その一言が耳の裏によみがえった瞬間、十和は嘔吐《えず》きそうになるほど胸が詰まった。

言われなくてもわかっていた。もうずっと……、ずっと前から知っていた。

実の娘である花奈と分け隔てなく向き合おうとしてくれ、愛そうとしてくれた父。あんないい人はいない。だから、ずっと苦しかった。自分が絶対に手に入れられない子犬のような瞳を羨み、困惑した顔に苛立った。

そう、父といるのが苦しかった。十和が星蘭に憧れを抱き、受験勉強に本腰を入れるようになるあの日までは。

父との時間を当たり前だと思えるようになった頃までは。

「今日までありがとうございました」

倉知さんとの間に冷たい風が吹き抜ける。

「どういう意味?」

「こんなふうにコソコソ連絡するのは最後にします。これまでずっと頼って、甘えて、迷惑かけてすみませんでした」

「いやいや、そんなことはないよ。迷惑なんて……。そんなふうに思ってない」

「でも、今日でもうやめます」

かつて「パパ」と呼んでいた人が弱々しく眉根を寄せる。気づいたときには、十和は涙をこぼしていた。

その十和の肩に、倉知さんがそっと手を置いた。「きつかった?」というやさしい声に、十和は何度もうなずいた。

気を許せば、胸に顔を埋めてしまいそうだった。その誘惑をかたくなに拒絶していると、倉知さんが思ってもみないことを言ってきた。

「実はね、十和ちゃん。今日は僕も同じことを言わなくちゃいけないと思ってたんだ」

胸が小さな音を立てる。呆然としたまま顔を上げた十和を、倉知さんは肩に手を置いたまま引き離した。

その顔がさびしげに歪んでいる。倉知さんもまた何かを断ちきるように洟をすすり、ゆっくりと十和から手を離した。

「僕もずっと心苦しかったから。もちろん十和ちゃんの支えにはなってあげたかったし、頼られるのはうれしかったけど、僕にもいま新しい家族がいて、彼女たちに申し訳がなかった。だけど、それと同じように……、ある意味ではそれ以上に君の新しい家族に対して申し訳が立たないと思ってた」

吐く息が荒いのが自分でもわかった。十和は何も応じられない。普段は流暢《りゅうちょう》に話す倉知さんが訥々と言葉を紡いでいく。

「最近はうまくいってるんでしょう？」

「えっ？」

「新しいお父さん」

「いや、あの……、それはそうだけど。でも、どうして……」

どうしてそれを知っているのかという言葉までは出てこなかった。倉知さんはなんでもわかるという笑みを浮かべる。

「それも僕の心苦しさの一つだったよ。ごめんね、十和ちゃん。本当にすまない。僕はずっと君に隠し事をしていた」

「隠し事……？」

「うん。君とのこと、君のお母さんにずっと報告してたんだ」

一瞬遅れて、言葉が耳に入ってくる。

「ちょっと待って。そんなのウソだよ」

「ウソじゃない」

「だ、だって、お母さんはそんなこと私に一言も――」と言ったところで、またしても言葉が途切れた。

母がそんなことを言うはずないからだ。たとえ倉知さんから本当のことを伝えられ、腹が立ったとしても、さびしかったとしても、父に失礼だと思ったとしても、それを正面から伝えてくる人じゃない。

十和の内心を悟ったように、倉知さんは微笑んだ。

「あいかわらず君のお母さんはすごいよね。亜紀子はすごい。敵わないよ」

倉知さんの口から「亜紀子」と母の名が出てきたのははじめてだ。呆気に取られた十和から視線を逸らし、倉知さんはやりづらそうに自分の鼻に触れる。

「もう一つ、僕は君に謝らなきゃいけないことがある」

「まだあるの？」

「うん。これが一番だ」

今日もっともハッキリとした口調で言って、倉知さんはあらぬ方に目を向けた。そして深々とお辞儀する。

そのときにはもう十和にも理解できていた。途端に芽生えた恐怖心を胸に振り返ると、案の定、そこに母と、さっき別れたばかりの父がいた。

こちらに歩いてくる二人を見つめながら倉知さんは言う。

「今日のことも伝えておいた。そしたら君のお母さんから『私たちとも会ってくれないか』ってお願いされた。殴られるくらいの覚悟はできてるよ」

「殴られるって、誰に?」

「そんなの、君のお父さんに決まってる」

倉知さんは小さく息を吐き、先に「ごぶさたしています。久しぶり」と母の方に挨拶し、父には深く頭を下げた。

「はじめまして。倉知康生と申します」

父はまっすぐ倉知さんを見下ろした。その毅然とした様子を見てピンとくる。父は今日のことを最初から知っていたのだ。すべてを知った上で、十和を一人で行かせてくれた。まばたきもせずに十和を見ていた駅での表情がよみがえる。

十和たち四人しかいない神社の境内に、ただならぬ緊張感が立ち込めた。直前まで寒さに震えていたはずなのに、全身が汗で湿っている。

数秒か、数十秒か、腰を折っていた倉知さんがゆっくりと顔を上げて、二人はじっと見つめ合った。先に息を漏らしたのは父の方だ。

表情をかすかに緩め、父も小さく頭を下げる。

「こちらこそはじめまして。長谷川由紘です。十和がお世話になっています」

その言葉にイヤミは感じない。もちろん殴りかかるなんて思っていなかったけれど、父が常識的な挨拶をしてくれたことにひとまず安堵する。

何を説明しても言い訳にしかなりませんが。そんな前置きをした上で、倉知さんはすべて父に説明し始めた。

十和が五歳になる年に母と離婚して以来、はじめて姿を見かけたのは小四の夏休みだったこと。母との約束を反故《ほご》にして、思わず声をかけてしまったこと。その日から再び交流が始まったこと。それを喜びに感じてしまったこと……。

倉知さんは丁寧に、決して十和の不利に働くようなことは口にせず、でも極力ありのままを説明して、最後にもう一度、これまでで一番深く頭を下げた。

「本当に申し訳ありませんでした。何を言われても当然だと思っています。十和さんとも話し合って、二度と連絡を取らないと約束しました。申し訳ありません」

倉知さんはいつまでも顔を上げようとはしなかった。その姿を、父は先ほどよりずっと冷たい目で見下ろし続けた。

本音をいえば、それでも父は許すだろうと思っていた。そもそも悪いのは十和なのだ。倉知さんが十和を守ろうとしてくれているのはあきらかだし、いい落とし所を見つけてくれるものと信じていた。

もっと言うなら、実の父娘なのだから、これからも十和をよろしくお願いしますといったことを口にするイメージまで頭にあった。

そんな十和の期待ともいえない想像を打ち砕くように、父は不意に気色ばんだ。

「そんなの……、そんなの当たり前だろう！」

突然の怒声が神社に響き渡る。倉知さんはぴくりと肩を震わせ、ゆっくりと頭を上げた。不意をつかれたという様子はない。でも、身体は小刻みに震えている。

父は倉知さんを睨んでいる。

「自分で勝手にぶち壊しておいてさ、好き放題やっておいてさ、な、な、何を都合のいいことばかり言ってるんだよ！　いまだって大切なものがあるんだろう！　何やってるんだよ？　よくそんなことしている時間があるな。あんた、中途半端なことばかりしてるなよ！」

倉知さんよりもはるかに父は震えている。父の怒りが収まるよう、倉知さんが逆ギレしないよう、十和はただただ祈っていた。

父が何度か目を瞬かせる。

「もう二度とかかわるな」

「わかっています。本当に――」

「わかってないよ！　あんたは何もわかってない！　もう二度とうちの……、俺の十和にもう二度とかかわるな！」

十和は思わず目をつぶった。空気を切り裂く叫び声が、父のものとは思えなかった。父が怒った姿なんて見たことがない。いつもやわらかく微笑んでいるか、困ったように眉を垂れ下げている父がはじめて見せた、感情をむき出しにする姿だった。

いている。
「むふぅ、むふぅ」と、父は瞳孔をこれ以上なく開き、頬を真っ赤にさせながら、肩で息を吐
倉知さんは小さくうなずいた。唇を噛みしめ、最後にもう一度だけ父に頭を下げて、そのま
ま無言で踵を返した。
父はその場に立ち尽くしている。うしろ姿から感情を読み取ることはできない。緊迫の時間
はさらにしばらく続いたが、倉知さんの姿が完全に神社から消えた瞬間、父はいきなりしゃが
み込み、自分の頭を抱え込んで、「ああ、もう！」という大声を上げた。
十和には言葉の意味がわからなかった。
母がゆっくりと父に近づく。
そして同じようにしゃがみ込んで、華奢《きゃしゃ》な背中にそっと手を回した。
「こわかったよね。よくがんばった。私たちのためにありがとう」
十和はギュッと目頭を熱くする。当然、父も泣いているものと思っていたが、十和はまだ父
のことを何もわかっていないらしい。
それはそうだ。前の妻を病気で亡くし、男手一つで花奈を育てている中で母と出会い、恋に
落ち、はじめて会いにきてくれたその日から、十和が父を知ろうとしたことは一度もなかった
のだから。少なくとも受験勉強を始めるまでは、まっすぐ目を見たこともなかったはずだ。
父はおもむろに立ち上がり、洟をすすりはしたものの、涙はこぼしていなかった。

「帰ろう。十和ちゃんが風邪を引いたら大変だ」

父と母は寄りそうようにして先を歩き出した。このままうやむやにすることもできたかもしれないけれど、そうしてはいけないと心を奮わせた。

「あ、あのさ――！」

必死に父を呼び止める。怪訝そうに振り向いた父に、十和はさっきの倉知さんよりもさらに深く頭を下げた。

「ごめんなさい！　もう絶対コソコソしない！　なるべくウソも吐かないようにする。本当にごめんなさい！」

啓愛の試験を受けたのが遠い過去の出来事のように、十和の頭から消えていた。

母が先につかつかと歩み寄ってきて、「『なるべく』はおかしい」と口にして、軽いゲンコツを振り下ろした。

寒さもあいまって鼻の奥がツンとしたけれど、抗議しようとは思わない。十和がするまでもなく、父が守ってくれるのを知っていた。

思った通り、父は走り寄ってきた。

「ちょっと、お母さん！　頭はダメだって！　成長期の子どもの頭をぶつなんてもってのほかだよ！」

そして、十和に見せつけるようにして笑みを浮かべる。

「僕の方こそごめんね、十和ちゃん。たぶん僕が間違っている。それでも倉知さんが十和のお父さんであるのは変わらない。会わせる、会わせないは大人の勝手な事情だ。コソコソはしてほしくないけど、これからは十和が自分自身で決めればいい」

十和はおずおずと顔を上げた。父に面と向かって「十和」と呼ばれたのは、たぶんこれがはじめてだ。

父はそのことに気づいていないのだろうか。

「帰ろう。花奈が待ってるよ。今日は花奈がご飯を作ってくれてるんだ」

もう泣くのを堪えることができなかった。

堪えようとも思わない。

再び先を歩き出した二人の間に強引に身体を割り込ませて、母と父、さすがに手を握ることはできなかったけれど、それぞれのコートの袖をつかみ取った。

星蘭に受かったときにはついにこぼれなかった涙が、とめどなく頬を伝っていた。

※

十和にはある〝仮説〟があった。

倉知さんの「亜紀子はすごい」という言葉を聞いたときに閃いたものだ。

最初は「そんなことあり得るだろうか」と半信半疑だったが、そう考えればいろいろなことの辻褄《つじつま》が合う。もたらされた結果はこれ以上ないものだったたし、何より十和も母のすごさを知っている。

「なんでチラチラ見てんのよ」

母が不服そうに尋ねてくる。

「べつに見てなんかないけど」

「はぁ？　見てたじゃない」

「だから見てないって言ってるじゃん。しつこいな」

花奈の作ってくれたハヤシライスを食べているときだった。直前まで家族四人で穏やかな時間を過ごしていたのに、突然微妙な空気が立ち込める。

父と花奈がそろってオロオロした様子を見せる。みんなの前で話すことではないだろう。たとえ仮説をぶつけることがあったとしても、母と二人になったときだ。

十和は気を取り直すように笑みを浮かべる。

「花奈、ホントにおいしいよ、これ」

最近まで料理なんてする子じゃなかったのに。大好きな妹の成長を目の当たりにして、十和は素直に感心した。

花奈は不安そうに尋ねてくる。

「ホントに？」

「うん。本当においしい」

「なら良かった。途中までお母さんにも手伝ってもらったんだよ。でも、最後は花奈が一人で完成させた。これは花奈からお姉ちゃんへの合格祝い」

「うん、ありがとう。すごくうれしいよ」

十和が父に一向に心を開くことのできなかったのを尻目に、花奈と母はあっという間に打ち解けた。

そのことを母は「花奈には本当のお母さんの記憶がないからね。一緒に暮らすようになったのも四歳になってすぐだったし。あんたのケースとはちょっと異なる」と、十和をフォローするように言ってくれたが、たぶんそれは違うだろう。というより、それだけが理由ではないはずだ。仮に十和が四歳で父と出会っていたとしても、きっと心は開けなかった。花奈の立場であったとしても、母とすんなり親子になれたとは思えない。

花奈こそがこの家の潤滑油だ。花奈の屈託ない笑顔が何度も家族のピンチを救ってきた。いきなり現れた妹という存在に戸惑い、面食らい、ガチガチに心を閉ざした十和の懐にさえ花奈はするりと入ってきてくれたのだ。

「本当においしい。私、おかわりしちゃおうかな」と言った十和に、花奈はうれしそうに手を叩く。

「そんなに食べたら太っちゃうよ」

「いいんだよ。勉強するとお腹が減るの」

「じゃあ、明日からまたダイエットだね。お姉ちゃんの受験は今日までなんだから。春休みはいっぱい遊べるね。パンケーキも連れてってね」

本命校の合格発表をすでに終えているからだろう。このあとに最後の発表が控えているのが信じられないほどにぎやかで、温かい夕食だった。

食後は母が用意してくれていたケーキをみんなで食べた。冷蔵庫のカルピスも花奈と飲んだ。花奈と一緒にお風呂に入り、ご飯のお礼に髪の毛をとかしてあげて、自分の髪を乾かしてからリビングに戻って、久しぶりにスマホを見た。

昨日とは打って変わり、みんなからのＬＩＮＥは届いていない。第一志望校の結果発表を間近に控え、それぞれ家族と結果を待っているのだろう。

スマホには〈21時29分〉と表示されている。同じ学校を受けた十和と寛乃はもちろん、野口も、美香子も、偶然にもみな今日の発表は二十二時だと聞いている。

家族はみんな思い思いに過ごしていたが、発表まで二十分を切った頃から、そんな取り決めでもあったかのように、一人、また一人とリビングに集まってきた。

「前回もこうして合格してたからね」

例によって花奈が空気を作ろうとしてくれるが、やはり刻一刻と発表が近づくにつれ、緊張感が充ちていった。最後に母が洗い物を終え、席に着いたときにはもう誰も口を開こうとしなかった。

じりじりとした重い空気に全身が汗ばむ。同じように身体が火照るのだろう。母はもう遠慮する必要はないとばかりに半そでになっている。

誰かが深いため息をこぼすと、釣られるように他の誰かが息を吐いた。星蘭のときにも感じたことだが、発表直前の時間はとにかく長く感じる。いつもと同じ時間の流れであるのを疑いたくなるほど、一秒一秒がしっかりと時を刻んでいく。

二十二時まで、あと十分。

家族のため息の輪唱を、母が不意に断ち切った。

「いまのうちに言っておく。今日までホントにおつかれさま。この結果がどうであれ、あんたはよくがんばった。自慢の娘だよ」

ふっと、集中力が解かれる。直前までモノクロだった世界に色が伴ったようだった。自分しかいなかった部屋に、突然みんなが現れたかのような錯覚を抱く。

十和は呆然と母の目を見返した。

「何？　どうかした？」

怪訝そうにする母の目が赤く潤んでいる。それを見て、このタイミングで〝仮説〟は正しいのだと確信した。

家族の視線を一身に浴びながら、十和は小さく首をひねった。

「じゃあ、私も先に言っておく。お母さん、今日までありがとう」

星蘭の受験が終わったときも、そのあとも、父と花奈には何度となくお礼を言った。母にもちゃんと伝えただろうか。その記憶があいまいだ。

母は面食らったように仰け反り、意味がわからないというふうに肩を上げた。

「だから、なんで私なの？　私は何もしてないって」

「その『してない』をしてくれた」

「はぁ？　どういう意味？」

母はムキになったように言い返してきたが、その態度で十和は確信を深める。やっぱり母の計算だったのだ。

ゆっくりと視線を向けた父は、ポカンと口を開けて二人のやり取りを見つめている。どうやら父もまた何も聞かされていないようだ。

なぜか胸がすく思いがした。

つまりは十和も父も母の手のひらの上で踊らされていたということだ。

十和は笑うのを堪えることができなくなった。

「ずっとおかしいと思ってたんだ。いきなり受験をしろって言い出したことも、そのくせ成績のことも志望校も全然気にしないことも。おばあちゃんを見てたらわかる。本当はお母さんだってあれこれ口出ししたかったはずなのに」

まるで謎解きをする探偵のような十和の口調に、唖然《あぜん》とした顔が二つ並んだ。父と、花奈。母は一人憮然《ぶぜん》とした表情を浮かべている。

十和はかまわずまくし立てた。

「こんなふうになるって最初から想像してたの？」

空気がさらに冷たくなる。きっと答えることはないのだろうと思っていた。何それ、知らないと、私は何も関係ないと、しらばっくれるのだろうと思っていた。

案の定、母は難しそうな顔をしたまま、十和を睨むように見つめていた。それでも、やはり思うことはあったのだろう。

最後は罪を告白する犯罪者のように、大きく全身で息を吐いた。

「想像をはるかに超えてたよ」

そう静かに切り出して、母は淡々と語り始めた。

「十和とヨシくんのことはさすがにどうしたものかと思ってたからね。時間が解決すると思ってキャンプとか企画してみたけど、あんたはどんどん思春期に突入していくし、ヨシくんはヨシくんでますます距離感をつかみあぐねてるようだったし。十和を中学受験させてみようというのは、わりと前から温めていたアイディアだった」

「どうして受験？」

「敵同士に手を組ませるには、共通するさらなる大きな敵を作るというのが定石なの。ともに乗り越えなきゃならない高い壁を作るのが何よりも手っ取り早い。そこに二人を挑ませるなら、自分がうかつに口を挟むべきじゃないということも確信してた。ずっとイライラしてたんだけどね。十和もそうだけど、ヨシくんもなかなかゾーンに入ってくれないから。ずっとイライラしながら二人を見てた」

自分で言って、ふふっと笑い、母は気を取り直すように首をひねった。

「でも、この半年は本当にすごかったよ。私の口出しするところなんて一つもなかった。毎日毎日家族が更新されていくようだった。昨日までの家族より今日の家族の方がずっといい。毎日のようにそう思ってた」

そうきっぱりと言い切って、母はみんなに向けて頭を下げた。

「ありがとうね、二人とも。花奈も。私をこの家族の一員でいさせてくれて、本当にありがとう」

時刻はそろそろ二十二時になろうとしている。

母の言葉に胸が熱くなったわけではない。星蘭の合格を勝ち取り、それでも啓愛を受けると決めたときからずっと心に秘めていた。

それでも母の言葉に背中を押され、ようやく踏ん切りがつけられた。

十和は誰にともなくうなずいた。

「もしこれで落ちてたら、私は胸を張って星蘭に行く」

部屋がしんと静まり返る。父が怪訝そうに眉をひそめた。

「何それ。受かってたら？」

「啓愛に行く」

「いやいや、十和ちゃん。それは——」という父のしどろもどろな声を、母がぴしゃりと遮った。

「後悔しない？」

「それはわからない」

「だったら、私は反対」

「ううん。たぶんそういう意味じゃない。たぶん、どっちにしても後悔するんだと思う。啓愛に行っても星蘭が心残りになるだろうし、星蘭に行ったらみんなともう過ごせないことを悔やむ気がする」

「みんなって？」

「そんなの、ここにいるみんなに決まってるじゃん」

何をバカなことを……と、十和は思いきり噴き出した。

そろって呆けた顔をする花奈と父を順に見つめ、あらためて母に視線を向ける。

「どっちにしたって、これは私が決めたことだから。後悔したとしても、悔いはない。どっちにしても死にはしない」

「はぁ?」

「お母さんの口グセでしょ? 死ななきゃいいんだよ。いまは私もそう思う。でも、啓愛に行くとしても一つだけ条件がある。それをみんなにのんでほしい——」

十和がそこまで言ったとき、スマホが久しぶりに音を立てた。画面に野口の名前が表示されている。

映し出された文面を見て、目頭が一瞬で熱くなった。

すでに二十二時を回っていた。

十和はあわてて目もとを拭い、笑顔でみんなを振り返った。

「ごめん。押すね」

本当に今日までありがとう——。

そう心の中でささやきながら、十和は軽やかにタッチパッドに手を置いた。

※

空が真っ青に突き抜けている。

その先の宇宙がどうして見えていないのか不思議なくらい、澄んだ空。

桜の木は、まだ花を咲かせていない。すでにつぼみはパンパンに膨らんでいて、いまにもほころびそうなのに。例年よりはるかに開花を楽しみにしている十和を焦《じ》らすかのように、その瞬間はまだ訪れていない。

絶対にこちらの方が「小春日和」だという陽気の中を走って帰り、勇んで家の扉を開けた。

「ただいまー！」

今日は仕事を休むと聞いていた。Tシャツにショートパンツというういつもの格好の母が明るく出迎えてくれる。

「おかえりー」

「おばあちゃんは⁉」

「まだだよ。夕方だって」

「えー、わざわざ走って帰ってきたのにー」

「それは残念だったね。んで、はい」と、直前まで何か食べていたのだろう、母は指先をペロリと舐めてから右手を差し出してきた。

「何？」

「通知表」

「えー、まだ興味ある？　六年生の三学期の通知表？」

「あるある。見せて。むしろ楽しみにしてたんだから」

とりあえずうがいをしてくると母に伝え、洗面所へ向かい、夏休みに突入して以来の日課となっている手洗いを入念にして、先にランドセルを置きに部屋に戻った。

ついでだからと着替えも済ます。今日は絶対にオシャレをするのだと起きたときから決めていた。まだ早いかとも思ったが、母に似て寒さには強い方だ。お気に入りの肩の出たカットソーを頭からかぶり、ランドセルから通知表を取り出してリビングに向かう。

母は舐めるように十和の全身を見て、意地悪そうに微笑んだ。

「ティファアナあたりの家出少女みたいね」

「去年はＬＡのショウフって言ってたくせに」と、母のイヤミを軽くかわして、十和はダイニングテーブルに通知表を置いた。

正直にいえば、十和もまた小学校最後の通知表を楽しみにしていた。だから、母の気持ちはよくわかる。

「おお、これは見事だ」

母はうれしそうに口にした。成績についてのことだろう。まだ勉強のスイッチが入る前、去年の一学期の通知表は三十三項目中、「よくできた」は国語の五つだけだった。あとのほとんどは普通を意味する「できた」だったことを思うと、今回の通知表はたしかに見事だと我ながら思う。実に二十九項目に「よくできた」がついている。

母はふんと鼻を鳴らした。

「でも、体育はちゃんと『がんばろう』のままだね」

「それねー」

「変なところも私に似ちゃったもんだよねぇ。そういえば中学入ったら部活ってどうするの?」

「ダンス部もいいかなぁって思ってる」

「悠がやるから?」

「まぁ、そうだね」

「体育ずっと『がんばろう』なのに?」

「それはなんとかなるでしょ」

「たしかに。やりたいことをやるのが一番だよね」と独り言のように口にしながら、母は視線をゆっくりととなりに移す。

そして、一瞬の間もなく噴き出した。

「うはぁ、すごい。こっちはもっと見事なもんだ」

十和も釣られて大笑いする。でも、そうなのだ。学校で通知表を受け取ったとき、十和も真っ先にその項目に目を落とした。そして記されたコメントを見て、母とまったく同じことを思ったのだった。

『十和さんは少し集中力に欠けるところがありますね。授業中、窓に映っている自分をボンヤリと見ていることがよくありました。』

結局、六年間同じことを言われ続けた。自分という人間はつくづく集中力というものが足りていないようだ。

そう素直に反省する一方で、続く文章には思わず目を見開かされた。決して仲が良かったわけではない、年輩の女性の担任だったが、信頼はしていた。クラスの子たちをよく見ている先生だった。十和がボンヤリと見ていたのが「外」でもなく「窓」でもなく、「窓に映っている自分」と指摘していることなどは素直に感心させられる。

六年間、似たようなことを指摘され続け、かつ同じような不満を抱き続けた。自分に集中力がないことなんて百も承知だ。だったら、どうしたら身につくのかを教えてくれ——。

今年の先生は、ちゃんとその点にも言及してくれていた。

『夏休みが明けてからの十和さんのがんばりには目を見張るものがありました。きっと大きな目標ができたからだと思います。日々の授業にも一つずつ、どんな小さなものでもいいので目標を立てるといいかもしれませんね。素晴らしい中学生活になることを期待しています。』

父と一緒におばあちゃんが到着したのは、十和が家を出る直前だった。

「おばあちゃん、遅いよ！」

玄関で靴を履きながら言った十和に、おばあちゃんはふて腐れた顔をする。

「大阪から来たんやで！　これでもようがんばった方や。出かけんのか？」

「うん。夜ご飯までに帰るから」

「なんや、愛想のない。じゃ、まぁ私はそれまでゆっくり休んどくわ」

「うん。明日は一緒に回ろうね！」

「せやな。案内してな」

「了解！」と、元気よく家を出ようとした十和を、父が呼び止めた。

「あー、ちょっと十和」

啓愛の結果が出た翌日から、父はケジメをつけるように「十和ちゃん」ではなく「十和」と呼ぶようになった。

はじめのうちは当然しっくりこなかったけれど、さすがに十和の方はもう慣れた。父はいまだにいちいち顔を赤くさせている。

「うん？」と、振り向いた十和をやはり照れくさそうに見つめながら、父は白い封筒を渡してきた。

「何これ？」

「塾に行くんでしょ？」

「うん。野口と待ち合わせてる」

「じゃあ、それを木下先生に渡しておいて。頼まれていた例のブツ」

それでも十和はまだピンと来ていなかったが、父が続けた言葉でようやく悟った。

「十和は絶対に読んじゃダメだからね。いつか目に触れるものかもしれないけど、絶対にダメだよ！」

ひとまず封筒をバッグにしまって、足取り軽く家を出た。少しだけ夕方の気配を漂わせてはいるものの、あいかわらず空に雲はない。

野口と待ち合わせをしたカフェに向かう間、父から預かった封筒のことを考えていた。間違いなく、キノッピーにお願いされていた塾の合格体験記、『栄光への道』の作文だろう。「僕はいいよ。やめておく」などと言っていたくせに、結局書いてしまったのだ。

野口は十五分ほど遅れるとのことだった。冷たいカフェオレを注文して、席に腰を下ろし、持ってきた本を開いたけれど頭にまったく入ってこない。バッグの中の封筒のことばかり考えてしまう。

十和の方はすでに作文を提出している。簡単にやっつけてしまおうと思っていたが、いざ書き始めると思いが次々とあふれ出た。

過去版の『栄光への道』にも、長々と思いを綴っている人はたくさんいた。もちろんがんばったことは素晴らしいことだし、批判されるべきではないけれど、自分のことに置き換えると恥ずかしく感じてしまう。

そもそも十和は塾で「気怠そう」という目で見られていたのだ。〝受験勉強ズハイ〟というか〝受験終了ズハイ〟という捉えられ方をするのではないかと不安になって、結局『あきらめなければ願いは叶う』といった当たり障りのないものになってしまった。

それでも、締めの一文だけは本当の自分の思いを込めたつもりだ。

『最後の合格発表を見たとき、家族が一つになりました。家族が一つ、みたいな言い方はずっと苦手でしたが、そうとしか言えない瞬間がありました。あの瞬間のために勉強をがんばったと思えたことが、私の中学受験だったと思います。』

さて、父の作文である。こと十和のことになると冷静さを失ってしまう人だ。甘いカフェオレや店内に流れるクラシックくらいじゃ、十和の昂ぶった気持ちは鎮まらない。

野口がめずらしく遅刻していることも含め、すべての流れがいまこれを読めと言っているように思えてならなかった。

どうせいつかは読むものなのだから。

最後はそう自分自身に言い訳して、封筒から律儀な字の記された便箋を取り出した。

『素敵な時間をありがとう。

（吉祥寺校）長谷川十和・父

ことさら語るほどではありませんが、世間並みに問題を抱えた家族だったと思います。私自身、年々難しい年頃に差し掛かっていく娘との距離感をつかみあぐね、どう接していいかもわからなくなっていた時期に、十和は受験に突入していきました。

もし同じ悩みを抱えているお父さまがいらっしゃいましたら、子どものためではなく、ご自身のために、どうか積極的にお子さまの受験勉強に関わってみてください。やれない理由はいくらでも挙げられます。ですが、子どもが大きな思いを背負って挑む何かに、親として立ち会わせてもらえる機会はそうないと思います。

至誠塾の先生たちには、私たちに素晴らしい時間を与えていただきました。本当にありがとうございました。

そして家族のみんなへ、十和へ。僕を父親にしてくれてありがとう。』

報告で、お別れ会でと、十和は受験が終わってから何度も顔を合わせている。

でも、数ヶ月ぶりに野口の姿を見たからだろう、二人を出迎えてくれたキノッピーは簡単に目を滲ませた。

「お前らよぉ……。二人そろって、ホントによぉ……。去年とは別人かよ……」

どちらかといえば授業でも熱い先生ではあったけれど、受験後はそれを通り越してすっかり暑苦しいおじさんになってしまった。

「俺だってお前らはどこかでスイッチが入ると思ってたよ。でもさ、ちょっとスイッチ入りすぎなんだよ。さすがにここまでは想定していなかったよ」

お酒でも入っているかのようによく口の回るキノッピーを「はいはい。わかったから」と軽くいなして、十和は父から預かってきた封筒を押しつけた。

「ちゃんと渡したからね！」

そう言ってそそくさと去ろうとした二人に、キノッピーは尋ねてくる。

「もう行くのか？」

「うん。今日は他に予定があるから」

「あんまり羽目外しすぎるなよ」

「大丈夫！　他の先生たちにもよろしくね！」

お互いの手を取り合って、二人はまだ少し陽の残る街へと戻った。受験が終わってから、野口とはほぼ週末ごとに会っている。横浜の父の家に住みだしてからは母との関係もずいぶん改善したらしく、基本的には野口が吉祥寺にやって来て、母と姉の住むマンションで一泊していくことが多い。

しばらくはぺちゃくちゃとしゃべりながら、ゆっくり歩いていたが、そのうちどちらからともなく早足になっていた。

サンロードに差し掛かった頃には競走するように駆け足になっていて、そのことに気づいて二人で涙が出るほど大笑いした。

ずっと楽しみにしていた日だ。おばあちゃんが来ることも、野口と会えることも楽しみではあったけれど、それより心待ちにしていたことがある。

予定の五分前に到着した〈武蔵野書店〉の前には、桜の木が一本だけ植えられている。決して陽当たりのいい場所じゃないのに、その木は何輪か花を咲かせていた。

可愛らしい花にうっとりと見惚れていたところに、谷原さんがあわてて来た。

「ああ、もう二人とも。遅かったね。心配して迎えにきちゃったよ」

普段は冷静な谷原さんも、さすがに今日は高揚しているらしい。「こんにちは、谷原さん。今日はありがとうございます」と、しおらしく頭を下げる野口ともすでに顔見知りだ。

「久しぶりだね、悠ちゃん。少し背伸びた？　また会えてすごくうれしいよ」

そんな二人の微笑ましいやり取りから視線を逸らし、十和は普段はない店先の立て看板に目を向けた。

〈武蔵野書店トークショー　大西賢也「自著を語る」〉

谷原さんが企画してくれたものだという。十和は知らなかったが、〈武蔵野書店〉と大西賢也先生との間には浅からぬ縁があったらしい。

大西先生が店を作品のモデルに使ったこともあれば、過去にサイン会が開催されたこともあったという。今日のトークショーの告知を見た父などは半狂乱状態に陥ったが、わずか三十席ほどの抽選に呆気なく漏れてしまった。十和と野口は谷原さんの招待だ。

看板をボーッと眺めていると、谷原さんが肩に手を乗せてきた。

「どうかした？」

「えっ？　ああ、いやぁ、こんなことってあるんだなと思って。なんか夢みたいで」

谷原さんは「ふふふ」と声に出す。

「あのあと、たまたま先生と会う機会があってね。十和ちゃんにぶつけられた質問のことを話したの。そうしたら先生、テンションが上がっちゃって。『私が自分の口で話す』って、その場で手帳まで開いて今日の日程を決めちゃって。なんか相当酔ってたみたいで、あとでずいぶん後悔していたみたいだけどね。もう決めちゃったことだから仕方ないよね」

そんな話をいたずらっぽい顔でする谷原さんと大西先生は、十和が思っている以上に深い絆で結ばれているようだ。

ひょっとしてつき合っていたりして？

十和が上目遣いに一瞥して、谷原さんが不思議そうに首をひねったとき、今度は店長があわてて中から飛び出してきた。

「ああ、もう！　みなさん、こんなところで何をされているんですか！　そろそろ始まりますからね！」

大半が大西賢也先生のファンなのだろう。そう広くない店内のイベントスペースはたくさんの人でごった返している。

十和と野口は最後列の座席を用意してもらっていた。「ありがとうございます」と、司会をするという谷原さんと別れ、静かに座ってそのときを待った。

「そういえば、もう会えた?」

野口がリップを塗りながら尋ねてくる。

「誰と?」

「おばあちゃん」

「ああ、うん。出がけにね。こんな日に出かけるのかってイヤミ言われたけど」

そう応じた十和を、野口は呆れたような目で見つめてくる。

「何?」

「いやぁ、なんかすごいなと思って。いまさらだけど」

「何が?」

「長谷川。キノッピーじゃないけど、去年のいまごろとは別人じゃん」

「またそれ? そんなこと言ったら野口だって全然違うじゃん。髪の毛は黒いし、ネイルだってしてないし、メイクだってうすい」

「まぁ、そろそろ入学式だからね」

「それなー。っていうか、そうかぁ。そう考えるとたしかにすごいなぁ」

「何が？」

「だって、あの野口がアリスト女学院に通うんだよ？　ヤバくない？　それこそ去年のいまごろは考えられないことだったよ」

十和は素直な気持ちを伝えたが、野口はいよいよウンザリしたように「何それ、イヤミ？」と口にして、話題を変えた。

「他の子たちはどうしてる？　みんな元気？」

「みんな変わらないよ。美香子は国立学院に通えるのが本当にうれしいみたいで、毎日ソフトボールの練習をしてるって。寛乃も啓愛はダメだったけど、やっと稜花に戻る踏ん切りがついたみたい。『大学は東大に行って絶対にみんなを見返す』って息巻いてた」

野口は苦々しい笑みを目もとに浮かべ、首をひねった。

「長谷川は？」

「私？」

「うん。ホントに悔いはないのかなって」

「ああ、うん。とりあえずいまはね」

「おばあちゃんは？」

「最後はなんとか納得してくれたよ」

「そうか。なら良かったね」とつぶやき、背もたれに寄りかかりながら、野口は大きく伸びをした。

「すごいよなぁ、長谷川。ホントに来週から啓愛の生徒になるんだもんなぁ。こっちに残ってくれるのはうれしいけど、私はまだちょっと信じられないよ」

受験が終わってもう二ヶ月が過ぎようとしているのに、野口はいまでも会えば新鮮な驚きを伝えてくれるし、十和自身にもまだ信じられないという気持ちがある。

あの夜、パソコンの画面に『啓愛大学付属中学校　合格おめでとうございます。』の文言が現れたとき、十和は一瞬何が起こっているのかわからなかった。花奈を筆頭に、またしても家族が次々と抱きついてきたが応じることができず、十和の視線はパソコンに釘づけになったままだった。

「ちょっと、十和？　大丈夫？」という母の言葉に、ようやく我に返る思いがした。

そしておもむろに振り向いてからの時間は、父の言う通り、まさに「家族の時間」だったと思う。

合格に感極まった様子の三人の顔を順に見つめ、十和は宣言するように言い放った。

「私はもう少しみんなと同じ家に住んでいたい」

しんと、肌が痛くなるほどの静寂が立ち込めた。「どういう意味？」と尋ねてきた花奈を手で制して、母が怒ったように尋ねてきた。

「条件って何？　あんた、さっき言ってたよね？　私たちにのんでほしい条件って何？」

質問の意味を噛みしめながら、十和は拳を握りしめた。

「おばあちゃんをこの家に呼んでほしい。おばあちゃんと一緒にこの家に住みたい。もし一人でもそれに反対なら、私は星蘭に行く。大阪での生活を選ぶ」

静けさの度合いがさらに増した。駆け引きのつもりは微塵もなかった。父は当然のこと、花奈だっておばあちゃんと血はつながっていないのだ。

決して広くないこの家におばあちゃんがやって来たら、母だって息苦しく感じるだろう。いまの母娘関係が悪くないのは、離れて暮らしていることも大きく関係しているのは十和にだって理解できる。

三人それぞれが十和をじっと見つめていた。重苦しい部屋の空気を打ち破ったのは、花奈の素っ頓狂な声だった。

「え、そんなこと？　そんなのうれしいことばっかりじゃん」

父も拍子抜けというふうにあとに続く。

「ねぇ。どんなこと言われるのかって身構えたのに。え、そんなことで十和ちゃんとまだ一緒に暮らせるの？」

義理の母と暮らすことはかなりのストレスであるはずだ。花奈はともかく、父がそう口にできるのは絶対に当たり前のことじゃない。

母は最後まで口をつぐんでいた。十和の目をまばたきもせずに見つめていて、しばらくすると何かをあきらめたように大きく肩で息を吸った。

「たぶん、これって私たちの問題じゃないよ」

母の声で部屋の空気が変わった。父も、花奈も意味がわからないというふうに口をすぼめたが、十和にはすぐに理解できた。

「わかってる」

「自分で説得できる?」

「そのつもり」

母は最後まで笑顔を見せずにうなずいた。

「そう。だったら、私は文句ない。十和の口から伝えなさい」

十和と母が想像していた通り……、いや、二人の想像をはるかに超えて、それからのおばあちゃんは頑固で、聞き分けがなく、可愛げもなかった。

十和が啓愛に合格したことや、東京に住み続けることは手放しで歓迎してくれたものの、一緒に住もうという申し出には頑として首を縦に振らなかったのだ。

生まれたときから住み続けた故郷を離れることが容易ではないことはよくわかる。宝塚歌劇団や阪神タイガースの大ファンで、一人のときは粉物《こなもん》ばかり食べているし、通天閣を本気で世界一高い建造物だと信じていた時期もあったという。

おばあちゃんが大阪を愛しているのは疑いようがない。それでも、最近のおばあちゃんの言葉の端々に独り身であることのさびしさや、年齢に対する不安が滲み出ていたのを十和は誰よりも知っている。一人で暮らしていいたいと思っているはずがない。

十和は毎日のようにおばあちゃんに電話をかけたし、母と二人で大阪へ乗り込んでいったこともある。

そこで祖母、母、自分の三世代が入り乱れて、大ゲンカしたこともあった。

「もう私のことはほっておいてや！」

「おばあちゃんがこんなワガママだと思わなかったよ！」

「ああ、もうワガママで結構や！」

「何を駄々こねてんのよ！　お母さんの方が十和よりよっぽど子どもじゃない！」

「ややこしくなるから、いまはお母さんは黙ってて！」

「親に向かってその口の利き方はなんや！」

「あんたこそ母親に向かって偉そうな口利いてるやろ！　十和に当たるな！」

二転三転、本当にたくさんの紆余《うよ》曲折があった。もちろん啓愛にはすでに入学金を支払っているし、星蘭は辞退したので、十和が大阪で暮らすことはできない。十和にとって簡単に引き下がることのできない戦いだった。おばあちゃんと一緒に暮らすためという思いもまた、十和を勉強に駆り立てる大きなモチベーションだったのだ。

それでも母子三代の泥仕合は一向に解決策を見出せず、最後は父が出張ることになった。大人たちの間でどんなやり取りがなされたのかくわしくは知らないけれど、決定的だったのは父の言った「十和の心に傷を残さないでやってほしい」という一言だったと聞いている。

吹田のマンションを貸しに出す目処《めど》がついたことや、東京でも仕事の当てが見つかったことなども決め手となり、「ムリやったらホンマにすぐに帰るからな」という条件つきで、おばあちゃんは四月から東京で生活することが決まっている。

とはいえ、十和の家で暮らすわけではない。家から歩いて数分のところに小さなマンションを借り、可能な限り一緒に食事をするということで折り合った。

契約した家を二人きりで見にいったとき、おばあちゃんはポツリとつぶやいた。

「結局、自分の思うままにするんやもんなぁ。十和はホンマもんの〝へんこ〟やで」

「へんこ」が何かはわからなかったが、どうせ「頑固」とか「偏屈」とか、そういう意味の言葉なのだろう。

どの口が！　といった言葉がのど元まで出かかったけれど、その思いはすっと消えた。十和の髪を撫でながら続けたおばあちゃんの言葉が、自然と胸に染みたからだ。

「ホンマにこの子は。いったい誰に似たのやら」

そう言ったときのおばあちゃんはやっぱり可愛らしくて、本当にうれしそうだった。

「たぶんなんだけど、大西先生と谷原さんはできてるんだと思う。なんかそんな気がする。なんかちょっと自信ある」

いよいよ谷原さんがマイクのスイッチを入れようとして、会場のざわめきが消えたとき、十和は先ほど抱いた直感を野口にぶつけた。

野口はなぜか仰天したような表情を浮かべた。

「長谷川、何も知らないの？」

「知らないって、何を？」

「大西先生のこと。ファンなのに調べたりしてないんだ？」

「調べるって何？　本なら何冊か読んだけど」

「『店長がバカ過ぎる』は？」

「何そのふざけたタイトル。読んでないよ」

「そうなんだ。長谷川ってそういうところあるよね」

そう突き放すように口にして、野口は肩で息を吐いた。

「とりあえず、たぶんビックリすると思うよ。これから起きることに、あなたは必ずビックリすることでしょう」

野口が予言めいたことを口にしたとき、マイクがハウリングを起こす音が店内に轟いた。

あわてて音量を調整して、あらためてマイクを口に当てようとした谷原さんを遮るようにして、どこからか店長の声が聞こえてきた。

「たーいへん長らくお待たせいたしました！　ただいまより、この国が誇る天才小説家、大西賢也先生のトークショーを始めたいと思います！　あ、わたくし本日の司会進行を務めさせていただきます、武蔵野書店吉祥寺本店店長の山本猛と申します」

まるで大サーカス団を率いるかのように仰々しい挨拶をしながら、店長が壇の上に飛び乗った。

あまりにも突拍子もない行動に十和はポカンと口を開けたが、前方に陣取ったお客さんたちからは奇声に近い声が上がる。中には『店長！　ＬＯＶＥ！』などと書かれたうちわを持った人までいて、よくわからない気持ちになる。

店長もアイドル歌手よろしく、お客さんに颯爽《さっそう》と手を振り返している。そのナゾすぎる行動にさぞや怒っているものと思いきや、司会の大役を奪われた谷原さんは誰よりも楽しそうにお腹を抱えて笑っている。

その表情が妙にやわらかく見えた。

あれ、この二人ってひょっとして……？

しかし、十和の思考はそこで途切れた。直後に、やはりマイク片手に五十代くらいの品のいい女性が突然壇に上がってきたからだ。

店長などはるかに及ばない歓声が店内に響き渡る。

「ずっと覆面作家だったんだって」

遅れてその声が耳に届いた。十和はおずおずととなりに目を向ける。野口もちらりと十和を見た。

「大西先生、女の人なんだよ。それを公表したのもこの店でだったみたい。すごいよね。ビックリしたでしょ?」

野口はしてやったりという笑みを浮かべたけれど、十和はそれほどおどろかなかった。むしろ、納得いく気持ちの方が大きかった。

何冊か読んだ大西賢也先生の著作は、どれも表現が豊かで、すごく繊細で、個性的で、そこに男も女も関係ないのかもしれないけれど、少なくとも十和は女性が書いていたと言われた方がしっくり来る。

「えー、こんにちは。大西賢也です。はじめましての人は少なそうですね。今日もまたよろしくお願いしますー」

そんな軽やかな挨拶を皮切りに、大西先生は最近出たばかりの最新作を中心に飄々《ひょうひょう》と自作について話し始めた。

途中、十和が谷原さんに伝えていた『昨日までの家族』についても少しだけ触れられたが、そのときもこちらに目を向けてくることはなく、結局四十五分のトーク中に視線が交わることは一度もなかった。

大きな拍手が巻き起こったところで、谷原さんがあらためてマイクを握る。

「大西先生、本日はご多忙の中ありがとうございました。それでは、これから十五分の質疑応答に移りたいと思います。質問のある方はいらっしゃいますでしょうか?」

前方のファンを中心にいっせいに手が挙がった。そのうちの一人を指名したとき、谷原さんはちらりとこちらに目を向けた。

その意味を十和はもちろん理解できた。自分で尋ねろということだ。大西先生の著作で気になることがあって、それを谷原さんにぶつけた。つながりのあった谷原さんからその疑問が伝わると、先生自ら今日のイベントを提案してくれた。

酒に酔ってのことだそうだが、こんな幸せなことはないだろう。こんなチャンスだってもう二度とないはずだ。

それは重々わかっていたが、十和は授業参観のときでさえ挙手できない人間だ。ファンの大人たちを差し置いて質問する勇気はなかなか持てない。

そうこうしているうちに、時間はどんどん過ぎていった。

「では、次で最後の質問にしたいと思います」

谷原さんが願いを込めるように口にする。

「我こそが絶対に一番おもしろい質問ができるっていう人。はい、挙手!」

煽るような大西先生の声に、さらに身体が硬直する。

「長谷川、いいの？」

野口も懇願するように尋ねてきた。十和は目頭に力を込める。いいわけがないと、力強く首を振った。

父にずっと伝えられてきた言葉があった。悔いだけは残しちゃいけないよ——。手垢にまみれた言葉かもしれないけれど、十和を支えてくれたものでもある。いいわけがないと思えるようになったことが、きっと自分の成長だ。

すっと手を挙げた十和を、谷原さんはすぐに見つけてくれた。

「じゃあ、一番うしろの女の子」

マイクを手渡され、立ち上がった十和を見て、大西先生はいたずらっぽく舌を出した。

「あら、カワイイ。パリコレあたりのモデルさんみたい。名前は？」

「長谷川十和です」

「十和。覚えた。質問は？」

「はい。あの、ええと——」

そう言ったところで、身体の力が不意に抜けた。「長谷川？」と声をかけてきた野口に小さく一度だけうなずいて、十和は大西先生を凝視した。

「私はいま小六で、今年中学受験をしました。去年のいまごろ受けた模試の国語の問題に、先生の小説が出てきました。『昨日までの家族』です」

十和がそこまで言ったところで、ファンの人たちが大きく沸いた。大西先生は「へぇ、そうなんだ。あの本あんまり売れなかったんだけどな」と、後頭部に手を当てる。

店内に起きた笑いの波を、十和がかき消した。

「それで、その中に『次の文章を読んで、家族の幸せの形を四十字以内で答えなさい』っていう問題がありました。私、その問題がどうしても解けなくて。気になってあとから本そのものを読んでみて、答えを知ろうとしたんですけど、やっぱりわからなくて。先生に聞いたらわかるのかなって……。あの、どの箇所が引用されてたかとかも忘れちゃったんですけど……、私にはどうしてもあの家族の幸せの形がわからなくて……」

声が次第に小さくなっていく。話している途中から、大西先生に質問するのは筋が違うという気持ちがどんどん膨らんでいった。

支離滅裂な質問だとも思う。案の定、ファンの人の息の音が聞こえてきた。

静寂に耐えられなくなって、十和は立ちすくんだままうつむいた。

大西先生が咳払《せきばら》いする音が耳を打つ。

「ええと、大前提として、小説家なんていう仕事をしていながら私自身は受験の国語が苦手だった。いつも点数を取れなかったし、偏差値もひどいものだった。この仕事についてからは自分の小説が試験の問題に使われることがあって、あとから自宅に送られてくるのをたまに解いてみたりもするんだけど、全問正解ということはほとんどない。一度なんか『著者の気持ちを以下から選べ』系の問題があって、だけど絶対に五個あった選択肢に私の気持ちはなくて、しいて言うなら『3』かなと思って解答を見てみたら『1』だったということもあった。私の国語力なんてその程度という前提で言うんだけどさ、十和、こっち見て」

言われるまま顔を上げる。大西先生は足を組みながら、食い入るようにこちらを見ていた。祈るように手を組んだ谷原さんの姿も視界に入る。

「その答えが何なのか、十和にはもうわかってるんじゃない？」

十和は息をのんで、大西先生の目を見つめ返した。その答えが正解とは思わない。でも、何も言わない方が後悔する。

そう自分に言い聞かせて、覚悟を決めて口を開いた。

「家族に決まった幸せの形なんてないと思います。先生の『昨日までの家族』にはそう書かれていると思ったし、この一年、受験勉強をしてきて、家族のみんなに支えてもらって、自分でもそう思うようになりました。たぶん、私が小さかった頃の方が近所の人たちには幸せそうな家族に見えてた気がします。でも、この一年の方が幸せだったなんて思わないけど、そう思えた瞬間がつい最近ありました。なんか……、みんなが家族になれたと思った瞬間がたしかにあったと思うんです」

途中からやっぱり自分が何を言っているのかわからなくなった。十和は恥ずかしくなって再びうつむいてしまったが、一人、また一人と、拍手を送ってくれる人が現れた。

大西先生は何も言わなかった。自分が顔を上げるまで何も話してくれないのだろうということを悟り、もう一度覚悟を決めて顔を上げる。

大西先生はマイクを持つ手で鼻に触れた。

「申し訳ないけど、私はあの本に十和の言うような高尚なメッセージを込めた覚えはない」

刺すような言葉が胸に響く。目頭がギュウッと熱くなったけれど、視線を逸らそうとは思わなかった。そうした瞬間、涙がこぼれてしまうのがわかったからだ。

さらにしばらく口を閉ざして、大西先生は自分に言い聞かせるようにうなずいた。

「同じように、家族の幸せの形に言及した記憶もない。少なくとも小説の一部から導かれるような端的な答えは書いていない。だからね、十和。つまりはあなたが正解なの。どうしようもなくあなたが正解」

「えっ？」

「小説なんてどう読んだっていい。どこまで行っても読む人の自由。同じように家族の幸せに決まった形があるはずない。その輪の中にいて、安心だ、やわらかいな、幸せだなって思える人だけが受け止められるもの。それだって、他の家族にしてみれば幸せの象徴じゃないかもしれないわけだしね。だからさ、十和は次からテストでそういうふうに答えればいいよ」

「そういうふうって……」

「そんなもの四十字以内なんかで答えられるか。さすがに大西先生に失礼だ、バカって。それでちょうど四十字くらいじゃない？」

　お客さんたちの笑いが爆発する。十和も一緒に笑いながら、気づけば涙を流していた。

　大西先生は照れくさそうに目を細めた。

「受験、うまくいった？」

「はい。いきました」

「そうか。おめでとう。でも、何も閉じてないからね。十和という小説はまだプロローグも終わってない。これからイヤになるほどいろいろなことがある。だから物語はおもしろいの。楽しくなるのはこれからだよ」

　トークショーが終わるとバックヤードに案内された。大西先生には頭を撫でられ、涙目の谷原さんには思いきり抱きしめられ、なぜか誰よりも泣いている店長には二つの石をカチカチと叩かれ、火花を浴びせられた。

　外はすっかり夜の帳が降りていた。北からの風が吹きすさび、まだまだ冬の気配を漂わせている。

　それでも、桜は咲いている。

　もちろん目の錯覚だとは思うけれど、街灯に照らされた桜の木にはさっきよりも多く花が開いているように見える。

「桜、咲いたね」

十和はポツリと口にした。

「うん。サクラサクだ」と、野口もうれしそうにささやいた。

帰ろう……と、どちらからともなく言い合って、やっぱりどちらからともなく手を取った。

サンロードを肩を並べて通り抜ける。新しい生活が待ち遠しい。

そのときには街の至る所が桜色に彩られているのだろう。

わずか数日先の未来が、十和は待ち遠しくてならなかった。

初出　「小説トリッパー」二〇二三年夏季号から二〇二四年夏季号

装画　ヒロミチイト
装幀　名久井直子

早見和真（はやみ・かずまさ）
1977年神奈川県生まれ。2008年『ひゃくはち』で作家デビュー。2015年『イノセント・デイズ』で日本推理作家協会賞、2020年『ザ・ロイヤルファミリー』でJRA賞馬事文化賞、山本周五郎賞を受賞。同年『店長がバカすぎて』が本屋大賞第9位に入賞。主な著書に『95』『笑うマトリョーシカ』『八月の母』『アルプス席の母』、シリーズに「かなしきデブ猫ちゃん」などがある。

問題《もんだい》。以下《いか》の文章《ぶんしょう》を読《よ》んで、家族《かぞく》の幸《しあわ》せの形《かたち》を答えなさい

2025年３月30日　第１刷発行
2025年７月10日　第３刷発行

著　　者　早見和真
発 行 者　宇都宮健太朗
発 行 所　朝日新聞出版
〒104-8011　東京都中央区築地５－３－２
電話　03-5541-8832（編集）
03-5540-7793（販売）

印刷製本　中央精版印刷株式会社

ISBN978-4-02-252029-6
定価はカバーに表示してあります。

落丁・乱丁の場合は弊社業務部（電話03-5540-7800）へご連絡ください。
送料弊社負担にてお取り替えいたします。

朝日新聞出版の本

黒川博行

悪逆

周到な準備と計画で強盗殺人を遂行する男——。府警捜査一課の舘野と箕面北署のベテラン刑事・玉川が最初の事件を追うなか、手口の異なる新たな強盗殺人が起こる。さらに新興宗教の宗務総長が殺害され……。新次元の警察小説。

四六判

塩田武士

存在のすべてを

平成三年に発生した誘拐事件から三十年。当時警察担当だった新聞記者の門田は、旧知の刑事の死をきっかけに被害男児の「今」を知る。再取材を重ねた結果、ある写実画家の存在が浮かび上がる。圧巻の結末に心打たれる新たなる代表作。

四六判

宮内悠介

ラウリ・クースクを探して

一九七七年、エストニアに生まれたラウリ・クースクは、コンピュータ・プログラミングの稀有な才能があった。ソ連のサイバネティクス研究所で活躍することを目指すが、ソ連は崩壊する。歴史に翻弄された一人の人物を描き出す、かけがえのない物語。

四六判

神山裕右

刃紋

名古屋で探偵業を営む草萊の元に舞い込んだ行方不明者の捜索依頼。関東大震災の混乱の中、数少ない手掛かりを頼りに調査を進めるが、関係者は次々と不審な死を遂げていき……。乱歩賞の著者による13年ぶりの新作ミステリー。

四六判

ヒコロヒー

黙って喋って

「国民的地元のツレ」、ヒコロヒー初の小説！　平気をよそおって言えなかった言葉、感情がほとばしって言い過ぎた言葉。ときに傷つきながらも自分の気持ちに正直に生きる人たちを、あたたかな視線で切り出した共感必至の掌編十八編を収録。

四六判

森　絵都

獣の夜

原因不明の歯痛に悩む私が訪れた不思議な歯医者（「太陽」）。女ともだちをサプライズパーティに連れ出す予定が……（「獣の夜」）。短編の名手である著者が、日常がぐらりと揺らぐ瞬間を、ときにつややかにときにユーモラスにつづった傑作短編集。

四六判

貫井徳郎

ひとつの祖国

第二次大戦後に分断され、再びひとつの国に統一された日本。だが東西の格差は埋まらず、東日本の独立を目指すテロ組織が暗躍していた。意図せずテロ組織と関わることになった一条昇と、その幼馴染で自衛隊特務連隊に所属する辺見公佑の二人は……。

四六判

真保裕一

英雄

「圧巻の読み応えにページをめくる手が止まらない。心震わす壮絶な人間ドラマがここにある!」(ブックジャーナリスト・内田剛)。父殺害の犯人を探し求める娘が、たどりついた驚愕の真実とは? 昭和・平成・令和を貫く圧巻の長編サスペンス!

四六判

篠田節子

四つの白昼夢

コロナ禍がはじまり、終息に向かった。退職男たちの宴会と紙袋の骨壺、店の経営が破綻し夢中になった多肉植物、遺影に写った謎の手、自然通風の家で夫婦を悩ます音の正体とは? 現実と非現実の裂け目を描く日常奇譚集。

四六判